翼よ、よみがえれ！

中国空軍創設に協力した日本人兵士の物語

土屋龍司
Tsuchiya Ryuji

花伝社

翼よ、よみがえれ！　中国空軍創設に協力した日本人兵士の物語◆目　次

序章　北京にて……5
第一章　スターリンの野心……19
第二章　隼出撃……25
第三章　終戦の混乱……45
第四章　第四練成飛行隊長　林の戦歴……53
第五章　奉集堡飛行場脱出……81
第六章　中共空軍建設の夢……97
第七章　林部隊投降……109
第八章　林彪の要請……131
第九章　航空機材集め……149
第一〇章　通化移転……165
第一一章　東北民主連軍航空総隊設立……185
第一二章　通化事件……191
第一三章　航空学校設立……199
第一四章　高等練習機でいきなり教育……223
第一五章　ファシスト式教育方法……229
第一六章　東安移転……239
第一七章　帰国熱……245
第一八章　春節……251

第一九章　新しい人々の到来……257
第二〇章　本格的な飛行教育の開始……265
第二一章　国民党機来襲……277
第二二章　白酒で飛行機を飛ばす……285
第二三章　航空学校での出来事……291
第二四章　解放軍反攻……305
第二五章　中国空軍建設……315
第二六章　建国大式典……321
第二七章　七つの航空学校設立……329
第二八章　朝鮮戦争……337
第二九章　帰国……347
エピローグ……353
参考資料……355
あとがき……359

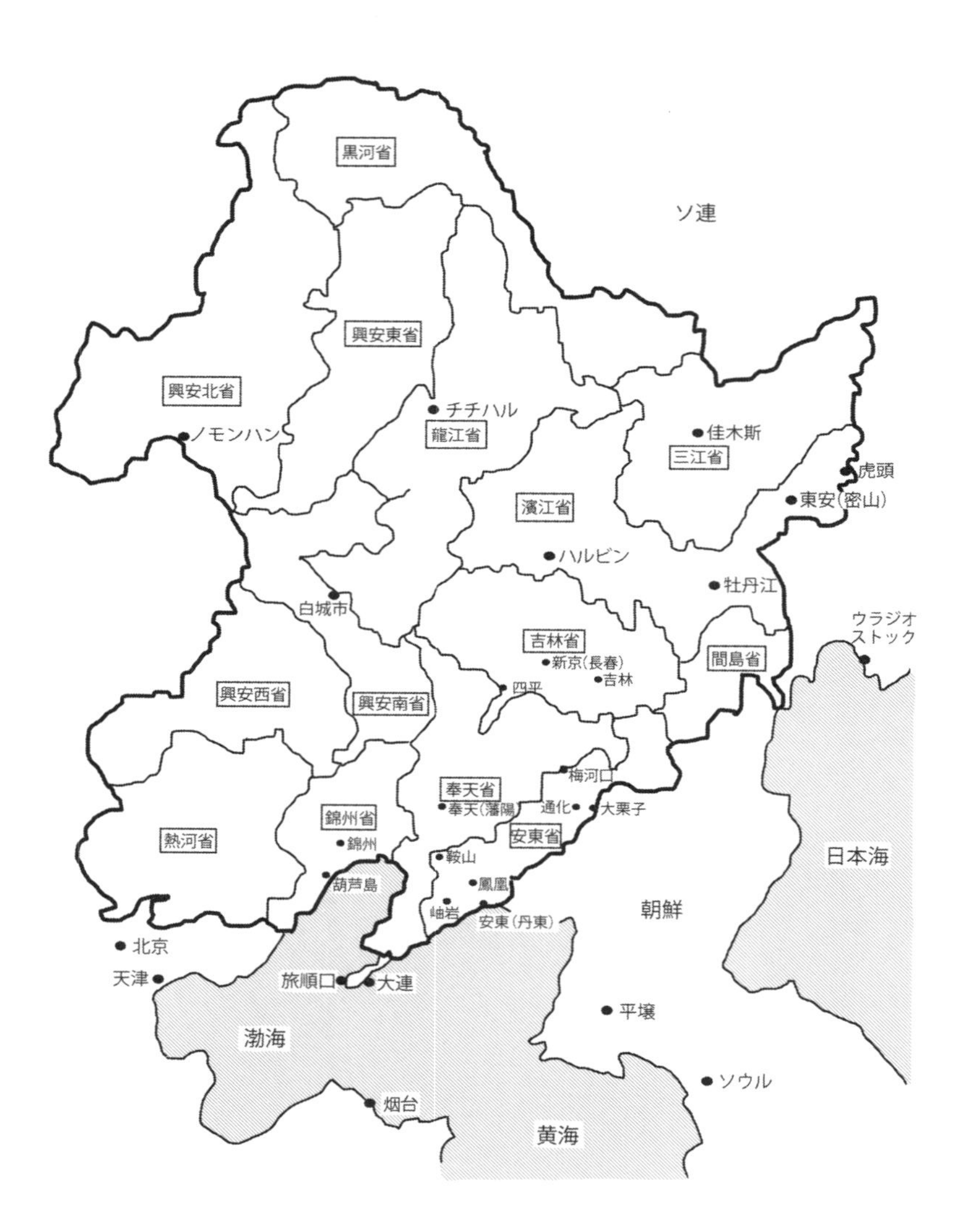
ソ連
黒河省
興安東省
興安北省
ノモンハン
チチハル
龍江省
佳木斯
三江省
虎頭
東安(密山)
濱江省
ハルビン
牡丹江
白城市
ウラジオストック
吉林省
新京(長春)
吉林
間島省
四平
興安西省
興安南省
梅河口
奉天省
奉天(瀋陽)
通化
大栗子
錦州省
安東省
熱河省
錦州
鞍山
日本海
葫芦島
鳳凰
岫岩
安東(丹東)
朝鮮
北京
天津
旅順口
大連
平壌
渤海
ソウル
烟台
黄海

序章　北京にて

九九式高等練習機

北京の夏は東京より暑い。今、おそらく三五度を超えているだろう。二五歳の自分でさえこんなにこたえるのだから、八三歳の祖父にはもっときついにちがいない。酒井亮平は少し心配になって、雑踏から離れた日陰で待っている祖父を見た。祖父は気ぜわしそうに扇子をあおぎ、汗をぬぐっている。

今朝突然思いついて、「北京市内の軍事博物館に行こうと思うけれど、おじいちゃんはホテルで休んでいてよ」と言うと、意外にも祖父は自分も行くと言い出した。そこで連れてきたもののこの暑さ。祖父が倒れでもしたら困る。早く入場券を買って建物の中に入らなくては。

そもそも今回の旅行は、たまたま北京オリンピックの開会式入場券が手に入ったので来ることになったものだ。初めは一人で来るつもりだったが、長野の田舎で聞きつけた祖父が、どうしても連れて行ってくれと言い出したので一緒に来ることになった。

祖父は戦争中満州にいたそうだ。なんでも大変な苦労をしたということだったが、詳しい話は聞いたことはなかった。東京に住む両親とたまに長野の実家に行ったときも、中国の話はでなかった。

祖父はもう年で、そのうえ日頃旅行になど行かなかった。その祖父が、北京に一緒に連れて行ってくれと言い出したのは、場合によったら最後のチャンスと思ってのことだろう。これまで祖父に何一つ孝行したことがなかった亮平は、そう思って同行を受け入れた。

やっと入場券を購入すると、今度は人ごみをかき分けて建物の中に続く行列に加わった。こんなに大勢の人が見学をするのは、オリンピックで中国全土から人が集まっているからだろう。亮平は祖父を気づかいながら建物に入った。

建物の中はどことなく薄暗かった。ワシントンのスミソニアン航空宇宙博物館やロンドン郊外の空軍博物館に比べると、ずいぶん暗いなと亮平は思った。展示品は戦車、大砲、航空機のほかにミサイル艇や古代の刀剣類にまで及んでいた。朝鮮戦争で活躍したミグ-15、太平洋戦争で活躍した米国のP-51ムスタングなども展示されている。スミソニアンの展示品はいずれも塗装されたばかりのように光り輝いていたが、それに比べるとここの展示品はくすんでいた。

その中に、旧日本陸軍の「九九式高等練習機」が展示されていた。もともとこういう色なのか、やはり鉄色にくすんでいて、古い町工場から引っ張り出してきたような時代物の感じがした。ごつい旧式の練習機で、戦闘機に比べると何よりも胴体が太い。それに二枚のプロペラと固定式の大きな車輪が一層古さを感じさせた。

「九九式というのだから、一九三九年に制式化されたものだろう。満州で旧日本軍が放置していったものを持ってきて展示してあるのかな」

亮平はこの練習機を見るのは初めてであった。いや、軍事関係を含むイラストレーターという仕事の関係上、写真で見たことはあったかもしれないが、記憶にはなかった。亮平は大した興味も持たず、一目だけ見ると先に進んだ。

九九式高等練習機の先にはソ連製のジェット戦闘機ミグ-21が展示してあった。ベトナム戦争で米軍のF-4ファントム戦闘機と空中戦を演じた戦闘機である。思ったより小ぶりで、F-4ファントムよりも一回り小さい。しかし、これが予想以上に活躍したのである。銀色の機体はやはりくすんでいた。

亮平がふと傍らを見ると、祖父がいない。「えっ」とあわてて振り向くと、祖父は九九式高等練習機の前でたたずみ、機首を見上げていた。「おじいちゃん」と声をかけながら近づく亮平の足が止まった。祖父のほおを涙がつたっていた。祖父は手の甲で涙をぬぐいながらつぶやいていた。

「この飛行機は私が整備したものだ。この飛行機は私が満州で整備した。ここにあるとは知らなかった。また会えるとは思わなかった」

祖父の涙はますます激しくなり、その声は嗚咽に変わった。周囲の中国人の雑踏が止まり、祖父を取り巻いた。祖父はもう涙をぬぐうこともなく泣いていた。

亮平はあわてた。とにかく異国の地で問題を起こしてはまずい。

「おじいちゃん、どうしたの？　ほら、人が集まってきたよ。さあ、行こうよ」

祖父の嗚咽は止まらなかった。やがて警備の兵士が駆けつけた。

「どうしたのですか？」

人民解放軍の軍服姿の女性兵士が尋ねた。亮平は学びたての中国語で答えた。

「申し訳ありません。我々は日本人観光客です。祖父は年をとっているものですから。何でもありません。すぐに行きます」

言い終わると、驚いたことに祖父が中国語で話し出した。

「この飛行機は私が整備していたものです。私たちは中国空軍を創ったのです」

なんてことを言い出すのだろう。共産党が支配している中国でこんなとんでもないことを言い出したら、いくら年寄りでも問題になるのではないか、亮平の不安が増した。それにしても祖父の中国語は自分の中国語よりもずっと上手だった。満州にいたというのだから中国語ができても不思議ではなかったが、祖父が中国語を話すということは今の今まで知らなかった。

「この飛行機は六〇年前に私が整備していたものです。思いがけなくここで再会することができて、涙が出てしまったのです。私たちは東北の航空学校で中国空軍を創ったのです」

中国の空軍を創ったなどととんでもないことを言い出して、拘束でもされたらどうしよう。亮平は思わず女性兵士の顔を見た。きっと厳しい顔をしているにちがいないと思った。しかし驚いたことに女性兵士は笑顔で答えた。

「そうですか。あなたも東北航空学校で中国空軍を創るために働いていたのですか。それはありがとうございました。おかげで中国は今りっぱな空軍を持っています。この九九式高等練習機は老航空学校のあった黒龍省密山（ミーシャン）から運んだものです。さぞ懐かしいことでしょうね。今日はゆっくり見て行って下さい」

女性兵士はそう言うと、周りの中国人に、

「中国空軍は、黒龍省の老航空学校で飛行士や整備員を教育することから始まりました。そのとき旧日本軍の軍人が協力しました。この老人も老航空学校で働いていて、当時、この飛行機の整備をしていたそうです。今日は六〇年ぶりにこの飛行機に再会して、涙が出てしまったのだそうです」

と説明した。なにが起こったのだろうかと見ていた中国人は、話を聞くと笑顔になり、

「それは良かった、それは良かった。老人、ご苦労様でした」

と拍手がわき起こった。

少し時間がたつと祖父の涙はとまり、取り巻いていた人垣は消えた。女性兵士も去っていった。祖父はまだ九九式高練を見ていた。

亮平は驚きのためしばらくその場を動けなかった。祖父の話に驚いたばかりではない。女性兵士が祖父の話を認め、さらに博物館観客の一般中国人もそれを認めていたことにもっと驚かされたのである。

「日本人兵士が中国空軍を創った」

こんな話は聞いたこともなかった。日本軍及び日本人兵士は中国を侵略し、中国に多大な損害を与えたのではないか。たしかに中国共産党軍に協力した日本人がいたということは聞いたことはある。しかし、日本

人兵士が中国空軍を創ったなどという話は聞いたことはない。ところが女性兵士や観客の中国人の反応はそれを聞いて怒るどころか、逆に感謝しているかのような対応だった。これはどういうことか？

航空整備員だった祖父の話

疲れた祖父を気遣い、残りの見学はざっとすませて亮平は軍事博物館を出た。ちょうど昼食時である。繁華街の王府井（ワンフージン）までタクシーで移動した。北京のタクシーは全て韓国製である。韓国の勢いを感じながら中心地で車をおりた。

少しよさそうなレストランに入り、テーブルに案内されるとビールを頼んだ。よく冷えた青島ビールでのどをうるおしながら亮平は祖父に聞いた。

「さっきは驚いたよ。おじいちゃんが戦後中国から引き上げたことは聞いていたけれど、飛行機の整備をしていたなんて知らなかった。そのうえ満州で中国空軍を創るために働いていたなんてことも知らなかった。これまでおじいちゃんとゆっくり話をしたことがなかったからね。でも、どうしてそんなことになったの？」

祖父、酒井孝志は、まだ自分が若い頃整備した飛行機に再会したこととの興奮が覚めない様子で、ビールに少し口をつけてから語り始めた。

「あの飛行機を見たときには驚いた。まさかここで自分の過去を証明してくれるものに出会うことができるとは、思ってもいなかったから。

私は終戦の時に満州の奉天、今の瀋陽の近くの飛行場で、ある飛行隊の整備員をしていた。そのとき私は二一歳、終戦の一ヶ月前までは自動車修理工場で板金工をしていたのだが、召集されて飛行機の整備部隊に配属になったばかりだった。

その約三〇〇名の飛行隊は終戦後、部隊ごと瀋陽から大連に向かって移動し、日本に帰ろうとしたけれども、途中で中国共産軍に包囲され、投降した。そのときに中国の八路軍の司令官、林彪（リン・ピョウ）、林彪といっても亮平は名前を聞いたことがあるかな？」

注文した炒め物と餃子が運ばれてきた。亮平は小皿にとって分け、祖父の前においた。

「林彪という名前は聞いたことはあるよ。たしか国防相をしていて、文化大革命の時に毛沢東の後継者に指名されたけれども、どういう事情からかソ連に向かう飛行機が墜落して死んだ人だよね」

「そうだ。その林彪だ。その林彪から直接、飛行隊長、林弥一郎陸軍少佐が中国空軍を創るのに協力してもらいたいと頼まれ、協力することになったのだ」

終戦時満州にいた日本人軍人、民間人の多くが強制労働のためにシベリアに連れ去られ死亡したこと、老人と女子供が避難の途中で病死、餓死したこと、ソ連兵による虐殺、暴行、強姦が行われたこと、軍人と役人の家族だけがいち早く列車で避難したことなどは亮平も聞いたことがあった。

「正直言って、皇軍兵士が中国共産党の空軍を創る手伝いをするなんて、想像を超える話だよね。それにこの話は日本ではほとんど知られていないでしょ。

でも、さっきの軍事博物館の女性兵士は知っているようだったよね」

「ああ、私もそれには驚いたよ。まあ、あの九九式高練の前にあった説明書きには、人民解放軍空軍発祥の地、黒龍省老航空学校で使われた日本製の練習機、と書いてはあったが」

レストランはエアコンがよく効いていて涼しかった。亮平は酷暑の中に祖父を再び連れ出すのも心配だったので、もう少しここで、この興味深い話を聞こうと思った。

「それでその中国空軍を創るというのは成功したの？」

祖父は孫の自分が興味を示したのが嬉しいのか、すこし饒舌に話し出した。

「ああ、成功したよ。でも、簡単な話ではなかった。なにしろ何もないところから始めたのだからな。機材もなければ言葉も通じない。教育を受ける共産党兵士の教育レベルは低い上に、私たちは中国を侵略した日本軍軍人だったんだ。しかも、共産党といえば日本軍は蒋介石の国民党軍以上に敵視していた。共産党は天皇制を否定していたからね。その上中国人学生の中には戦友、親族を日本軍に殺された者もいた。問題がないわけがなかった。しかし最後には成功したといえると思う。

一九四九年の一〇月一日、毛沢東が天安門で建国宣言をしたときに、その上空を人民解放軍の飛行機が観閲飛行をした。その中の多くは日本人が教育した学生が操縦したものだ。

また、その翌年起こった朝鮮戦争に中国が兵士を送った。そのときにソ連製ミグ‐15を操縦しアメリカの戦闘機F‐86Fセイバーや、爆撃機B‐29などと空中戦を演じたのは、日本人が養成した中国人パイロットだったんだよ。彼らの中からは、後に中国空軍司令官や副司令官などの要職に就いた者が多く出た。

今から二〇年ほど前、中国とアメリカの軍事交流が行われた頃、この老東北航空学校出身の空軍司令官が訪米しアメリカの空軍参謀長と会ったが、アメリカの参謀長はかつて朝鮮戦争でミグ‐15に撃墜されたことがあったそうだよ」

亮平にとっては、驚かされる話ばかりだった。

「おじいちゃん、この話はとても興味深いことばかりだよ。日本に帰ったらもっと詳しく話を聞かせてもらえないかしら」

孫が予想以上に関心をしめすので、酒井孝志の話に熱が入った。自分の昔話など今となっては誰も聞いてくれない。亮平の父親になる息子などは、自分の親が中国で共産党軍に協力していたことを恥と思っていたようだ。そのために親子関係はしっくりいかず、息子は中学校を卒業すると家を出て東京に行ってしまった。

日中国交回復がなる一九七二年までは、中国という言葉は台湾を指し、大陸は中共と呼ばれた。東西冷戦下、強固な日米同盟下にあった日本にとって、中共はいわば敵国のような感じだった。酒井孝志自身も警察から必要以上に監視を受け、仕事に就くことさえ思うように行かなかった。とにかく仕事の面接に行くと、すぐその後で警察官がその会社を訪れ、今の者は中国で共産党に協力した者だと説明して歩くのだから、就職口が見つかるわけがない。だから金がなくて息子を高校へやることもできなかった。今、こうして孫が自分の話すことに関心を持ってくれるのは、孝志にとってはとても嬉しいことだった。

「ああ、いいとも。日本に戻ればまだ記憶がはっきりしている頃書き残しておいたメモもあるから。

今回は中国に連れてきてもらって本当に良かった。私が若い頃苦労をし、青春というか人生をかけて中国の空軍を創った証拠をもう一度見ることができたのだから。お前にも見てもらうことができた。今思うと、あの頃が私の人生で最も充実したときだった」


酒井亮平は日本に帰ると、さっそく長野の祖父孝志の家を訪ねた。信濃大町駅から車で三〇分ほどの山中に一人暮らす祖父は喜んで亮平を迎えた。祖母は十年以上前に亡くなっていた。途中のコンビニで昼飯用の弁当とビールを買っていった。冷えたビールは祖父の喜ぶ土産だった。もっとも年のせいで酒量は大したことはなかったが。

八月の下旬ともなると、さすがに高原の風はどことなく涼しい。風の通るすり切れた畳の部屋で祖父は語り始めた。

昭和二〇年七月の中旬、私が召集されたのは新京、今の長春の自動車修理工場で働いている頃だった。この徴集は根こそぎ動員といって、満州にいる成年男子のほとんどすべてを徴集するものだった。私の職場にいた男の大半もこの召集で動員され、ほとんどの者がソ連との国境に近いチチハルなど、満州東北部に配属になった。なんでももう小銃も足りなく、槍で訓練をしたと聞いたことがある。彼らは皆武器らしい武器もなく戦いで死に、あるいは捕虜になった後シベリア送りとなったそうで、その後会ったことはない。

後に、友人と同じ部隊にいた者に会ったことがあるが、その友人は火炎瓶をもってソ連の戦車に突撃し、戦車の機銃で簡単に殺されたそうだ。

私は板金工だったので、おそらく飛行機の修理に使えると思われたのだろう、奉天、今の瀋陽の北にあった北陵飛行場の飛行隊に配属された。私の命が助かったのはその飛行隊に配属されたからだ。

その飛行隊は関東軍第二航空軍の第四練成飛行隊という部隊で、操縦教育の最後の空中戦訓練を実戦機「隼」で行なう部隊だった。飛行隊には隼が二〇機ほどあった。

この部隊の隊長は林弥一郎少佐といって、陸軍士官学校出身ではなく、二等兵からのたたき上げの隊長だった。私はもちろん二等兵だ。本来、少佐殿である隊長と直接話す機会なんてないのだが、林少佐は私が配属された整備班にもよく顔を出し、「おお、お前が今度来た酒井二等兵か。板金工だそうだな。車の板金も飛行機も同じだろう。しっかりやってくれ」と言葉をかけてくれたよ。私はこの一言でこの人について行こうと思ったよ。

林隊長は大阪の農家の出身で、中学を出てから陸軍航空二等兵として召集され、召集されてから陸軍下士官試験に合格して下士官になり、その後さらに少尉候補生となって将校になった人だ。一三、四歳で陸軍幼年学校に入り、陸軍士官学校、陸軍大学でエリート教育を受けた者と違って、一般兵士のことがよく分かっていた。彼は鉄拳制裁を見ると必ず理由を質した。兵隊の落ち度と鉄拳の程度が合わないと、あとで制裁を加えた者を呼び、「やりすぎるな」と注意したそうだ。だから部隊には必然的に鉄拳制裁は少なく、私は鉄拳制裁を浴びたことはなかった。まあ、それでも便所掃除や腕立て伏せなどの罰を食らったことはあったが、鉄拳に比べればどうってことはなかったよ。

　八月九日未明、ソ連軍が突如満州国に侵攻してきた。長春が爆撃を受けたとの情報が入り、第四練成飛行隊は戦力分散のため、瀋陽郊外の北陵（ホクリョウ）飛行場から奉集堡（ホウシュウホ）飛行場に移り、そこで作戦態勢に入ることとなった。我々地上員はトラックで移動したよ。朝早くの移動だったが瀋陽の町は、緊張感はあったものの静かなもので、商店街の人通りも普段とは変わらなかった。

　奉集堡飛行場というのは瀋陽の南東約三〇キロのところにある、昭和一九年の秋にできたばかりの飛行場だ。本来関東軍の仮想敵国はソ連で、そのために満州の飛行場の多くは満州北部、東部、西部に作られていた。特に多かったのは東部のウラジオストックに近い方面で、満州中央部から南には飛行場の数は少なかった。満州全部の軍の飛行場だけで二〇〇以上あったのだから、今考えても驚く数だった。

　第四練成飛行隊は、もともとは長春付近に駐屯していたのだが、昭和一九年夏から米軍のB–29による満州爆撃が始まったので、その迎撃のために長春から瀋陽に移ってきたのだよ。B–29は二〇〇〇キロ以上離れた成都から、瀋陽の南一〇〇キロにある鞍山（アンザン）の鉄鉱石鉱山と製鉄所を爆撃にやってきた。長春から鞍山までは四〇〇キロくらいだろうか、B–29を迎撃するには遠すぎたのだ。それで瀋陽の飛行場に移ったというわけだ。

　隼でB–29が落とせたかって？　難しいけれど落したことはあるそうだよ。まあ、その話は後でしょう。今はソ連軍侵攻の話の方をしてしまおうか。

林隊長は本当の名パイロットだった。それは私のような素人が見ても分かったよ。まず、離陸のときの滑走のブレがなく、一直線に滑るように滑走し、飛び上がっていった。着陸というのは飛行機の速度を落とし、数メートルの高さで失速状態にさせて主翼の二つの車輪と尾輪の三点で着陸するのだが、これが実にきれいでフワっと降りて来るんだ。また、離陸した後の旋回も、飛行機の傾きと旋回が一致していて、飛行機とパイロットが一つになっているようだったよ。

へたなパイロットだと、離陸の滑走がふらついたり、着陸の時に機体がバウンドしたりする。離陸後の旋回も飛行機の傾き、これをバンクというが、そのバンクとスピードが一致せず、バンクが小さく機体が外側に外れたり、あるいは大きすぎて内側に失速したりするんだよ。林隊長の操縦にはそんなところが全くなかった。後に彼の実戦の話を聞いたことがあるが、まあ、あれだけの経歴を積んだ人なら当然のことだと思ったよ。

どんな話かって？　明後日までいるんだろう？　まあ時間もあるのだからその話もあとでしよう。

とにかく、飛行技術が一流な上に兵隊の気持ちが分かっている。部隊は彼の統率の下で大変に良い雰囲気を持っていた。もちろん陸軍航空士官学校を出たばかりの若い将校もいたよ。彼らは中学生くらいの時からエリート教育を受け、自分たち軍人だけが日本を背負っていくんだと思い込んでいたから、後で大きな問題も起こした。それは通化事件といって、通化という瀋陽の東二〇〇キロの町で、旧日本軍軍人が国民党と連携して共産党に対して反乱を起こしたのだが、その時に航空学校からも参加者が出たのだよ。それをやったのが士官学校出の者だった。この時一〇〇〇人以上の日本人が死んだが、この話も後でまとめてしよう。

さて、ソ連軍侵攻の後の八月一二日朝、林隊長以下二〇機の隼が出撃した。林部隊が攻撃に向かったのはモンゴルから満州西部に侵攻してきたソ連軍機甲部隊だった。西部から侵攻したソ連軍は一路、満州の首都新京（長春）と大都市奉天（瀋陽）などを目指していた。モンゴルから満州に一番突き出したところから長春までは五〇〇キロ、瀋陽までは六〇〇キロくらいだろうか。

林隊長によれば、隼という飛行機はとても使いやすい飛行機で、太平洋戦争が始まった頃は米英の戦闘機には負けなかったそうだ。しかし戦争が進むにしたがって敵に新しい敵機が出てくると、隼も苦戦するようになった。しかし、それでも最新鋭のP－51などにも、やり方次第では太刀打ちできる戦闘機だったそうだよ。ところが、対地上戦能力となると、隼の一二・七ミリ機関砲では限界があった。特に戦車となると歯が立たなかったそうだ。

祖父の孝志はソ連軍侵攻が始まってからの情況を、メモを見ながら話してくれた。夕飯もコンビニ弁当ですまし、テレビのニュースを見てからまた話を聞いた。九時を過ぎると祖父の話し方が少し不安定になってきた。いつもなら寝る時間なのだろう。亮平は、おじいちゃん、もう遅いから明日続きを話してよ、と言って祖父を寝床に行かせた。

祖父を寝かしてから亮平は考え込んだ。高原の夜はひんやりとして、早くも虫の音が響き渡っていた。祖父が根こそぎ動員の徴集を受けたときの世界、日本の状況はどうだったのだろう？　日本が戦争に負け、祖父が中国空軍を創る協力をしていたときの中国は国共内戦中だったが、なぜ共産党が勝つことができたのだろう？　そもそも日本はなぜあんな戦争をしたのだろう？　分からないことばかりであった。

「そうだ、それらを調べ、そのことと祖父が語る中国空軍を創る話とを一つの物語にまとめよう。それが祖父の歴史にもなるだろう」

亮平は翌日からの祖父の話を録音し、後で年代を追いつつ物語として再現することとした。翌日このアイデアを祖父に話すと、祖父は嬉しそうに答えた。

「自分も当時の世界や日本、中国の状況は分からないことが多かったから、亮平がそれを整理してくれればありがたい。しかし、どのくらい時間がかかるかな？　少なくとも三年だって？　それでは私が生きているかどうか分からないな。でも、死んでからの完成でもいいよ。それをお前の父、啓にも見せてやってくれ。あの子は私が貧しくて高校にもやることができなかったので、私を恨んでいた。あの子は私の話は聞いてくれないが、亮平の話なら聞くだろう。自分の父親がどんな人間だったか、少しは興味があるだろうからな。

私も啓には厳しくしすぎた。貧乏だったために、高校進学をあきらめさせた。あの子が家を飛び出していったのも無理はない。しかし親子は親子だ。私があの子を憎いわけがない。あの子にも私のことを少しは知ってもらいたい。どうか死んでから後でもいいから、あの子にもそれを読ませてもらいたい」

亮平は考えた。どこから物語を始めようか？　そうだ、ソ連軍の満州侵攻からだ。そもそもスターリンは何を考えていたのだろう？　日本の指導者たちはソ連の対日参戦を知っていたのだろうか？　そこから話を始めよう。

翌年の春、亮平は祖父孝志の死を知らされた。風邪をこじらせての肺炎だった。葬儀は身内だけでささやかに行われた。亮平は祖父との約束を果たすのを急いだ。中国空軍を創った日本人兵士の資料集めに駆け回り、専門家の話を聞き、そして物語をまとめ上げた。祖父の死後、二年が過ぎていた。

第一章　スターリンの野心

九九式高練教育　教官と学生

スターリンが公式に対日参戦を表明したのは、一九四五年二月上旬に行われたヤルタ会談の場であった。この時ドイツ降服後九〇日以内の対日参戦が密約された。しかしスターリンの対日参戦の意思はその一年四ヶ月前の一九四三年一〇月、モスクワを訪問中のアメリカのハル国務長官に対してささやかれていた。スターリンはドイツとの戦争に勝利する確信を得た時すでに、対日参戦の意志を固めていたのである。

しかし、ドイツと戦っている間に満州で日本と戦争するわけがなかった。二正面作戦は愚の骨頂である。それに、欧州におけるソ連の勢力を最大限のものとするためには、最後の最後まで欧州に兵力を集中することが肝要である。米英より早く、欧州をできる限り広く支配して共産化しなくてはならないのだ。その上、日露戦争で敗北し、ノモンハン戦争でやっと勝った日本軍のあなどれない実力はよく分かっていた。

一九四三年一〇月、欧州ではすでにイタリアが降伏していた。しかし太平洋方面では日本軍はガダルカナルで敗退したものの、米軍による反攻作戦はこれからという情況であった。

アメリカの戦略はまずドイツに勝利し、その後で日本に勝利するというものであった。米軍の犠牲を少なくするためにドイツ敗北後のソ連に対日参戦を要請するのは、アメリカとしては当然のことであった。日本を焼き尽くす決定的兵器であるB-29爆撃機、一七五機が最初に軍に引き渡されるのは翌一九四四年三月一日のことであり、原爆開発の見通しはまだ定かなものではなかった。

米国には日本敗北後の極東における領土的野心はなかった。これは、自由民主主義の名目で戦っている以上当然のことであった。しかしスターリンは強い領土的野心を持っていた。日露戦争の復讐は絶対に行わなければならなかったし、満州権益は当然ソ連のものとなるべきであった。さらに北海道の東半分さえソ連が占領すべきものと考えていた。日本の敗北と極東の混乱はソ連の勢力拡大の絶好のチャンスだったのである。

ヤルタ会談で、ドイツ降伏後九〇日以内に対日宣戦するという密約を結んだソ連は、五月七日のドイツ降伏前から軍隊の移動を開始した。ソ連の収穫を最大のものとするためには、日本が降伏する前に参戦しなくてはならない。特に、アメリカが原爆開発に成功した七月一六日以降、スターリンはアメリカがソ連参戦をまたずに戦争を終わらせるのではないかと焦った。その年の四月に死んだ親ソ的なルーズベルト大統領に比べ、トルーマン大統領はスターリンに好意的ではなかったからだ。戦争が終わってしまっては何も手に入らない。

ベルリン陥落の見通しがついてから、一三万六〇〇〇両の貨車が一万キロに及ぶシベリア鉄道を東へ、東へと走り続けた。対日参戦前に兵員約一五七万人、大砲及び迫撃砲約二万六〇〇〇、戦車・装甲車・自走砲約五五〇〇、戦闘機及び爆撃機約三四〇〇機が展開し終わった。

これに対して満州関東軍の兵力は約七〇万人、砲五四〇〇、戦車一六〇両、作戦用航空機一五〇機であった。兵員七〇万人といっても、そのうち二五万人は七月一〇日に行われた根こそぎ動員によるものである。その上、一〇万人は小銃すらない丸腰で、「各自、武器となる出刃包丁類、およびビール瓶二本を携行すべし」と命令されての動員であった。ビール瓶は戦車攻撃用の火炎瓶を作るためである。したがってこの根こそぎ動員による兵は、戦力としては期待できなかった。

ヨーロッパ戦線でドイツ軍と戦い続けてきたソ連軍と戦うには、兵力量、質ともに不足であることは明らかであった。戦力にならない者を徴集したのは、兵隊の人数だけでも多く見せるという張子の虎戦法であったが、動員された者はたまったものでない。

精鋭を謳われた関東軍がこれほどまでに戦力低下したのは、兵力抽出のためであった。米軍の進撃に対するために太平洋方面への兵力抽出が行われ、さらに敗色が濃くなってくると、本土決戦のための兵力抽出が行われた。関東軍から見ても大本営から見ても、ソ連侵攻に対し関東軍が真正面から立ち向かうことはできないことは明らかであった。

スターリンは関東軍の戦力が大幅に低下していることは当然把握していただろうが、それでも万全を期すために二倍以上の数の兵員を極東に集中した。装備の差を考慮すれば数倍、いや一〇倍以上の戦力差であった。降伏間際の日本を奇襲的に攻撃し、圧倒的な戦力で迅速に進撃する、これがソ連の作戦だった。

関東軍の準備

スターリンの対日侵攻を日本軍は予測していたのであろうか？　もちろん予測していた。しかし侵攻の時期は明らかではなかった。東京の大本営では八月上旬にはソ連軍侵攻があると予測した者もあり、そのことを関東軍に伝えたが、関東軍総司令部は九月以降、場合によれば翌年春であろうと考えた。なぜなら九月以降でなくては関東軍の戦闘準備が整わなかったからである。

関東軍の戦闘準備とは何か？　ソ連軍の侵攻を阻止できないので、防御ラインを北朝鮮との国境近くまで下げ、そこで補給線の伸びたソ連軍を阻止するというものであった。そのために関東軍司令部も新京（長春）から朝鮮国境に近い通化に移転することが決定されていた。根こそぎ動員の徴集兵は、満ソ国境付近の前線でソ連軍を逐次減勢させるための、捨て身の作戦に使われるためのものであった。「鉄砲をもたない兵隊でも、なんとなく大勢の兵隊がいて兵営を出たり入ったりしていれば、ソ連のスパイをだませる」という高等戦術であったと説明する参謀もいた。

この防御ラインの引き下げは九月にならないと完了しなかった。このため、関東軍司令部は八月上旬のソ連軍侵攻を否定した。本末転倒の予測であった。

満州の日本人居留民は約一五〇万人、この居留民保護には何らの顧慮も払われなかった。ソ連軍侵攻後、関東軍の作戦計画案が総司令官山田乙三大将に出された。それは居留民保護に何も触れていなかった。総司令官は「この文書の中に、居留民のキョの字も書かれていないのはどうしたことか」と幕僚を叱り付けたという。しかし、それだけであった。

ヤルタ会談におけるソ連対日参戦に関し、最近明らかになった一つの事実がある。それはヤルタ会談において、ドイツ降伏後三ヶ月以内にソ連が対日参戦する密約があった情報を、ストックホルム駐在であった陸軍武官小野寺信（まこと）陸軍少将が入手し、陸軍参謀本部に暗号電報で送っていたということである。小野寺少将はこの情報をポーランド武官ブルジェスク・ウィンスキーから入手した。ポーランド武官は、ロンドンにあったポーランド亡命政府から情報を入手したものであった。この電報は参謀本部ソ連課長の林三郎の目には入ったが、その後参謀本部の中で握りつぶされたようである。だれがこの国家にとって重要な電報を握りつぶしたのであろうか？

第二章　隼出撃

陸軍戦闘機　隼

八月九日、一五七万のソ連軍は三軍に分かれ、三方から満州国に攻め込んだ。ウラジオストック方面の東側からと満州北部から、それにモンゴルが満州に突き出している西側からである。一番兵力が多かったのは西側から侵攻してくるザバイカル方面軍で、四個軍と騎兵機械化部隊から編成されていた。次に多かったのが東の日本軍の要塞地帯に進撃する第一極東方面軍で四個軍であった。アムール川の北側から進撃した第二極東方面軍は二個軍の編成であった。総司令官はワシレフスキー元帥、西側から長春、瀋陽などの大都市を目指すザバイカル方面軍司令官はマリノフスキー元帥だった。

林部隊の任務

林弥一郎隊長の第四練成飛行隊の任務は西正面、なかでも白城子（ハクジョウシ）方面に進撃する部隊の攻撃だった。白城子というのは奉天（瀋陽）の北約四〇〇キロ、新京（長春）の北東約三〇〇キロにある重要地点で、モンゴルから砂漠を越えて進撃してくるソ連軍の戦略的な目的地である。

侵攻後二〇日ほどで関東軍を壊滅する作戦のソ連軍の進撃のスピードは、戦車、トラック、装甲車などの機械化部隊を先頭に、一日に四〇～五〇キロにも及ぶ速いものであった。林飛行隊はこの機甲部隊を、隼装備の一二・七ミリ機関砲と夕弾と呼ばれる爆弾などで攻撃した。

夕弾とは、ドイツから軍事技術供与でやってきた特殊な親子爆弾で、コンテナの中に数十発の子供爆弾があり、地上で子供爆弾が飛び出し広範囲の敵を攻撃するというものである。今でいうクラスター爆弾の小型のようなものだった。これは敵が集中しているところに落ちるとかなり有効な兵器で、空中でも爆撃機の編隊を攻撃するときに使われた。

しかし近接信管の開発ができなかった日本では、パイロットの勘に頼って敵機の上空一〇〇〇メートルから投下したが、なかなかうまくはいかなかった。それでも時には編隊の真ん中で爆発し、一度に数機を撃墜したこともあったと記録される。

林部隊はソ連軍に対して攻撃を繰り返し、相当の戦果をあげた。しかし、二〇機くらいの隼では、決定的なものとはならない。

林の飛行隊は八月九日のソ連軍侵攻の日に北陵（ホクリョウ）飛行場から奉集堡（ホウシュウホ）飛行場に移動し、いつでも出撃できる状態にあった。しかし出撃命令を受けたのは、八月一一日であり、実際に出撃したのは一二日になってからであった。出撃が遅れたのは、作戦指揮の混乱と大雨によるものであった。

ソ連軍の侵攻が始まった日に、日本では二発目の原爆が長崎に投下されていた。こんな爆弾が次々に落とされるようでは、日本に勝ち目がないことは誰の目にも明らかだった。しかし、憲兵と密告の目が光る中では、それを口にすることもできない。

ソ連侵攻に対する関東軍作戦

七月二六日、米、英、中は共同で日本に対するポツダム宣言を公表した。これに対して軍部は強く反発し、本土決戦、聖戦完遂を叫んだ。鈴木内閣は軍部の蜂起を恐れ、表向きはポツダム宣言の黙殺、断固抗戦を発表した。しかし鈴木総理の本心は終戦であった。

広島原爆投下とソ連軍満州侵攻を受けて、八月九日午前、最高戦争指導会議が開かれた。鈴木内閣総理大臣、東郷外務大臣、阿南陸軍大臣、梅津陸軍参謀総長、米内海軍大臣、豊田海軍軍令総長の六人による会議である。

この会議では、ポツダム宣言受け入れの条件が議論された。国体護持の一条件のみとする総理、外務大臣、海軍大臣に対して、阿南陸相ら残りの三人は戦争犯罪人の連合国のみによる処罰は行わないこと等の条件を主張した。この会議の最中の一一時二分に、長崎に原爆が投下された。会議は結論の出ないまま午後一時に終わった。

どうにかして終戦の道を探りたいと考える鈴木総理は、今度は午後二時から閣議を開催した。しかし受け入れの条件についての東郷外相と阿南陸相の対立は続き、閣議は午後五時半、夕食のためいったん休憩とされ、さらに午後六時半から一〇時まで開かれたが、とうとう意見はまとまらなかった。

鈴木首相はもう一度、天皇陛下の御前において最高戦争指導者会議を開催することを決意し、陛下の了承を得て、午後一一時五〇分、宮中地下防空壕において御前会議を開催した。天皇の前でも東郷と阿南の意見は対立を続け、会議は意見がまとまらなかった。

一〇日、午前二時をすぎたところで、鈴木総理が「まことに異例でおそれ多いことでございまするが、ご聖断を拝しまして、聖慮をもって本会議の結論といたしたいと存じます」と発言した。天皇は、「それならば私の意見をいおう。私は外務大臣の意見に同意である」と言った。

第一次聖断が下ったのである。

このとき、ソ連侵攻二日目、満州では三方面から怒涛のごとく進撃するソ連軍機甲部隊の前に、かねての作戦通り爆弾を抱いた兵士が飛び込んでいった。

ポツダム宣言受諾か否かが議論されているとき、ソ連軍侵攻に対する参謀本部作戦命令が出された。それは、「ソ連は……戦闘行動を開始せるも未だその規模大ならず」「対ソ作戦を準備すべし」というもので、反撃を指示するものではなかった。

中央のあいまいな命令はそのまま満州の混乱となった。関東軍の作戦命令も、「敵の攻撃を排除しつつ速やかに全面開戦を準備すべし」となり、全面反撃はするなというものであった。ソ連軍は大軍で進撃を続けているのに。

翌一〇日、大本営は対ソ全面作戦を発動すべき命令を発した。「来攻する敵を随所に撃破して朝鮮を保衛すべし」、すなわち満州はやられてもいいから朝鮮を守れというのでる。これを受け関東軍は、従来の作戦計画に基づき敵を撃滅すべき旨の命令を出した。

関東軍の作戦計画とは、ソ連が攻めてきたら満州の四分の三を放棄し、防衛線を朝鮮国境に近いところまで後退させソ連軍をそこで食い止める、という作戦のことである。

市民置き去り

林飛行隊の最初の出撃は一二日になった。

奉天（瀋陽）はモンゴルとの国境から六〇〇キロほど離れているが、街も部隊もソ連軍侵攻のため緊迫感に満ちていた。奉天は首都新京（長春）とともに満州の重要大都市であり、ソ連軍が目指してくることは間違いない。戦車、装甲車、トラックからなるソ連軍機甲部隊の進行速度は一日一〇〇キロに及ぶであろうと想像され、早ければ一週間で奉天に到達する可能性があった。いや、場合によったらもっと早く来るかもしれない。

これをいったいどれだけ阻止できるのか。通化（ツウカ）に防御線を下げると決められた以上、それほど進行速度を遅らせることは期待できない。それに新京はすでに爆撃を受けていたのだから、奉天が爆撃されることは十分にありうることであった。

新京では八月一〇日朝、司令部を一一日夜に通化に移転することと、満州国皇帝溥儀及び満州国政府、それに居留民婦女子も通化に移すことが決められた。一一日からは重要書類の焼却が始まり、一二日には山田関東軍総司令官と主要参謀は飛行機で、そして満州皇帝溥儀とその家族たちは特別列車で通化に向かった。

この通化に移動する際に市民が置き去りにされたのである。

一一日、新京から通化に向かった列車は一八本であった。これらの列車に乗ったのは軍関係家族二万三〇〇人余、大使館などの関係家族七五〇人、満鉄関係家族一万六七〇〇人、一般居留民一〇〇〇人であった。避難のため新京の駅にかけつけた居留民の中には、憲兵により追い払われた者もいた。軍人、役人の家族が真っ先に避難したのは新京だけではなく、他の市でも見られた。おそらく、当然のこととして行われたものであろう。軍と役人、満鉄関係者が真っ先に逃げ、一〇万人以上の一般市民が置き去りにされたという非難はここから起こった。置き去りにされた市民がどのような悲惨な目にあったかは、今でも語り継がれているところである。

この時山田関東軍司令官夫人は列車で朝鮮の平壌まで行き、さらに平壌から飛行機に乗って八月二一日に日本に戻った。

林部隊出撃

一二日の早朝、林率いる第四練成飛行隊の隼二〇機が出撃した。目指す攻撃目標は、奉天（瀋陽）の北約四〇〇キロの重要都市、白城子にせまるソ連軍であった。

隼の航続距離は、翼の下に二つの落下燃料タンクをつければ三〇〇〇キロに及ぶ。この日の攻撃目標までは約五〇〇キロ、落下燃料タンクを片方の翼に、もう片方には夕弾を搭載して出撃した。

奉集堡飛行場の周りは見渡すかぎりのとうもろこし畑である。まっ平らな畑のなかにぽつん、ぽつんと農家があり、煙突からのどかな煙が上がっている。ときおり一〇戸くらいの集落があり、庭に子供や犬の姿が見えた。

林はまっ先に離陸すると、飛行場の北側でゆっくり旋回しながら後続機を待ち、編隊を組み終えると一路北西を目指した。

二時間も飛行すると、トウモロコシやコウリャンの畑がとぎれ、草原地帯となった。さらに数十分飛ぶと、白城子の方向に移動する人の群れが見えた。遊牧民にしては様子がおかしい。林は確認のため単機高度を下げた。それは女、子供、老人からなる数百人の避難の日本人だった。すこしばかりの馬車と大八車のほかは、皆徒歩である。避難民たちは隼の日の丸を見ると、うれしそうに手を振った。林も機体をバンクさせてこれに応えた。

「無事に白城子までたどりついてくれるといいのだが」

林は軍の保護もなく、とぼとぼと草原を歩く無防備の群集の群れを見て思った。根こそぎ動員により青年、壮年の男性がいなくなった群集の心はさぞかし不安に違いなかった。白城子までたどりつけば何とかなるのだが、彼らが草原でソ連軍に追いつかれたらとんでもないことになるのではないか、という思いが湧き上がった。今は彼らのあとから進撃をしてくるソ連軍を少しでも阻止しなくてはならない。

さらに数十分飛ぶと前方の地平線に土ぼこりが舞っているのが見えた。明らかに動物ではない。ソ連軍に違いなかった。上空に護衛機がいるとは思えないが、林は編隊を二隊に分け、まず一隊に攻撃させ、もう一隊はその後方上空三〇〇〇メートルでこれを見守ることとした。万が一敵機がいれば、最初の一隊に襲いかかるはずだった。それをすかさず撃墜するのが二隊目の役割だ。

案の定敵機はいなかった。ソ連軍機甲部隊は、先頭が戦車、装甲車、その少しあとに兵員トラック、輸送トラックなどが続いていた。これら合計数百両が幅一〇〇メートルくらいで進撃しているのである。ごうごうと響く音は隼にまで届いた。対空砲、対空機関銃を積んだ装甲車、トラックも見える。

「こんな大部隊を相手にたった二〇機の隼で何ができるだろう」という思いが浮かんだが、今は任務を遂行するだけである。出発前のブリーフィングどおり各機個別に地上目標を撃破することとし、林は自ら先頭の戦車に照準を定めた。

まず、三〇〇メートルの上空からタ弾を戦車群に向けて投下した。対空火器は想像以上に激しいものの、冷静に照準されたタ弾は狙い通り戦車数十両の間に落下し、巨大な爆発音とともに数十発の子供弾を飛び出させた。ところが、もうもうと上がる土煙の中からは、何事もなかったかのように戦車が姿を現した。厚い装甲のソ連戦車には歯が立たなかったのだ。しかし、土煙が静まると一両の戦車が転覆しているのが見えた。直近弾の爆発で転覆したものだ。

林は次に装甲車、トラックに機銃掃射を浴びせた。隼の一二・七ミリ機関砲は、もともと空中戦を前提に装備されている。だから装甲車には少々力不足である。しかしトラックに対しては十分効果があり、命中弾をあびたトラックは炎上し、兵士が飛び降りて避難するのが見えた。装甲車の前面、側面に当たった弾は跳ね返されたが、上面への命中弾は有効で、被弾し煙をあげる装甲車の扉から兵士が飛び出してきた。

林は一撃後高度を上げ、僚機の攻撃の様子を見た。地上の大軍に比べると、二〇機の隼はあまりにも少ない。それでも進撃は止まり、隊列は乱れた。トラックの対空機関砲からは、猛烈な反撃が行なわれていた。

「よし、あれを叩こう」

林は太陽を背にしながら、対空機関砲を積んだトラックに照準を定め急降下した。一二・七ミリ機関砲の射撃安定性、命中精度の良さは隼の長所である。弾は狙い通り命中し、トラックは爆発炎上、射撃兵は放り出された。林はその後も対空機関砲を積んだトラックを狙って攻撃した。

林が五台目の攻撃を加えているときに、突然機関砲が止まった。一門につき二七〇発、合計五四〇発の弾を撃ち尽くしたのだ。高度をとって他の機が攻撃を終わるのを待った。乱れたソ連軍の隊列からは、いく筋もの煙が上がっていた。林は戦果の確認を行なった。戦車一両が転覆、三両が煙を上げていた。装甲車の破壊は五両くらい、トラックは二〇台くらいが煙を上げている。しかし、数百両の部隊の進撃を阻止するまでのものではない。攻撃中止まっていた隊列は、乱れながらも再び進撃を続けた。

今はまだ午前九時半、奉集堡飛行場に戻るのは一二時半ころ。帰ってすぐ再出撃すれば、もう一度攻撃して何とか日没前には戻れるだろう。林は再攻撃を考えた。そうすれば敵軍が日本人に追いつくのを遅らせることができる。

林は編隊をまとめて奉集堡飛行場に機首を向けた。味方機の損害は、被弾が六機、そのうち二機は奉集堡まで帰るのは無理なので、より近い長春の飛行場に向かった。

奉集堡飛行場に戻ると、林は直ちに戦果報告のため飛行団司令部に出頭した。団司令片山少将と作戦参謀森山中佐が待っていた。

「報告します。戦車一両転覆、三両に損害を与えました。そのほか、装甲車五両、トラック約二〇台を破壊しました。飛行隊の損害は被弾六機、二機は新京の飛行場に向かいました」

林の報告を聞くと、団司令はしばらく考え込み、少し間をおいて口を開いた。

「ご苦労だった。森山参謀、軍司令部に次の通り報告。第四練成飛行隊は敵戦車軍団を攻撃、戦車一五両を破壊、二十数両に大損害を与えた」

え、林は耳を疑った。片山少将は聞き間違えたのだろうか？

「閣下、そうではありません。戦車一両転覆、三両に損害を与えたのです。そのほか装甲車五両、トラック約二〇台破壊です」

林はもう一度戦果を反復報告した。するとかたわらの森山参謀が大声で制止した。

「林、もういい。戦果は戦車一五両破壊、二十数両大損害だ。分かったか。お前はもう下がれ」

何なんだ、これは。戦果を誤って報告すると、他の作戦に影響するではないか。戦果を正確に報告することは戦闘の基本ではないか。

「しかし参謀殿、本当の戦果は……」

林が言いかけると、森山参謀が血相を変えて怒鳴った。

「だまれ、林。お前は団司令の言うことに歯向かうのか。お前は土煙のあがる中で正確に戦果を確認することができなかったのであろう。戦果は団本部で判断し軍司令部に報告する。お前はもういいから下がれ」

「しかし、敵機甲部隊の侵攻を少しでも阻止するためには、再度出撃する必要があります。帰還した一八機のうち、一五機は直ちに再出撃可能です。出撃命令をお願いします」

参謀は林の上申を聞いて少しひるみ、片山団司令の顔を見た。片山司令の顔はゆがんでいた。自分の決定にすなおに従わない林の再出撃要請を不愉快に思っているのだろう、森山参謀はその表情をすばやく読み取って言った。

「今日の戦果は十分だ。出撃は明朝とする。ご苦労だった。お前たちは休養し、明日の出撃に備えろ。下がれ」

林はむかっとした。森山参謀は三九歳、陸軍士官学校、陸軍大学校出だ。彼はいつも士官学校出でない自分を頭ごなしに怒鳴っていた。士官学校出でない者は人には見えないのだろう。

戦果が大きければ部隊の評価はあがり、結果的に団司令や参謀の評価になるのである。そしてそれが出世につながる。しかし軍神となった加藤隼戦闘隊長は、戦隊から出される戦果報告は国民に発表されるものであるから誤りがあったり、不確実なものであったりしてはならないとして、撃墜を確認できないものは戦果に入れなかったと言われている。その精神はどこへいってしまったのだろうか。その上感情的な理由から再出撃を認めないとは、自分たちは何のために命をかけて戦っているのだろうか。

林は団司令とその参謀の顔色だけをうかがう参謀を殴りつけたいような気持ちにかられた。しかし、軍では上官の命令には絶対服従しなくてはならない。反抗は軍法会議だ。いつもなら「林、帰ります」と言って敬礼するところだが、無言で粗雑な敬礼をして団司令の部屋を出た。背中に二人のにらみつけるような視線を感じた。しかし、悪いのは俺ではない、お前たちだ、と林は思った。

部隊へ帰ると飛行士たちが林の姿を見つけて集まった。

「隊長、飯はすませました。我々はいつでも出撃できますよ。整備ももう直ぐ終わります。隊長もはやく飯をすませてください」

上山中尉が報告した。林は少し不機嫌に、

「今日の再出撃はない。明朝出撃だ」

と伝えた。

「え、なぜです？　あの速さでは敵はもうすぐ避難中の日本人に追いついてしまいますよ。どうして再出撃しないのですか？」

上山中尉はなっとくがいかない顔で聞いた。林はまさか戦果が過大報告され、そのことで言い合いになり再出撃の上申が却下されたとは言えない。

「おれにも分からん。とにかく出撃は明朝だ。みな休め。上山、整備員にもそう伝えろ」

林はそういうと、隊長室に引きこもった。

葛根廟(カッコンビョウ)の虐殺

林たちは翌日も、その翌日も出撃を続けた。ソ連軍は新京（長春）と奉天（瀋陽）を目指して膨大な数の戦車、装甲車、トラックで進撃してくる。戦線を朝鮮国境付近まで後退させるという作戦計画に基づき、陸上部隊は後退を続け戦闘らしい戦闘は行なっていない。また、作戦機はこれまでにほとんど南方方面及び本土決戦に備えて転用されており、満州にあるのはたったの一五〇機、大した戦果をあげることはできなかった。

ついにソ連軍が草原を退避する日本人の群れに追いついてしまった。それは八月一四日、終戦前日のことである。白城子の西北約一〇〇キロの興安(コウアン)の町から白城子を目指して避難していた二〇〇〇人余の一団に、ソ連軍機甲部隊が追いついたのである。

興安の町は八月一〇日と一一日にわたり、ソ連軍により徹底的な爆撃を受け、ほとんど破壊された。このため町にいた、大部分が女、子供、老人からなる日本人約二〇〇〇人余が、興安総省参事官浅野良三の指揮の下約四〇キロ南東の葛根廟(カッコンビョウ)まで歩き、そこから関東軍の保護を受けて汽車で白城子へ避難することとした。参事官とは、満州国政府の日本人の役人で、行政を実質的に行なっていた者である。

一団は一一日の夕方四時に興安の町を出、徒歩で葛根廟に向かった。普段歩きなれていない女、子供、老人たちである、一日に二〇キロも歩けば疲れ果ててしまう。やっとのことで丸二日かけて葛根廟の近くにたどり着いたときに、ソ連軍戦車に追いつかれてしまった。葛根廟駅付近には保護をあてにしていた関東軍の姿は一兵も見えなかった。すでに退却したあとであった。

一四日午前一一時四〇分、一団はソ連軍の戦車一四両とトラック二〇台に出会ったため、参事官の浅野は白旗を立ててソ連軍部隊の方に歩いていった。すると、突然機関銃が発射され、浅野は血しぶきをあげて倒れた。続けて機関銃が一団に向けて発射されると同時に、戦車が突進を始めた。人々はくぼ地をさがして飛び込んだが、深いくぼ地はない。戦車は機関銃で倒れた者やくぼ地に伏せる人の群れの上を走り回り、キャタピラの後ろからはつぶれた死体が巻き上げられて宙を舞った。思う存分の虐殺が一段落すると、今度はトラックから降りたソ連歩兵が倒れている者の息の根を止めはじめた。虫の息の者を見つけては銃剣でとどめを刺した。女、子供、幼児、赤ん坊の区別はなかった。血だらけの死体の下に隠れる子供も、引きずり出して殺した。二時間の虐殺で生き残った者はわずかに百数十名、この生き残った者もソ連軍が去ったあと暴民により暴行を受け、あるいは衣服を奪われた。生き残った子供は、女の子は五〇〇円、男の子は三〇〇円で売るために連れて行かれた。

これが葛根廟事件として伝えられる虐殺事件である。ソ連軍の虐殺、暴行、強姦は各所であいついだ。軍の保護を受けない避難民はなすすべもなく、各所で虐殺、暴行を受け、多くの者が自決した。

ソ連軍はベルリンで一〇万人以上の女性をレイプし、そのうち一万人以上が自殺したとされる。ドイツ全体では二〇〇万人以上がソ連軍人にレイプされたと推定されている。このソ連軍の残虐性は最高指導者であるスターリンそのものから来ていた。スターリンは兵士の残虐な行為を聞くと、止めるどころかむしろ奨励したといわれる。ソ連戦車がドイツ民間人や婦女子を攻撃し、ひき殺しているという情報がスターリンの耳に届いたとき、スターリンは上機嫌で、「少しくらいは（兵士達に）自主性を発揮させてやれ」と言ったという。だから将軍、あるいはその下の指揮官も残虐な行為を止めることはなかった。

軍隊による残虐行為はソ連軍に限ったことではないが、満州におけるソ連軍の残虐行為と日本人のシベリア抑留は特筆されるべき行為である。

ソ連侵攻時、満州と旅順、大連などの関東州にいた日本人は約一五〇万人、そのうち約一八万人が死亡したとされている。このほか五六万人のシベリア抑留者のうち死亡した者は一〇万人以上。シベリア抑留については、一九九三年一〇月訪日したロシアのエリツィン大統領が、「非人間的な行為に対して謝罪の意を表する」と述べた。

玉音放送

林の部隊は連日出撃を行ない、それなりの戦果をあげたが、なにぶん多勢に無勢、進撃するソ連軍の機甲部隊の速度をにぶらせるほどの効果はなかった。各地における日本人避難民の悲惨な状況は、連日奉集堡の飛行隊にも届いた。白城子の町もソ連軍の手に落ち、ソ連軍は進撃の速度をゆるめず、そこから東南約二〇〇キロの新京（長春）と南方約四〇〇キロの奉天（瀋陽）に向かった。

この日も林の部隊は白城子周辺のソ連軍攻撃のため、夜明けと共に出撃していた。そして八月一五日を迎えた。重大な放送が一一時（時差のため満州では一一時放送となった）からあるということで、作戦を終え飛行場に戻ってからラジオ放送を聴いた。天皇のラジオ放送は雑音でよく聞き取れなかったが、どうやら負けたらしい。中には日本が負けるはずがない、これからもっと奮励努力せよと言ったのだと勝手に解釈して、作戦続行を主張する者もいた。

ラジオ放送の後、林が団本部に行くと、団本部でも第二航空軍司令部に放送内容と今後の対応を確認しているところだった。林が団本部でしばらく待機していると、作戦参謀の森山が、「負けたらしい」と言った。

「日本が負けた。満州はいったいどうなるのだろう。俺たちはいったいどうなるのだろう」誰もがそう思った。

「それでは作戦は中止でしょうか？」

林が聞くと森山は答えた。

「いや、それは分からない」

「それでは続行でしょうか？」

「いや、それも分からない。とにかく中央からの指示が何もない」

「ではどうしたら良いでしょうか？」

森山は判断を迫られて窮した。

「お前たちで適切に判断しろ」

適切とは、悪い結果にならないようにしろという意味だ。つまり、自分は責任を取らない、悪い結果が出た場合にはお前が責任を取れという意味である。

林はこれ以上いてもしょうがないと思い、団本部を出た。飛行場のかたわらを走る満鉄線路を、無蓋車が避難民を満載して通過していた。皆命からがら逃げてきた者だ。まっ黒な顔をして、ぼろぼろの衣服をまとっていた。その状況は日に日に悪化していくのが見ていて分かった。しかし、無蓋車に乗れただけでもましなほうである。逃げ遅れた避難民に対するソ連軍の虐殺、暴行、強姦の悲惨な状況はひっきりなしに伝わってきた。泣き叫ぶ赤ん坊を、敵に見つけられないためにやむを得ず窒息死させた、などというむごい話も伝わった。

林は部隊に帰ると二〇数名の将校と准尉を格納庫に集めた。隊の幹部たちである。みな、不安な面持ちで集合した。

「日本は戦争に負けた。ラジオ放送はよく聞こえなかったが、天皇陛下が直接降伏を受け入れることをお話しになったそうだ。

いいか、これからどうするかは上級司令部から指示があるだろう。その指示があるまでは、これまでと同じように作戦行動を続ける。天皇陛下の放送はあったが、軍の停戦の命令がない以上いままでの命令が生きているからだ。それにソ連軍も進撃をやめていない。それぞれ部隊の者にそのように指示しろ」

林が言うと、部隊の中では序列四番目になる航空士官学校出の峯浦中尉が、

「隊長、日本が降伏を受け入れるはずがありません。何かの間違いです。敵の謀略かもしれません。隊長のおっしゃる通り作戦を続けましょう。

もし作戦中止の命令がきても、飛行士だけでも日本に飛んで帰り、日本での本土決戦に参加しましょう」

と叫んだ。

「今後どうするかはすぐに上級司令部からの指示があるだろう。それまでは今まで通り作戦を続ける。もし、本当に降伏を受け入れたのなら、東京の大本営から停戦の命令が来るはずだ。その場合には本土決戦もないだろうし、飛行士だけ日本に戻るということもできない。

いいか、我々は一つの部隊だ。こういう重要な時にこそ団結して対処しなくてはならない」

林たちの部隊は翌一六日も出撃し、戦車数両、装甲車、トラックに相当の損害を与えた。すでにソ連軍の先頭は日本人避難民を追い越していた。ソ連軍が日本人に対して行っている非道の行ないは林たちの奉集堡飛行場にもぞくぞくと入ってきた。虐殺、強姦、略奪、聞くたびに怒りが込みあげたがどうしようもない。少ない兵力であるが、できる限りソ連軍を叩くしかない。林は中央の不明瞭な姿勢に士気が衰えようとする

飛行隊を、叱咤激励して出撃した。

停戦命令

一六日夜遅く、林たち佐官以上の将校が団司令部に呼ばれた。時はすでに夜の一二時を回っていた。林の部隊では大半の者が行く末を心配して起きていた。林がピスト（飛行隊戦闘指揮所）から団司令部に向かうのを見つけると、不安げに見送った。

「みな、俺が帰るまで寝ないで待っているだろうな」

林は兵の視線を感じながら思った。関東軍司令部及び皇帝溥儀の通化への移動、そして司令部の取って返すような新京への再移動が伝わってきているが、その間の細部の事情は不明である。林自身この先何が起こるのか不安であった。

団本部では司令を中央にして、参謀全員が部隊長の方を向いて座っており、ただならぬ空気が感じられた。林は一番前の席に腰をおろした。全員がそろうと森山参謀が立ち上がり、緊張した面もちで関東軍司令部からの命令を伝えた。

「先ほど関東軍司令部から命令があった。各部隊は直ちに戦闘行為を停止し、ソ連軍に対して武器を引き渡せ、というものである。

したがって、今後の作戦行動は全て停止する」

部屋の中は凍りついた。森山は説明を続けた。

「この決定は大本営からの命令を受けたものである。

新京の司令部では、ソ連軍の進撃が行なわれるなかでこの命令通りにするかどうか参謀全員で会議を行なったそうだ。その結果、最終的に陛下の大御心に従い、戦闘を停止し、ソ連軍に武器を引き渡すことに決定したとのことだ。

　徹底抗戦を主張する者も多かったそうだが、最後には山田総司令官と秦総参謀総長が、聖慮にしたがい行動するのが帝国軍人のつとめだ、反対の者は腹を斬れと言われ、停戦が決まったとのことだ」

　森山参謀からの命令の伝達が終わると、一同ざわめいた。

「ばかな、まだソ連軍は攻撃を続けているではないですか。地上では避難民が攻撃されている。停戦協定ができるまでは戦闘を続行することが許されるはずではないですか？」

　若い参謀が叫んだ。森山は色をなして答えた。

「だめだ、すでに停戦命令は下ったのだ。これに反することは許されない。東京では阿南陸軍大臣は腹を切って自決したそうだ。降伏は決定事項だ。関東軍司令部でも、何人もが自決した。どうしても受け入れられないのであれば、自決しろ」

　林は停戦命令を聞いた時、これで人生のすべてをかけてきたものが無くなってしまったと思った。そしてこれから先、悪辣なソ連軍の捕虜になるのかと思うと、心の中に暗雲がたちこめた。敗残の兵とはいえ、どうしようもないものなのか、と思った。

　それにしても、命令に従えない者は自決しろとはひどい話だ。人の命をなんと心得ているのだろうか？自分の思う通りにならない者の命は、意味のないものなのだろうか？　おれたち飛行兵は、撃墜した敵兵の命さえも憐れむ。彼らは不運にも敗れたとはいえ、正々堂々戦い運がなかっただけである。火に包まれた戦闘機の中で振り向く敵のパイロットの目は、忘れることはできない。ほんの少しの運の差で勝者と敗者に分かれるだけで、明日はわが身になりかねないことはよく分かっていた。人の命は敵といえども尊いことは、自分たち同様ではないか。ましてや自分の軍隊の者に自決しろとは。林は不愉快な気持ちを抑えることができなかった。

それ以上の意見は出ず、今後の出撃は停止。各部隊現状のまま維持と命令され、林は飛行隊に戻った。

飛行隊に戻ると林は飛行隊の准尉以上の者をピストの前に集めた。時計は二時を回っていた。夜気は冷え込むほどになっている。

林の話を聞くと、皆うなだれて声もなかった。誰かが、

「完全に負けたんだ」

とつぶやいた。その通りだった。

「したがって、明朝の出撃もない。その他のことは現時点では分からん。とりあえず、飛行隊はこのまま維持する。そのほかのことは追って司令部から何か言ってくるだろう」

林は自分自身これからどうなるのか分からないまま、話を終えた。

「七月の召集で来たばかりの二等兵が除隊を希望したらどうしましょうか?」

整備班の准尉が聞いた。たしかに部隊には妻子を家に残して召集された者もいる。もし戦争が終わったのならば、一刻も早く家族のところに帰りたいだろう。

「その気持ちはよく分かるが、今はまだ何の指示もない。すぐに指示が来るだろう。もう少し待て。いいか、これから先何が起こるかおれにもよく分からない。しかし、われわれはまだ日本の軍隊だ。こういう非常時においては、この飛行隊が一つになっていることが一番重要だ。いいか、おれを信用して今はじっと情報が入るのを待て。部隊の者にもこのことを徹底しろ」

徴集兵たちには、日本が戦争に負けたという虚脱感と同時に、これで軍隊から解放されるという解放感も

あった。士官学校出の将校や志願兵とは異なり、彼らにとって戦争とは権力により与えられた任務であった。できるだけ早く日本に帰りたい、帰ってもう何年も会っていない両親の顔を見たいと思った。それは兵隊たちの共通した思いであった。

しかし、ここから日本に帰るのも容易なことではない。ソ連軍はすぐに進駐し、鉄道も接収されるであろう。兵隊はシベリアに送られて強制労働させられるといううわさもある。

「とにかく今は、隊長のいうとおりにするのが一番だ」

多くの者がそう思った。

第三章　終戦の混乱

関東軍司令部　新京

終戦、それは日本も満州もすさまじいほどのカオスであった。

八月一〇日午前二時、天皇はポツダム宣言を受けるにあたっての条件を、「国体護持」のみでよいとした。いわゆる第一次聖断である。この条件を付したポツダム宣言の受け入れに対して、八月一二日、連合国側から次のような回答が来た。

「天皇と日本政府の統治権は連合国軍最高司令部の従属下に置かれる」

「日本国政府の最終的形態はポツダム宣言に従い日本国民の自由な意思に基づき決定される」

というものである。しかし軍は、これでは国体護持が明確ではないとして、国体護持について再照会することを主張した。一三日午前行なわれた最高戦争指導会議では再照会を主張する阿南陸相と、このままでよいとする東郷外相が対立し結論は出なかった。そこで一四日午前、二回目の御前会議が開かれた。その席で天皇は述べた。

「国体護持についてはいろいろな危惧もあるということであるが、先方の回答文は悪意をもって書かれたものとは思えない。要は、国民全体の信念と覚悟の問題であると思う。このさい先方の回答を、そのまま、受諾してよいと考える。……国民が玉砕して君国に殉ぜんとする気持ちはよくわかる。しかし、わたくし自身はいかになろうとも、わたくしは国民の生命を助けたいと思う……」

これにより再照会をせず、条件受諾の通知を連合国側にすることが決まった。第二次聖断である。これによりポツダム宣言受諾が決まった。

終戦時の関東軍

満州では八月一一日、関東軍総司令部は通化(ツウカ)への移転を開始し、この日から機密書類の焼却が始められた。

一二日には山田乙三関東軍総司令官以下の司令部幹部が飛行機で通化に移動した。

一四日、新京に残留した参謀から通化の司令部に、一五日に重大放送があるので総司令官以下至急新京に帰還されたし、との連絡が入った。さらにその後、「明日正午、天皇陛下の御放送がある」との追加情報もあり、山田総司令官以下は飛行機で新京に戻った。

この一四日、新京において満州国軍の一部が反乱を起こした。満州国軍とは、中国人により構成される、治安維持、国境警備を主任務とする約一〇万人の軍隊である。実質的には関東軍により支配され、関東軍の後方支援の役割を果たす軽装備の軍隊だった。

満州国軍には国民党、中共のスパイが入っているという情報がかねてからあり、反乱はいよいよかという感じがあった。関東軍参謀本部の参謀二人が反乱軍によって射殺されたという情報により、緊迫感はますます増した。

翌一五日正午、玉音放送があったが、天皇がポツダム宣言を受け入れると放送しただけでは、関東軍がこれから何をどうするかは決められない。隷下の部隊からはひっきりなしに問い合わせの電話がかかり、早急に今後の方針を立てなければならない。しかし、東京からは何の指示もないばかりか、陸軍参謀本部に電話の連絡さえつかない。ソ連軍はどんどん進軍してくる。これを阻止するために攻撃を続けてよいかどうか。

若手は停戦命令がない以上あくまでも徹底抗戦すべし、と主張した。そこで秦関東軍総参謀長は、参謀副長松村知勝少将を東京の陸軍参謀本部に派遣し、直接今後の方針を確かめることとした。

この時期、西から進撃してきたザバイカル方面軍は補給線が伸びたことによりガソリンと水不足になり始め、進軍速度は落ち始めていた。北西部の満州里方面から侵攻したザバイカル軍は、国境から一〇〇キロほどのハイラルで関東軍の頑強な抵抗を受け進撃は滞っていた。

東からの侵攻は、肉弾攻撃による反撃を排し国境から約一〇〇キロの牡丹江を制圧したものの、国境地帯の戦略的要所に築かれた関東軍虎頭（コトウ）永久要塞一四〇〇名の頑強な抵抗に手を焼いていた。

北から侵入したソ連軍も、やっと国境から南へ一〇〇キロほどの佳木斯（チャムス）まで侵攻したに過ぎなかった。

各所においてい全面的とはいえないまでも、関東軍は戦闘を行なっていた。しかし部隊との通信は途絶えているところが多かった。

関東軍参謀副長の東京派遣

松村参謀副長は肺を病んでおり、血を吐くという病状であったが、病をおして新京から飛行機に乗った。約五時間の飛行の後、所沢の飛行場からサイドカーに乗って都内に向かったが、新宿あたりでパンクしてしまった。おりよく陸軍の装甲運搬車を見つけ、市谷台（現在の防衛省所在地）の参謀本部に到着した。松村は二年前の八月に、この陸軍参謀本部のロシア課長から関東軍第一課長（作戦担当）に移動になり、この三月に参謀副長となったものだった。

一五日の深夜の参謀本部は予想通り騒然としていた。松村は作戦課長の天野正一少将を訪ね、

「関東軍は大本営命令がないかぎり戦争をやめることはできない。戦争をやめるのであれば早く大本営命令を出してもらいたい」

と伝えた。法的な手続きの問題を言っているのではなく、それがなければ強硬派を抑えられないということを示唆した。

すると、それを聞いていた作戦課の若い参謀が、

「降伏命令なんぞ俺は書かんぞ、そんなものの書き方は習っていない」

と叫んだ。松村も知っている後輩だ。しかし、

「何を言っている、お前は命令に従って起案すればよいのだ」

と怒鳴りつけることができないのが、陸軍の現状だった。

「だれも降伏命令を書こうとしない。結局俺が書かなければならないか」

天野は力なくつぶやいた。

大本営から陸海軍全部隊に「即時戦闘行動を停止すべし」との命令が出たのは、ポツダム宣言受諾決定の二日後である翌一六日、午後四時であった。そしてこのことを連合国最高司令官マッカーサーに通告した。日本政府はこれで連合国全てに対する降伏の手続きが完了したと考えた。しかし後に米国から、ソ連軍は指揮系統を別にした独立した軍であるから、別途停戦交渉しなくてはならないと知らされ、驚くのであった。降伏手続きについて研究しておかなかった日本軍の手落ちであった。

スターリンはこのことを熟知していた。そもそも降伏の手続きが終了するのは、降伏文書に調印したときである。正確には九月二日の戦艦ミズーリ号にて調印が行なわれるまでは、停戦合意がないかぎり戦争状態は継続する。マッカーサーが連合国最高司令官として最高指揮権を持つのはそれ以降であり、それまでは指揮下にないソ連は、独自に行動することができる。スターリンはこの状態を最大限に利用し、満州、千島への進軍を続けた。

スターリンが千島列島侵攻を命じたのは八月一五日午後であり、ソ連軍が千島列島に実際に侵攻し始めたのは八月一八日からであった。戦争が終わったと思っていた日本にとっては、不意打ちであった。満州においても、組織的な反撃を停止した関東軍に対して、ソ連軍の一方的な攻撃が続けられた。

停戦と満州国解体

一六日夜、新京の関東軍司令部で参謀会議が開かれた。強硬な意見も出たが、本土の状況をよく知っている山田総司令官と秦総参謀長は停戦で意見をまとめた。一六日午後一〇時、関東軍総司令部は隷下部隊に戦闘の停止とソ連軍への武器引渡しを命令するとともに、極東ソ連軍総司令部と停戦の連絡を取った。第四練成飛行隊長の林が飛行団本部に呼ばれたのは、団本部にこの命令が届いてからであった。

関東軍からの停戦の連絡に対して、極東ソ連軍は、関東軍の戦闘が続けられているなどさまざまな理由をつけて交渉に応じなかった。そして新京、奉天などの主要都市にソ連軍が進撃した一九日になって、やっと交渉に応じた。

一七日午後、関東軍に対する聖旨伝達のため、東京から竹田宮が名代として派遣されることとなった。松村は平壌で竹田宮と待ち合わせ、同日午後、一緒に新京に戻った。竹田宮は一七日夜、関東軍司令部で聖旨を伝え、一八日奉天に入った。一八日朝、奉天の軍司令官以下に聖旨を伝達した竹田宮は、かつて関東軍司令部参謀として勤務していた頃の旧知の仲間と語るため、奉天で一夜過ごそうと考えていた。しかしソ連軍の早期進駐があり得ると考えた同行の参謀が、次の訪問地ソウルの朝鮮軍司令部に頼み、予定通り一八日中にソウルに来られたしとの電報を打ってもらった。この電報が竹田宮を救った。竹田宮は一八日奉天を立ったが、もし翌日奉天にいたら、飛行機で進軍してきたソ連軍に捕らえられたであろう。

満州国皇帝溥儀は、終戦のニュースを聞き、一七日夜、大栗子(ダーリーズ)で満州国重臣会議を開いた。一八日午前一時すぎに満州国解体を宣言し、涙のうちに退位した。溥儀にとっては三回目の退位であった。翌一九日、溥儀は通化から小型機で奉天東飛行場に来て、日本に向かうための大型輸送機に乗り換えようとしているところを、進撃してきたソ連軍の捕虜となった。通化から平壌までは約五五〇キロ、奉天までは四〇〇キロ。小型機でそのまま平壌に向かえないわけではなかった。あまりのタイミングの良さに溥儀引渡し密約説がささやかれたという。

溥儀逮捕の後、竹田宮を朝鮮まで護衛していった隼四機が奉天東飛行場に戻ってきた。四機は飛行場にソ連機が駐機しているのをみとめると、全機上昇、反転し滑走路に自爆した。

第四章　第四練成飛行隊長　林の戦歴

九七式戦闘機

関東軍司令部から停戦命令が出た翌日の一七日は出撃もなく、隼はもはや整備されることもなく放置されたままだった。満州の平原の中の飛行場に、隼も整列していれば兵隊もいる。今までと同じ風景なのに、やはりそれはまったく異なっていた。緊張感はなく、不安がただよっている。

夕方、林はすることもなく外へ出てタバコを吸った。赤い夕日の中に隼のシルエットが浮かんでいた。林は愛機のかたわらの椅子に腰をおろした。地平線には何も遮るものはなく、太陽が沈むと目の前が一面あざやかなあかね色になった。林は壮大な満州の風景に今さらながら驚いた。こんなにゆっくり、夕日の沈むのを見たことはなかった。

「戦争は終わった」

信じられないことだったが、本当に戦争は終わった。戦争で死ぬはずだったのにまだ生きている。どれだけ多くの仲間が戦争で死んでいったことか。林の脳裏を戦争の記憶がゆっくりと流れた。

林は昭和七年（一九三二年）、二〇歳のときに陸軍航空二等兵として入営した。最初から飛行士になりたかった。大阪の空を飛ぶ飛行機を見て、自分も軍に入るなら絶対に飛行士になろうと思っていた。希望はかなえられ、昭和九年（一九三四年）八月から昭和一〇年（一九三五年）一月まで第五一期操縦学生として訓練を受けた。優秀な成績であったために、助教として熊谷陸軍飛行学校にのこった。そして昭和一三年（一九三八年）五月には第一八期少尉候補者として陸軍士官学校に入校し、同年一一月、優等で卒業、一二月に少尉に昇進した。その後昭和一四年（一九三九年）一二月に中尉に昇進、昭和一六年（一九四一年）九月、飛行第五四戦隊第三中隊長となり太平洋戦争を迎えた。

第五四戦隊は昭和一六年九月、千葉県柏で編制され、中国戦線に投入された。使用機は九七式戦闘機。中島飛行機が開発した陸軍最初の低翼単葉式で、格闘戦にすぐれた戦闘機だった。エンジンは七一〇馬力、最大速力四七〇キロ。車輪は固定式、七・七ミリ機銃二門、各五〇〇発の携行弾数であった。約三四〇〇機が製造され、日中戦争から太平洋戦争前期において主として大陸で使用された。

林は九七式戦を気に入っていた。複葉機並みの機動性と単葉機の高速性能を備えており、離陸は二五〇メートル、着陸は一二〇メートルほどの滑走ですんだ。

九七式戦のデビューは一九三八年一〇月、中国大陸であった。三機の九七式が蒋介石軍のソ連製I-15戦闘機三〇機と遭遇し、三〇分のあいだに二四機を撃墜した。味方の被害は飛行士一名、九七式二機であった。I-15は最大速度三六〇キロの旧式複葉機である。

九七式戦の特筆すべき長所は、機銃の安定性がよく、命中率が高かったことである。飛行士はわずか八六メートルの半径をたった八・一秒で旋回するという性能を活かし敵機の後ろにつくと、破壊力は少ないものの命中精度の高い機銃で敵パイロットを狙い撃ちした。このため九七式戦は空の狙撃兵と呼ばれた。

陸軍は一九三九年のノモンハン事件をこの九七式戦で戦った。敵機となった戦闘機はI-15とI-16であった。I-15は中国大陸でおなじみの旧式複葉機、九七式の餌食でしかなかった。I-16はソ連が初めて開発した単葉式戦闘機、車輪は手動ながらも引っ込み式で、エンジンは七五〇馬力、最高速度は四五五キロであった。これだけみると九七式とそれほどの差はないように見えるが武装は七・六二ミリ機銃が機首に二門、翼に二門の四門あり、機体が頑丈なために最高速度をはるかに超えた降下をしても大丈夫だった。このため九七式が後方から射撃をすると、I-16は猛スピードで急降下し、急降下性能の悪い九七式では追うことはできなかった。

そのうえI-16は操縦席の後ろに防弾鋼板を装備し、燃料タンクは弾が命中しても燃料がもれない防弾タンクであった。さらに、戦争中にソ連はI-16の翼の武装を二〇ミリ機関砲にし、火力を圧倒的に増強した。

ノモンハン航空戦

ノモンハン事件では、日ソの本格的な航空戦が行なわれた。そしてこの航空戦の経験が、その後の日本陸軍の戦闘機開発に大きな影響を及ぼすのである。

ノモンハン航空戦は、九七式戦の圧倒的優勢のうちに始められた。九七式戦はソ連のI-15を難なく餌食にし、当初ノモンハンの空を謳歌した。すなわち、戦争中期までの昭和一四年（一九三九年）五月から七月にかけては日本軍とソ連軍の航空機数の比率はおおむね一対二であったが、日本側が少数ながらも圧倒的な戦果を誇った。しかし、ノモンハン事件に対する日本政府の方針が戦線不拡大であったことから、戦闘機及び飛行士の増援は少なく、全面的な増援を行なったソ連軍に対する戦力比率は大きく低下していった。

航空戦後半ではソ連側は多数のI-16戦闘機を投入した。I-16は、九七式との空中戦を避けて一撃離脱に徹底した。九七式はI-16に銃弾を命中させても、防弾鋼板と防漏タンクに守られたI-16を撃墜するには至らず、急降下で逃げられると追撃もできなかった。多くの飛行士は、これを撃墜と誤認し報告した。しかし、I-16は何十発もの銃弾を食らってもしぶとく基地に帰っていた。

また、I-16が二〇ミリ機関砲を搭載し始めると、防漏タンクではない九七式は脆弱性が増し、被害数も増えた。そのうちにソ連軍の航空機数は日本軍の三倍、四倍となり、日本軍は消耗戦の中で航空優勢を失っていった。日本軍飛行士は肉体的にも、精神的にも疲労困憊の状態であったという。

ノモンハン航空戦では日本側は一二六〇機から一三四〇機のソ連機に損害を与えたとしており、ソ連側は約四五〇機から六四六機の日本機に損害を与えたとしている。航空戦では戦果確認が容易でないことから、どの国においても相手方の損害を大きくとらえがちであるが、自分の損害だけはほぼ確実に把握している。日本側は一五八機を失い、ソ連側は二五二機を失ったとしている。

この損失数の比較だけでは、日本側が優勢であったかのように判断されるが、実態はそうではなかった。この航空戦に投入された航空機数は、日本側が三五〇機から四〇〇機、ソ連側は八五〇機から九〇〇機であった。

航空優勢を左右する最大の要因は、航空機の性能やパイロットの技量もあるが、最終的には数的優位である。日本軍は七月後半以降、個々の戦闘では奮闘を続けるものの、絶対的な数的劣勢のなか航空優勢を失っていった。

隼の誕生

陸軍はノモンハン航空戦の経験から、防弾鋼板と防漏タンクにより、飛行士を守ることの重要性に気づいた。九七式の後で開発された一式戦闘機「隼」は当初から防漏タンクを装備し、生産開始後早い時期から座席の後ろに厚さ一三ミリの防弾鋼板を装備した。また、一撃離脱の重戦闘機として開発された二式戦闘機「鍾馗」では、当初から防漏タンクと防弾鋼板を装備していた。

残念なのは、海軍のゼロ戦が昭和一九年（一九四四年）生産開始の五二型になって、初めて防弾鋼板を装備したことである。しかもその厚さは八ミリしかなかった。ノモンハン航空戦の教訓は、ゼロ戦には生かされなかったのである。

一式戦闘機「隼」は、九七式に限界を感じた陸軍の要求で開発に着手された。九七式より一回り大きく、一二・七ミリ機関砲二門（携行弾数各二七〇発）、航続距離三〇〇〇キロ（増槽タンクあり）、最大速度五一五キロというものであった。この隼は特に中空以下における加速性能がよく、太平洋戦争の最初から最後まで活躍し、時には最高のレシプロ戦闘機といわれるアメリカのP-51戦闘機「ムスタング」すら撃墜している。

しかし一式戦は昭和一三年（一九三八年）一二月に試作機が飛行したものの、パイロットの評価が悪く、制式化が見送られていた。それはノモンハンで活躍した九七式の飛行士たちが、戦闘機にとって一番重要なのは何よりも旋回性能であるとしたからであった。空中戦を実際に行なう飛行士たちのこの意見は、あながち間違いではない。戦闘機を開発するときに、旋回性能を重視すれば機体重量を軽くしなければならず、そうすれば防護や武装は軽くなる。一撃離脱の重武装、高速急降下、機体防護の戦闘機を開発しようとすれば、格闘戦は弱くなる。航空機エンジンの開発が遅れ、飛行兵の意見が強かった日本では、格闘戦指向の戦闘機開発が先行した。隼、ゼロ戦がそれであるが、これらの戦闘機では、B-29などの重爆撃機には十分な対応はできなかったのである。

九七式戦闘機の後継として開発された隼は、旋回性能で九七式戦に劣り最高速度もそれほどではなかったため不採用となった。しかし太平洋戦争において、特に東南アジア方面で航続距離の長い戦闘機が必要となったため、昭和一六年（一九四一年）五月、一式戦闘機として制式化された。空戦フラップを隼に取り付けたところ、大幅に空戦性能が良くなったことも評価された。制式化が遅れた隼は、太平洋戦争が始まったときにはわずか二個飛行戦隊しか存在しなかった。そのうちの一つが加藤隼戦闘隊であった。

加藤隼戦隊で有名な加藤健夫戦隊長は隼開発時には陸軍航空本部部員であった。加藤は一撃離脱の重戦闘機重視の立場から、この隼に合格点をつけず制式化に反対した。しかし最初の一式戦戦隊長となるや、隼の運用について徹底的に研究し、アメリカのP-40戦闘機やイギリスの戦闘機スピットファイアー、ハリケーンに対して圧倒的な戦果をあげたのである。

林の空中戦初陣

林弥一郎は、あかね色の空があずき色になり、やがて暗闇になっても隼の隣に座ってタバコを吸っていた。敗戦となった今、これまでの戦いの記憶が浮かんできた。

林が中国にはじめて来たのは、太平洋戦争直前のことだった。昭和一六年一一月に柏を出発し、平壌、北京経由で中国の漢口に移動した。そして一七年一月には、長沙上空で国民党軍のソ連製ツポレフSB−2爆撃機と交戦した。林は第三中隊長、中尉であった。

ツポレフSB−2は双発の爆撃機で最高速度は時速四五〇キロ、九七式戦の四七〇キロとあまり変わらない。七・六二ミリ機銃が機首に二門、後部上方に一門、後部下部に一門装備されており、戦闘機にとってはこれが恐い存在であった。この爆撃機は一九三五年から生産が開始され、スペイン内戦では大変に活躍したが、この時はすでに旧式化していた。スターリンはこのツポレフSB−2を多数、蒋介石の国民党軍に供与した。

共産主義ソ連のスターリンがなぜ、国内の共産主義者毛沢東らと戦う蒋介石を支援したのか？　それは日本軍を蒋介石と戦わせ消耗させるためであった。スターリンの蒋介石支持は太平洋戦争終了まで続き、日本軍が降伏するとスターリンは毛沢東の共産党を支援し始めるのである。

九七式戦も新しいとはいえなかったが、このSB−2には有効であった。しかもノモンハン航空戦に登場したSB−2の情報は、林のもとにも届いていた。

林の飛行第五四戦隊はこの時漢口から白螺磯（ハクラキ）に移動しており、ここからの出撃となった。長沙の地上では日本陸軍が苦戦していた。

ＳＢ－２は全長一二・六メートル、爆弾搭載量が六〇〇キログラムほどの双発の軽爆撃機であった。林の第三中隊八機は、長沙上空で南方から近づいてくるＳＢ－２を発見した。米粒のような敵機の数は九機。こちらがやっと発見したくらいだから、小型戦闘機のこちらはまだ発見されていないだろう。敵の高度はこちらと同じ三〇〇〇メートル、はやく攻撃に有利な上空に上がらなくてはならない。

林は翼をバンク（上下に振ること）させ、飛行隊全機を高度四〇〇〇メートルまで上昇させた。太陽を背に受けるための南に回ることはできない。そのまま北から攻撃することとした。こちらはすべて二機編隊。事前にＳＢ－２の攻撃方法は徹底してある。

ＳＢ－２は速度が速く機体も頑丈で、九七式戦闘機の七・七ミリ機銃ではいくら当てても、小さな穴が開くだけで撃墜が難しい爆撃機であった。しかしノモンハン航空戦で日本軍は、ＳＢ－２の大きな欠点を見つけた。それはＳＢ－２の後部上方機銃と下方機銃は、一人の兵士によって操作されているということである。したがって、後方上空と後方下方から同時に攻撃されると、射手は片方しか対応できない。機銃で攻撃されていない側の者がこの射手を狙い撃ちして倒せば、後方からの攻撃は自由となる。あとはガラス張りの操縦席を後方から狙い、飛行士を倒すかエンジンをゆっくり狙えばよいのである。

ＳＢ－２は林たちの九七式を見つけると、積んでいた爆弾を落とし、反転し逃げ始めた。八機の九七式は後方からそれぞれ二機編隊でおそいかかった。林は僚機の高橋准尉に下から攻撃するように指示し、自らは機銃攻撃を受けるであろう上空から攻撃した。緑色の機体に青と白の晴天白日旗を描いた機体が、目に迫ってくる。護衛戦闘機がいないから、あまり後方に注意する必要はない。初めての実戦である。機銃が撃ってきた。林はおそれず突っ込み、照準器に機銃射座が大きく写るまで射撃を待った。そして射手の顔が見えるくらいになったときに発射しようとした。その時、急に敵機の機銃が止み、射手の顔がガクっと崩れた。下から攻撃していた僚機の弾が命中したのだ。

「あいつ、あんなに射撃の腕がよかったか」

下方から敵機の上空に抜け出していく准尉の九七式を追って、林も上昇した。今度はエンジンを攻撃だ。林と高橋は二手に分かれそれぞれ左右のエンジンを狙った。命中精度のよい九七式の機銃弾が吸い込まれていく。聞いていた通り頑丈な飛行機だ。煙は出てこない。二機は下方に抜け今度は下からエンジンを狙った。やっと林の狙った右のエンジンから少し煙が出てきた。二機は再度上空に出ると、今度は林が操縦席を、高橋はもう一度エンジンを狙った。

エンジンからの煙は大きくなり、操縦席の飛行士も負傷したのだろう、SB-2はふらつき始めた。やがて、敵機から兵士が一人脱出し、飛行機は完全にコントロールを失い、機首を下げ地上に向かった。

「一機撃墜だ」

これが林にとっても、林の第三飛行中隊にとっても初めての撃墜となった。

林は僚機とともに再び高度をとり、戦況を見回した。敵機は編隊をみだして逃げ回り、それを林の中隊が二機チームで追っている。味方は八機全部無事だ。林は全機を確認してほっとした。敵地で戦っているのだから、被弾し不時着すれば敵兵か農民に殺される。殺されなければ捕虜だ。しかし、捕虜になるのが恥だと教えられている日本兵は、被弾し帰れなくなると自爆を選んだ。

林が次の目標を探していると、別のチームが同じように上下からエンジンを集中的にねらって攻撃していた。やがてエンジンは火を吹き機体はコントロールを失い地上に向かって沈んでいった。一機撃墜だ。「九機のうち何機かはとり逃がしてしまうな」と思いつつ、林は地上すれすれまで高度を下げて逃げようとしている次の目標に、急降下で向かった。

空中戦は三〇分ほどで終わった。戦果は撃墜五機、撃破二機だ。初陣にしては上々の出来だ。三機ほどが銃弾をあびていたが、機体に穴が開いただけで致命傷ではない。これがエンジンや燃料タンクだと無事に帰還できるかどうか危ぶまれるが、いずれの機もその心配はなかった。

林は白螺磯の飛行場に戻ると、さっそく戦隊長の島田少佐に戦果報告した。

「なんだと、撃墜五機、撃破二機だと。おい、お前は俺に嫌がらせをしているのだな」

林は島田が何のことを言っているのか理解できなかった。

「そんな大戦果をあげたのだ。飛行戦隊長としては、賞詞の上申書を書かなくてはならないじゃないか。俺は上申書を書くのは苦手だ」

島田は嬉しそうに笑った。死んで帰ってこない部下がいるかもしれないという心配のかわりに、全員無事の大戦果である。嬉しくてしょうがないのだ。林はすなおに、

「申し訳ありません」

と謝った。

「ばかもの、冗談に決まっているじゃないか。とにかく大戦果だ。俺も嬉しい。

おい、これを持って行け。日本から隠して持ってきたものだ」

島田は、ロッカーの中から一升瓶を二本取り出し、林に渡した。

「戦隊長、貴重なものをありがとうございます。中隊の者がよろこびます」

林は左右の手に一升瓶を一本ずつ持って中隊に帰った。すれ違う者はみな大戦果を知っており、

「ごほうびですね」

と、笑って声をかけた。

夕食後、中隊の仲間で戦隊長からもらった酒を飲んでいると、第一中隊長の富田正二中尉が、

「おい、俺にも少し武運を分けてくれよ」

と、顔を出した。富田も林と同じ二等兵からのたたき上げで、林とは少尉候補生一八期の同期だった。

「おお、よく来てくれた。分けてやるぞ。俺たちの武運は限りないから、いくらでも持っていけ」

林は冗談を言いながら茶碗に酒をついで勧めた。この富田がその一ヶ月後に作戦移動中悪天候で行方不明となり、帰らぬ人となることは知る由もなかった。

九死に一生を得る

林の中隊はその後も敵飛行場攻撃などのさまざまな作戦任務についたが、空中戦はしばらくなかった。SB-2撃墜以降林の飛行中隊が本格的な空中戦を行なったのは、六月になってからであった。敵は国民党空軍ではなく、フライングタイガーズと呼ばれるアメリカ義勇飛行隊のP-40カーチスホーク戦闘機である。カーチスホークは米国人パイロットによって操縦されていた。

フライングタイガーズはアメリカ退役軍人シェノールト大尉をリーダーとする義勇飛行隊とされていたが、実質的にはアメリカ軍の全面的な支援により成り立っていた。米国で教育を受けた蒋介石夫人の宋美麗が、ルーズベルト大統領ら米国首脳と交渉してできたものである。

シェノールトは日本経由で中国に渡った。その際神戸に上陸し、日本の家屋や工場がほとんど木造であることに着目し、日本は爆撃機による焼夷弾で壊滅的に破壊することができると考えた。このアイデアは蒋介石と宋美麗にも受け入れられ、アメリカ首脳部に中国大陸から大型爆撃機で日本を爆撃するという計画を提

案することとなった。計画は一九四一年七月二三日、日本の真珠湾攻撃前にルーズベルト大統領により承認された。すなわちアメリカは、日本の開戦決定前に中国大陸からの日本爆撃計画を承認していたのである。

この計画は、欧州戦線に優先的に大型爆撃機が配分されたことなどにより実施が遅れたが、最終的には一九四四年六月、成都に配備されたB-29の北九州爆撃という形で実現した。

六月一二日、桂林に米義勇飛行隊カーチスホークが到着したという情報を得た日本軍は、軽爆撃機五機、林第三中隊の九七式戦八機、双発の二式複座戦闘機「屠龍（とりゅう）」五機で攻撃に向かった。敵は攻撃を察知して上空で待ち伏せていた。

まず林の九七式戦が、機首にサメの歯形を描いたP-41カーチスホークと空中戦に入った。カーチスホークの水冷エンジンは一〇九〇馬力、最高速度は時速五六六キロ、武装は機首に一二・七ミリ機銃二門、両翼に七・六二ミリ機銃が四門である。

「こいつらを早くやっつけないと、爆撃機が落とされてしまう」

林の気持ちはせいたが、敵は上空で待ちうけ、林たちが近づくと急降下で照準を合わせてきた。林たちは機首を上に向け、これに真正面から対抗した。すれ違いざまにお互い射撃をあびせかけた。敵機の機首と両翼が真っ赤に光り、林の九七式戦の主翼にプスプスと何発かが命中した。

「なんてことだ、すさまじいほどの火力だ」

九七式戦の七・七ミリ機銃二門の比ではない。しかしたじろいでいるわけにはいかない。林はただちに反転すると敵機も反転しようとしている。林は操縦桿をぎりぎりに引き寄せ、最小の旋回半径で反転し、反転を終わっていない敵機をとらえようとした。今度はこちらが上空、優位だ。敵は大胆不敵にも下から反撃しようとしている。よほどの自信があるのだろう。一瞬敵機の背面が照準器に入った。林はすかさず射撃スイッチをおした。何発かは両翼と後部胴体に吸い込まれていった。しかし、致命傷とはなっていない。

そのとき林の頭を後方からの弾丸がかすめた。と、後部でプスプスと命中音がした。

「しまった、後ろだ」

と思うと、がぁーんと、大きな衝撃がした。やられたと思った。

敵を追っている間に、後ろにつかれてしまったのだ。空中戦でやられる大半の原因は後ろから狙われることだ。後ろから狙い撃ちされたらどんな撃墜王でもやられてしまう。だから空中戦の時は常に後方に気を配らなくてはいけない。一瞬であったが林はそれをおこたってしまった。前にいる敵機を攻撃していたら、こちらがやられてしまう。

とにかく今はこの窮地をのがれなくては。

「よし、ついて来れるか？」

林は思い切り操縦桿を引いた。こうすれば九七式戦が垂直旋回しているあいだに、敵機は前に出てしまうだろう。案の定、カーチスホークは九七式戦の旋回にはついて来れず、林が一回転しているあいだに前に出た。しかし林が後ろから照準を合わせようとすると急降下で逃げてしまった。九七式戦ではとても追いつくことはできない。林は再び高度をとった。敵機はほとんどいなくなっていた。ほんの数分の空中戦だった。

空中で再び編隊を組むと一機たりない。中野軍曹の機だ。酔うと浪曲をうなっては、皆を楽しませていた。林はやられたにちがいない。地上からはいく筋かの煙が上がっていた。中野機もあの中に入っているのか？　林は重い気持ちになったが、とにかくここは敵地だ。帰らなくては。

機首を東南に向けてしばらく飛行すると、林の機の機首から白い霧がでて、ガソリンのにおいが鼻をついた。エンジンの回転数もおちている。

「エンジンをやられた」

基地までは四〇〇キロ以上ある。日本軍の支配地域以外に不時着すれば、命はない。燃料計はもう半分を大きくきっている。林の脳裏を自爆という言葉が横切った。部下が心配して近づいてきた。林は手で先に帰れと合図した。再度敵が来た時には銃弾、燃料が少ない彼らはえじきになりかねない。部下はそれでも帰らない。いいから帰れ、と強く手で合図すると、やっと速度をあげて帰っていった。

一機になった林は、自爆は最後の最後にしようと腹を決め、エンジンをしぼり、空気の混合比を上げ燃料の消費量を少なくした。エンジンは頼りなげではあるが、なんとか回っている。さいわい風は追い風だ。これでけっこう距離がかせげる。燃料漏れはひどくはならなかったが、あいかわらず不気味な白い霧が流れ続けている。

一時間半ちかくなんとか飛び続けたところで、燃料計が空になった。基地まではまだ一〇〇キロ以上ある。

「いよいよ自爆のときか」

林は中国の田んぼの中に自爆しなくてはならないかと、覚悟を決めた。エンジンが止まる前に自爆しなくては。しかし、出力は低下してはいるものの、エンジンは回り続けている。

「いや、待てよ、あと一〇〇キロ、いや、八〇キロでいい、なんとかもってくれれば、味方の支配地域に不時着できる。あと二〇分ほどもってくれればいい」

林は死に急ぐことはないと、再び自爆を思いとどまり、高度二〇〇〇メートルのまま飛行を続けた。

燃料計はとっくにゼロとなっていたが、不思議にエンジンは止まらない。

「ひょっとしたら、燃料計が狂っているのだろうか？　自爆はいつでもできる。もう少しがんばろう」

林が覚悟を決めて飛行を続けていると、力はないもののプロペラは回り続け、とうとう友軍支配地に入った。そして基地が見えたと思ったとたんに、プスプスといって止まってしまった。基地までは二〇キロ。高度は一五〇〇メートル。

「なんとかなる」

林は風をきる音だけの九七式戦を、まっすぐ滑走路に向けた。やり直しはきかない。追い風のまま滑走路に突っ込んだ。機はフワリと滑走路に舞い降りた。滑走路に立ち往生したら作戦に支障を及ぼす。林は九七式戦の行き足がまだ残っているところで、機をかたわらの草地に入れた。もともと不整地を想定して車輪を作ってある九七式戦は、でこぼこの草地を大きく揺れながら走り、やっととまった。

「生きて帰った。九死に一生を得るとはこのことだろう」

林は風防を開けて、翼に降り立った。駐機場から中隊の者が全力で駆けてきた。林を囲むように皆が立った。死んだかも知れないと思っていた中隊長が生きて帰ってきたのである。何と言ってよいか言葉が見つからない。黙っている。林は整備班長の顔を見つけると、

「おい、この飛行機は燃料計が狂っている。ゼロになったのに一〇〇キロ近く飛んだぞ。おかげで生きて帰れた」

と言い、笑おうとした。しかし、九死に一生を得たばかりだ。作り笑いもできず、口元がこわばった。

「中隊長殿、燃料計はゼロになっても、まだ燃料は少し残っております。余裕というものです」

高村整備班長の言葉に、皆やっと笑った。

「中隊長殿、撃墜五機、うち不確実二機です」

秋山中尉が報告した。

「そうか、新鋭機あいてにまずまずの戦果だな。おれが弾を撃ち込んだやつはどうなった？」

「あれはあの後上昇してきたのを私がしとめましたので、私の撃墜として報告しました」

「そうか、じゃあ、今回は俺の戦果はなしで、皆に心配をかけただけか。よし、次は必ず落とすぞ。それにしても、やつらが一撃離脱でくると、急降下速度の遅い九七式戦ではきついな」

「中隊長殿、中野軍曹が自爆しました」

「うむ、俺も空中でいないのに気がついた。誰か最後を見たか」

「はい、自分が、中野機がエンジンから火をふいて落ちていくのを見ました」

新見軍曹が答えた。

「そうか、分かった」

林は悲しみの感情を隠して言うと、飛行団司令部に報告に向かった。


その後も米義勇飛行隊のP-40に対する攻撃のために、林の部隊は爆撃機の護衛任務についた。敵機は地上の情報伝達網が整備されているのか、林たちが着くころにはいつも上空で待機して、一撃離脱の攻撃を繰り返した。初日のように格闘戦に入り込む敵機はなかった。一撃離脱戦となると、九七式戦がとれる戦法はほとんどない。戦果は初日の分だけで、その後林の部隊の被害は増え続け、とうとう被撃墜は五機になってしまった。また、爆撃機の損害も大きなものだった。

支那派遣軍は九七式戦とP-40の戦闘を分析し、敵機が一撃離脱の戦法をとるかぎり、速度に劣る九七式戦では絶対に勝ち目はない。どうしても一式戦「隼」の配備が必要との結論に達した。そして中央に一式戦部隊の派遣を強く要望し、これが実現することとなった。

北海道へ

林は昭和一七年（一九四二年）八月、大尉に昇任した。林の飛行戦隊はその後も中国各地で任務についていたが、一〇月上旬、日本の北方防空任務にあたるため南京を出発し、小月、立川を経て、千歳に移駐した。中国戦線で低減した戦力を千歳で回復すると、翌一八年一月には帯広に移駐した。帯広の冬は千歳より厳しい。氷点下一五度まで下がる。寒さの厳しい千島列島に向かうための移駐であった。

帯広に移るや否や林たちの飛行戦隊は、東京の立川で一式戦「隼」Ⅱ型への機種転換訓練と、ロッテ戦法の教育を受けることとなった。隼への機種転換は飛行戦隊の士気を高めた。

そもそも林たちが北方防空にあたることとされたのは、アリューシャン列島からの米軍重爆撃機による千島列島、北海道爆撃に備えてのものであった。

アメリカの戦争準備

米国は真珠湾攻撃以前から日本との戦争準備を始めていた。しかし一九四一年を迎えた段階ではまだ不十分であった。アメリカに大きく生産が劣るものの、日本はすでに日中戦争で国家総動員体制をととのえており、兵の練度も十分であった。

アメリカは一九四〇年五月、年間五万機の航空機生産を決定し、自動車業界の動員を図っていたが、効果が出始めるのは翌年になってからで、生産五万機近くになったのは一九四二年のことであった。ちなみにアメリカは一九四〇年は約六〇〇〇機、一九四一年は約一万九〇〇〇機、一九四二年は約四万八〇〇〇機、一九四三年には約八万六〇〇〇機を生産し、戦争期間中に約三〇万機の航空機を生産している。このうち戦闘機、爆撃機が約一八万機であった。日本はといえば、太平洋戦争全期間を合計した戦闘機、爆撃機の生産数は約四万八〇〇〇機であった。艦船等船舶についても同じような状況であり、例えば空母でみると、日本は開戦時九隻の空母を持っていたが、アメリカは七隻であった。戦争期間中に建造された空母は、日本一八隻、アメリカ一一五隻だった。

つまり、一九四一年という時期は、アメリカにとっては戦争の準備がまだできておらず開戦したくなく、日本にとっては開戦が遅くなればなるほどアメリカの生産力が増え、不利になるというものであった。「じり貧論」はここから生じたが、論理としては正論であった。しかし、早く開戦すれば勝利するのかという点については、戦闘で勝利を得て講和するというあてのないものであった。日本は、自らはいくら戦闘で敗北しても講和するつもりなどないのに、相手については戦闘で大敗北すれば講和に応じるであろうと、都合よく物事を考えた。

戦争を決意していたものの、ルーズベルト大統領は開戦準備が整っていないことから、日本との話し合いを進めた。戦争はしないと言って大統領選に当選したこともあり、また世論の準備もできていないことから時間をかける必要があった。日中戦争に加えて、更にアメリカと戦争はしたくない日本も、話し合いを進めた。しかしアメリカは、準備ができたと思った時にそれまでの日米交渉の経緯をひっくり返し、日本が開戦に踏み切らざるをえないような条件を突きつけた。それが「ハルノート」であり、日本軍の中国からの全面撤退を要求したのである。東条英機は英霊に対し絶対に呑めない条件だとして、アメリカの希望通り開戦に踏み切った。攻撃は暗号解読により事前に察知されていた。それも、アメリカ市民をも怒らせ立ち上がらせるのに最も都合のよい、宣戦布告なしの奇襲という攻撃だった。予想できなかったのは攻撃の場所と被害の大きさだった。

アメリカの日本爆撃

アメリカが日本を敗北させる方法は明確であった。潜水艦や航空機により日本の海上輸送を断ち切り、資源、食糧を途絶させ、燃えやすい日本の工場、家屋を戦略爆撃により焼き尽くすというものである。ヨーロッパの戦線を第一優先としていたアメリカは、ヨーロッパでの勝利の見通しがたつと大兵力を集中して東京に向かった。

日本を遠距離から爆撃するために、長距離戦略爆撃機B-29が開発された。B-29の初飛行は一九四二年九月、実戦部隊での作戦ができるようになったのは一九四四年五月からであった。B-29は欧州戦線には投入されず、まずは中国の成都に配備されて、六月から日本空襲、満州空襲に使われた。成都から九州までは二〇〇〇キロ。爆撃機B-17の行動半径は約一五〇〇キロだから届かない。ロンドンからベルリンは一〇〇〇キロ。B-17で十分に間に合った。

成都への燃料、爆弾等はすべてインドのカラチからヒマラヤ越えで輸送機により運ばれたが、その労力は大変なものであった。なにしろB-29は一回の飛行で三万五〇〇〇リットルも燃料を使うのであるから。

一九四四年七月にサイパン島が陥落した。サイパンから東京までは二四〇〇キロ、B-29なら十分東京を爆撃できる。しかも制海権があるから物資の輸送も無制限にできる。そこでサイパンに航空基地が整備されるとB-29は成都からサイパンに移動し、一一月から日本本土爆撃を開始した。

B-29が配備される前には、日本本土を爆撃できる爆撃機はなかったが、アメリカは日本爆撃を試みた。それが陸軍のB-25双発爆撃機を空母から発艦させて日本を爆撃する、という奇襲作戦だった。艦上爆撃機の航続距離は短く、日本に近づかないと爆撃はできない。あまりにも危険だ。そこで航続距離の長い陸軍の爆撃機をぎりぎりまでに軽量化し、空母から発進させて日本を爆撃させることを考えた。しかし着艦装備のない陸軍機だから、発艦はできても空母に戻ることはできない。そこで日本を爆撃した後は中国大陸に逃れることとした。

爆弾五〇〇ポンドを積んでのB-25の航続距離は約二〇〇〇キロとされるが、軽量化した上に五〇〇ポンド爆弾四発だけを積んでの作戦だったから、おそらく三〇〇〇キロ程度にはなっていたのであろう。東京の東約一〇〇〇キロから発進し、日本爆撃後中国の国民党軍支配地、上海南の折江省まで二〇〇〇キロを飛行するという計画であった。

一六機による日本爆撃は成功し、死者約九〇人、負傷約五〇〇人という戦果を上げた。このうちの大半は非戦闘員で、中には機銃掃射を受けて死亡した小学生が含まれている。一六機のうち一機はウラジオストックに不時着、一五機は中国まで到達し乗員はパラシュートで脱出した。

乗員八〇名のうち脱出中に死亡した者一名、溺死者二名、八名が日本軍の捕虜になった。八名の捕虜は、無差別爆撃と非戦闘員に対する機銃掃射を実施したとして全員死刑の判決を受け、そのうち三名は処刑された。残り五名のうち一名は病死し、四名は一年四ヶ月後アメリカ側に引き渡された。その他の六九名は全員アメリカに英雄として戻った。

隼に機種転換

さて、林たちが北方防空にあたることとされたのは、アリューシャン列島からの米軍重爆撃機による千島列島、北海道爆撃に備えてのものであったことはすでに述べた。アリューシャン列島のアッツ島、キスカ島には、一九四二年（昭和一七年）六月のミッドウェー作戦の陽動作戦として日本軍が上陸、占領していた。林たちが帯広で耐寒訓練をしていた頃は、アッツ、キスカの両島はまだ日本軍の占領下にあった。

林たちは翌年一月から二月にかけて一式戦Ⅱ型への機種転換とロッテ戦法の訓練を受けた。一式戦が太平洋戦争に備えて、急きょ制式化されたことについてはすでに述べた。この一式戦は当初二枚プロペラ、最大速度五〇〇キロそこそこ、武装は七・七ミリ機銃一二・七ミリ機関砲各一門というものであった。これをゼロ戦と同じエンジンにし三枚プロペラとしたところ、一式戦Ⅱ型は最大速度五三六キロまで出るようになった。とくに、低速からの加速性能がよく、P-51にも負けなかったといわれる。また、武装も一二・七ミリ機関砲二門となった。武装については、主翼の内部に三本の桁があるという三桁構造であったため（ゼロ戦などは二桁）、主翼内に機関砲を取り付けることができなかった。

防護については、防漏タンクが七・七ミリ機銃対応から一二・七ミリ機銃対応の外装積層ゴム式となり、防火性が増した。一九四三年六月からの量産型からは、操縦席背面に一三ミリ厚の装甲防弾鋼板を追加装備し、一二・七ミリ弾に対応できるようになったが、林たちの隼にはまだこの防弾鋼板はなかった。

隼は素晴らしかった。機体強度の問題から時速六〇〇キロの降下速度制限があったが、その加速性能と特に垂直方向の旋回性能は素晴らしかった。林はなによりも、その機影の美しさが気に入った。九七式戦に乗っていた者にとって、同じ中島飛行機の一式戦を乗りこなすのは難しいことではなかった。

林たちが訓練を受けたロッテ戦法とは、いわば空中戦のチームプレー戦法である。従来の戦闘方式は、三機一個小隊で、一番機、二番機が敵機と戦っている間、三番機が上空援護をするというものであった。ロッテ戦法では二機を一チームとし、第一チームの二番機は一番機の後方援護を行い、さらに第二チームが後方を守りつつ戦うというものであった。すなわち、一機が敵機に追撃されたら、僚機がその敵機におそいかかる。さらに他の敵機がその後方を狙ったら別のチームが守ってやるという、いわば団体戦である。この戦法は味方同士のコミュニケーションが重要で空中無線が必須のものであったが、隼の無線は雑音が入って使いやすいものではなかったと言われている。

千島列島最北端の空中戦

機種転換を終えた第五四戦隊は、千島列島のほぼ最北端の幌筵島(ぱらむしるとう)に向かうこととなった。帯広から幌筵島までは約一三〇〇キロ、オホーツク海では夏、濃霧が発生する。洋上飛行の航法訓練を行っていない隼だけでは、霧の中に入ってしまったら危険きわまりない。戦隊長の島田は、航法訓練を行っている陸軍の九七式重爆撃機に先導を依頼した。こうして昭和一八年(一九四三年)七月、島田戦隊の隼三三機は全機無事に幌筵島北ノ台飛行場に到着した。

幌筵島北ノ台飛行場の滑走路は板敷きであった。それは地面の水分が多く突き固めることができないので、北海道の材木で滑走路を作ったからであった。セメントは不足していた。

千島列島の情勢は緊迫していた。日本軍はミッドウェー作戦の陽動作戦として、アリューシャン列島のアッツ島、キスカ島を占領していたが、米軍の反撃により五月にはアッツ島が玉砕、アッツ島の東約三〇〇キロのキスカ島には、六〇〇〇人の陸海軍兵士が孤立していたのであった。これを救出する作戦が進められていた。第五四戦隊が幌筵島に到着したときは、この救出作戦が一度失敗し、二度目の作戦が立てられている時であった。アッツ島では、米軍上陸後、飛行場の整備が進められ、爆撃機の配備も伝えられていた。アッツ島から一二〇〇キロの幌筵島には、近いうちに攻撃が加えられることが予想された。

キスカ島はアッツ島よりも東にあるので、日本軍は米軍が先にキスカ島を攻撃すると考えた。そこでキスカ島には六〇〇〇名の兵士を、アッツ島には二七〇〇名の兵士を配置した。しかし米軍はアッツ島を先に攻めた。アッツ島の日本軍は制空権、制海権、補給なしという状況の中で五月一二日、全滅した。日本軍最初の玉砕であった。

次は当然キスカ島の番だった。日本軍は当初潜水艦による救出作戦を実行するが、失敗、三隻の潜水艦を失ってしまった。そこで米軍の監視する中を霧に隠れ、駆逐艦によって救出しようという作戦に切り替えた。七月一五日の一回目の救出作戦は、霧が発生しなかったため中止。二度目の作戦で霧が発生、一〇隻以上の駆逐艦等からなる救出部隊は七月二九日キスカ湾に突入、わずか一時間の間に兵士全員を乗艦させ、救出に成功した。奇跡の作戦と言われた。一時間で六〇〇〇名もの兵士を乗艦させることができたのは、兵士に小銃を含むすべての武装を放棄させたからであった。これは救出作戦指揮官の独断で行なわれたものであった。

日本軍の撤退に気づかなかった米軍は、八月一五日、艦艇一〇〇隻により徹底的な艦砲射撃を実施の後、三万四〇〇〇名の兵が上陸、島がもぬけの殻であることを発見する。このとき米軍は各所で同士討ちを演じ、約一〇〇名が死亡した。

林らはこの奇跡の作戦の成功を幌筵島で聞いたが、そのような状況では幌筵島に敵機が攻撃に来るのは遠い先のことではないと思った。案の定敵機はすぐにやってきた。

幌筵島には電波警戒機器（レーダー）が配置されていなかったので、目視による空襲警報から敵機来襲までにはほとんど時間がない。そのため飛行第五四戦隊は警報が出てから一分三〇秒以内に全機の離陸を終わるという猛訓練を行なった。

最初の米軍による幌筵島爆撃は八月一二日にやって来た。この日対空監視所から、「高度五〇〇〇から六〇〇〇メートルにB-17、九機発見」の警報が出るや否や、戦隊全機はいっせいに離陸、高度五〇〇〇メートルで待機した。ところが敵機は発見された後で編隊を解き、低高度で個別に幌筵港湾を攻撃し、超低空で退去したためほとんど発見できなかった。しかし戦隊の最後に離陸した一部の編隊が、太平洋上を超低空で帰還する敵機を発見し、追撃した。

B－17は四発の戦略爆撃機で、最高速度は時速四六七キロ、爆弾二・七トンを搭載しての行動半径が一五〇〇キロ以上ある。乗員は一〇名で一二・七ミリ機銃を一三門搭載、四発のエンジンのうち二発が止まっても飛び続けるという頑丈な機体だった。

隼は格闘戦を主眼として作られ、武装も一二・七ミリ機関砲二門だけである。そもそも重爆撃機を撃墜するという要求性能で作られていない。

重爆撃機を攻撃するには、速度が速く、重武装で一撃離脱するのが一番よい。爆撃機への攻撃で一番危ないのは後方からの追撃である。後ろから追いかけて攻撃すると、速度差があまりないために、後部、上部、下部の機銃に返り討ちに会う可能性が高い。加藤隼戦隊長がブレンハイムというイギリスの双発爆撃機に撃墜されたのも、後方から攻撃しているところを機体上部の七・七ミリ機銃に狙い撃ちされたからであった。

この日、第五四戦隊は三機のB－17撃墜（二機は不確実）を報告したが、隼一機が撃墜された。撃墜した隼は斜め前方上方から急降下しながら攻撃したものであった。一方、撃墜された隼は後方からの攻撃中に撃墜された。そのほか編隊をくずしたB－17を、数機の隼が攻撃したことの効果が大きかったことも確認された。なお、米側の記録によるとB－17の損失は三機（被撃墜二機、カムチャッカ半島に不時着一機）であった。

二度目の米軍の攻撃は、一ヶ月後の九月一二日だった。この日の攻撃はB－25一〇機、B－24六機による攻撃であった。B－25は幌筵島北西から、B－24は東から攻撃してきた。三〇機の隼は、戦隊長と数機がB－25を、第二中隊と林の第三中隊がB－24を迎撃した。

B–24はB–17同様のエンジン四発の大型爆撃機で、航続距離、爆弾搭載量はほぼおなじだが、最高速度が少し速く、搭載機銃は一〇門とB–17より三門少ない。垂直尾翼が水平尾翼の両端に二枚あり、全体的にずんぐりして飛行艇のような形をしているのが特徴だ。

重武装の爆撃機は編隊を組むと、うかつに手を出せない。へたに近づくと、一二・七ミリ機銃の集中攻撃にあう。雨のような機銃弾の一、二発がエンジンにあたるだけでも、隼にとっては致命傷になりかねない。なんとか編隊をくずせば、個別に攻撃できるのだが、林たちはこのB–24の編隊をくずせず、攻めあぐんでいた。このままいつまでも追っていては、燃料不足で戻るしかなくなる。

そのとき第二中隊の横崎中尉機が、突然五〇〇メートルほど急上昇したかと思うや、B–24編隊の先頭の編隊長機に体当たりをしたのであった。B–24は尾翼部分が切れ、コントロールを失い海中に突っ込んでいった。編隊長機を失ったB–24の編隊はくずれ、ばらばらになった。再度の体当たりを恐れたのであろう。「横崎の死をむだにするな」と、隼は残りのB–24を数機ずつで集中的に攻撃した。その結果、B–24の編隊はほぼ壊滅状態になり、六機のうち五機が撃墜（うち不確実一機）された。（米側記録ではB–24三機被撃墜）

これとは別にB–25の五機編隊を攻撃した島田戦隊長機は、敵機に遭遇すると直ちに前方斜め上方から編隊長機を急降下攻撃し、操縦席を集中的に狙い、これを撃墜した。そして反転し編隊後尾機を後方から攻撃をしているときに、島田が気づいていなかったB–25第二編隊により攻撃された。島田機は被弾しエンジンが止まった。「しまった、もう一編隊いたのか。不覚だった。もうこれまで」と、島田はB–25に体当たりをしようと反転上昇に入った。そのとたん、エンジンが再び回り始めた。島田は「助かった」と、北ノ台飛行場に帰還した。島田の編隊の戦果はB–25撃墜二機（うち不確実一機）であった。（米軍記録ではB–25七機

未帰還）

第五四戦隊の大勝利であった。この後、米軍機による幌筵島への爆撃は行なわれなくなった。被害の大きさに耐えられなくなったのであろう。

満州へ

林が満州に来たのは昭和一九年（一九四四年）一二月、少佐に昇任したときであった。満州所在の第二航空軍独立第一〇一教育飛行団第四練成飛行隊長を命ぜられたのである。満州はこの年の六月から成都を発進したB−29の爆撃を受けていた。林が呼ばれたのは、爆撃機の邀撃に戦果をあげていたことがあったのであろう。しかし林が満州に行ったときには、B−29の部隊は成都からサイパンに移動し、サイパンから日本本土爆撃を開始していたのであった。

第四練成飛行隊の任務は、練習機による操縦教育を終わったものに対して、実機、隼による戦闘訓練を行なうことであった。特に力を入れたのは爆撃機攻撃訓練であった。なぜなら訓練生は訓練を終わると、本土の部隊に配置され、B−29と戦うことになるからである。

B−29は当時のアメリカの最高技術を集めて作られた長距離戦略爆撃機だった。それまでのB−17やB−24とは比べ物にならない航続距離、高高度飛行能力、速力、爆弾搭載量を誇っていた。しかも乗員室の機密性が保たれ与圧されていたから、長時間、超高空の飛行も乗員の負担とならなかった。さらに一三門ある機銃は遠隔操作式で、攻撃する戦闘機の未来位置を射撃することが可能であった。B−29のこのような高性能を実現したのは、排気ガスのエネルギーを利用して圧縮空気を作り出す、排気タービンの実用化に成功したことからであった。これにより空気の薄い高高度でも、エンジンの出力を維持することができた。日本はこの高温高圧で作動する排気タービンを実用化することができなかった。

　四・五トンの爆弾を積み、高度一万メートルを隼より高速で飛行するB-29を撃墜するチャンスは、隼にはほとんどなかった。しかし、B-29は常にその状態で爆撃に来るわけではない。爆撃精度をあげるために低空を飛行してくることもあった。そのB-29をどうやって撃墜するかを林の練成飛行隊では教えた。林の経験が大いに役に立った。

　まず、B-29をはじめとするアメリカの大型爆撃機を後方から攻撃するのはタブーだった。B-29との相対速度が遅いところを後ろから近づいたのでは、B-29の後部銃座に狙い撃ちされる。前方か上方から攻撃する方が、チャンスが大きい。前上方から操縦席を集中的に狙い撃ちしてパイロットを殺傷する。この場合でも、B-29の機体上方の四連装一二・七ミリ機銃銃座から反撃があるが、露出時間が短かった。銃座の反撃が一番少ないのは、真正面からB-29の操縦席を狙うことだったが、この場合は射撃のチャンスがほんの一瞬しかない。そのうえ真正面から撃ち続け、衝突の一瞬前に機をB-29の下に持っていくためには、相当の腕が必要であった。

　教え子の中には本土の部隊に行き、B-29と対決した者がいたが、満州では林がB-29と対決する機会はなかった。林は、満州での実戦がないまま八月九日のソ連軍侵攻を迎えたのであった。

第五章　奉集堡飛行場脱出

林弥一郎少佐

奉天（瀋陽）にソ連軍がやってきたのは八月一九日であった。最初に進駐したのは二二五名の空挺部隊で、午後一時過ぎに奉天の東飛行場に輸送機で着陸した。この時、大型機に乗り換えるために飛行場で休憩していた満州国皇帝溥儀が捕らえられたことは先に述べた。乗り換えの休憩が溥儀の運命を変えた。

翌二〇日、ソ連軍本隊が奉天に進出し、司令部を設けた。

終戦の詔勅の放送後、奉天市内の治安は悪化し、満州族、漢人、朝鮮族などによる略奪行為が行なわれはじめた。終戦時の奉天の人口は約一一〇万人、そのうち約二五万人が日本人であった。敗戦までは日本人が胸を張って町を歩いていたが、それ以降は街に晴天白日旗がひるがえり、漢人、満州族、朝鮮族が胸を張って歩いた。略奪行為は日本軍が治安を維持している間は少なかったが、ソ連軍が進駐し、ソ連軍人が公然と略奪、強姦を行なうようになると、漢人、満州族等による略奪も公然と行なわれるようになった。

昼下がりでも路上で公然と強姦をするソ連軍兵士から身を守るため、女性は髪をきり、顔に土をぬって男性に変装した。それでもソ連兵士は銃を突きつけ、胸をまさぐり、女性であると確認すると連れ去って強姦した。奉天には避難民が大勢集まっていた。食料もなく、金もなく奉天に避難してきた日本人難民の苦しみは、言葉では表すことができないものであった。衣類を奪われたのか、それとも食糧に変えたのか、裸の上に顔と手をだす穴をあけた麻袋をかぶっているだけの若い女性が何人もいた。だれも守ってくれる者はいなかったのだろう。暴行はこんな者に対しても行われた。

ソ連兵の暴行を避けるために、何十人もの女性が集団自決したという悲しい話が、いくつも伝えられた。

武装解除を待つ

奉天と奉天周辺の飛行場は順次武装解除された。林たちの奉集堡（ホウシュウホ）飛行場は奉天から三〇キロほど離れていることから、もう八月も終わろうというのに武装解除が遅れていた。関東軍司令部からは、ソ連の武装解除を受けることと、その後は適切に対処せよという指示が一〇日ほど前に来ただけだった。もっとも関東軍司令部自体がなくなってしまったのであるから、それ以上の指示が来るはずもなかったが。

奉集堡には飛行団司令部と林の第四練成飛行隊、それに飛行場大隊の約七〇〇名がおり、手持ち無沙汰にソ連軍による武装解除を待っていた。二〇数機の隼は、放置されたままだ。

林はピストのかたわらの椅子で、飛行場のかたわらをのろのろ走る列車を眺めていた。コウリャンの畑を越えてやってくる風は、秋の気配であった。もうすぐ八月も終わるなと思いながら眺めていると、列車が停車した。すると無蓋の貨物車にあふれんばかり乗っていた避難民がばらばらと降りてきて、かたわらの草むらで用をたした。男も女もなかった。過酷な状況の中で、みな生きて日本に帰ることしか頭になかった。

部下の吉崎准尉が近づいてきた。

「戦隊長どの、何をごらんですか?」

林はふと我に帰り准尉を見上げた。

「ああ、列車の避難民の状況が日に日にひどくなっていくなと思ってな。ああして男も女もなく用を足さなくてはならない状況になっている。悲しいことだがどうしようもない。

そうだ、吉崎は今日、奉天の町に出たのだろう? 様子はどうだった?

まあ、戦争も終わったのだから、少佐も准尉ももうあまり関係ないだろう。隣に座って話してくれ」

「それでは失礼します」

吉崎は少し間をおいて林の隣に座った。

「まあ、ひどいものですよ。ソ連兵の質は、軍隊とはいえないくらいひどいですね。略奪、強姦なんでもやりますよ。なんでも、最初に奉天に来たのは囚人部隊だそうですよ。腕時計を奪っても、ぜんまいを巻くということを知らないから、止まるとまた次の時計を奪っては、両方の腕にいくつもしているという具合ですよ。酔っ払って女性を白昼商店街でおそい、それを守ろうとする亭主を射殺するなんてことも行なわれているのです。戦争に負けるってことはこんなに酷いことなんですかね」

林は吐き気を感じながら吉崎の話を聞いた。吉崎は続けた。

「奉天には北のほうから命からがら逃げて、やっとたどりついた女、子供がたくさんいます。しかし、彼らの寝泊りするところがないのです。略奪された後ですから、もう何も持っていない。そんな彼らが雨露をしのげるのは、学校ぐらいのものです。そこにおおぜいの避難民がいます。しかし、ろくな食べ物がない上に、冷たいコンクリートの床の上に寝ているものですから、弱った小さな子供が死んでいきます。運動場はその子供たちを埋めた土饅頭でいっぱいになっていました。その土饅頭のかたわらで、ボロきれをまとった若い母親が、ごめんなさい、ごめんなさいといつまでも泣いているのです。生き地獄とはあのことでしょうね」

林の憂うつな顔に気づいた吉崎は、いやなことを話しすぎたかと思い話題を変えた。

「そういえば、飛行兵は飛行機に近づいてはならないというお達しが来ましたよね」

林は飛行機という言葉を聞いて我に返った。吉崎の言うとおり、奉天東飛行場で四機の隼が自爆したことから、そのような通達が奉集堡飛行場にも届いていた。

「ああ、それがどうした」

「いえ、なんでもその通達を守らないで、飛行機に乗って朝鮮や日本に飛んでいく飛行兵が結構いるそうですよ」

降伏命令が出て以来、軍隊の秩序は徐々に乱れ始めていた。どうせソ連軍の捕虜になるくらいならと言って、脱走したり物資を持ち出したりする将校、下士官がかなりいるという話も聞いたことがある。燃料さえ満タンにすれば、飛行機に乗って朝鮮はおろか日本に飛んで帰ることは十分可能だ。

「しかし、われわれはまだ一応軍隊なのだからな。飛行兵だけが無事に日本に帰るなんてことが許されるはずがないだろう」

「それはそうですけれど、ここにだって二〇機以上の飛行機があるんです。燃料も十分にあります。隊長だから正直に言いますけれど、飛行場大隊の者なんかは、飛行隊の者はそのうち日本に飛んでいくのだろう、うらやましいな、などと言っていますよ」

自分たちの部隊が疑われているのを聞いて、林はいやな顔をした。

「いいえ、単なるうわさですよ。隊長が飛行隊の者に、勝手なまねをするなと厳しく言っていることは、みんなよく分かっていますよ。

でもこれから先どうなるんですかね。そのうちここにもソ連軍が武装解除にくるんでしょうけれど。いろいろ心配はあるけれど、皆が一番心配しているのはシベリアに送られることですよ。北の部隊では健康なものとそうでない者が分けられて、健康な者だけがどこかに移動させられたというわさですよ。きっと、シベリアに連れて行かれたに違いありません。冬は零下三〇度以下になるシベリアでは生きて帰れる望みはありません。そんなことになる前に、ここを逃げ出そうと話し合っている者は少なくありませんよ。現に、飛行場大隊では補給中隊の何人かが物資を持ち出して脱走したそうです。戦争中なら憲兵に捕まって銃殺刑ですよ」

岫岩（シュウガン）の開拓村の話

吉崎の話したシベリア送りのうわさは正しかった。関東軍の武装解除は順次進んでいたが、ソ連軍は兵士の復員を認めず、一〇〇〇名ごとの作業大隊を編成しはじめた。一〇〇〇名に人数が不足すると、居留民やすでに離隊した男を無理やり「男狩り」により連行した。これらの者は八月下旬から順次、シベリアに移送されていったのである。

ソ連軍の措置はスターリンの指令に基づいていた。八月二四日、スターリンが極東軍総司令官ワシレフスキーに、「旧日本軍の軍事捕虜のうちから、極東とシベリアの気象条件のなかで労働可能な身体強健な捕虜を、最低五〇万人選別しておく」「軍事捕虜の移送を実施する前に、各一千名単位の作業大隊の編制をしておく。……」と指示していた。極東ソ連軍はこの通達どおりに、人数をきちっとそろえて、次々と日本人をシベリアに送った。

林は飛行隊の者に、自分たちもいずれは武装解除を受け、ソ連軍の捕虜となるから覚悟をするように説いた。九月になると、奉天の日本軍のシベリア移送も始められた。奉天周辺の飛行部隊の移送が始まったとの情報も伝わった。

奉天から従前の名称に戻った瀋陽では、ソ連兵に加え漢人等の日本人に対する蛮行も激しさを増していた。避難してきた日本人は食べるものもなく、子供を売るものまで出はじめていた。手元においておけば死んでしまう。生かすためには売るしかないという悲しい選択だった。

林たちの部隊は、飛行場の中に隔離されているような状態で、治安の問題はなかった。降伏したとはいえ七〇〇名の武装した兵士がいるのだから、漢人等も手は出せない。その上、食糧も十分にあった。

九月五日、林のもとに田畑という一人の飛行兵が訪ねてきた。田畑は林と同じく、一兵卒から操縦学生、少尉候補生を経て少佐になった者である。新京（長春）の飛行隊にいるはずであったが、飛行服から航空徽章、階級章など一切のものを外し、金属製のボタンを取り去り、さらにポケットのふたも取り去って、軍服とは分からないようにしてあった。林はコートを手にした田畑を、隊舎に案内した。コートはすぐにやって来る冬に備えてのものだろう。腹が減っているに違いないので、部隊の者に残り物を準備させた。

田畑は出された冷や飯と味噌汁を、「遠慮なくいただく」と言って貪った。

「先輩、どうされたのですか？」

田畑は一期先輩だった。田端がお茶を飲み、一段落したところで尋ねた。

「ソ連軍の捕虜になるのがいやで、逃げ出してきたよ。こういうふうに民間人になりすまして、新京から列車にもぐりこみ、奉天の北で列車が速度を落としたところで飛び降り、そこから歩いてきた。

あんなソ連兵の捕虜にはなりたくない。それにシベリアに送られたら、まず生きては帰れないだろう。なら、どうなるかは分からないが、とにかく海を目指して南に行こうと思ってな。

武装解除を受けろという命令だと？　あんなものが何になる。あれはもともとソ連軍がちゃんとした軍隊で、日本軍を国際法に基づき処遇するという前提に基づくものだ。お前もまさかソ連兵の暴虐ぶりを知らんわけではないだろう？　あんな獣にも劣るやつらの捕虜となり、シベリアで黙々と強制労働ができるか。俺はもう自分の判断で生きていくことにした。捕まって銃殺刑になるなら、それでもいい」

林は黙って聞いていたが、心の中では田畑の言うことに同意していた。

「そうだ、あんなソ連兵の捕虜には誰もなりたくない」

この気持ちはみんな同じだった。

「それにしても、お前たちはここでおとなしく捕虜になり、シベリアに送られるのを待っているのか」

林は田畑の問いかけに答えることができなかった。本心はノーであり、やっていることはイエスだったからである。

「なあ、林、もう日本陸軍はなくなったんだ。形式上残っているだけだ。俺のいた新京の飛行隊は、お前たちのようにじっと待っていて、皆シベリアに送られたようだ」

「送られたようだというと？」

田畑が部隊を抜け出してきたのかと思っていた林は、思わず聞いた。

「俺はソ連軍が部隊に来た時、ちょうど用事で新京から離れた郊外の町に出ていたのだ。部隊の物資を持ち逃げした者を、その者の家まで追っていたところだった。その者を見つけて部隊に連れ戻そうとしたところ、もうソ連軍が飛行場から部隊の者を移送しているところだった。逃げ出した者が、『ね、少佐殿、戻ってもシベリアに送られるだけですよ。そんなことなら何とか日本に帰りましょうや』と言うんだ。その者の言うことに一理あると思ったので、その者を放し、俺もこうして民間人になりすましてここまでたどりついたというわけだ。

もう二日も何も食っていなかったので、この飯は助かった。

そんなことで俺はもう、言わば脱走兵だ。しかし、集団でシベリアに送られることが軍人として立派だと言えるのか？　まあ、いろいろな考え方があるから一概には言えないかもしれないが」

林は黙って聞いていた。田畑の言うことはもっともだった。林がそうできない理由は、やはり「各部隊は待機してソ連軍の武装解除を受けよ」という関東軍の命令であった。

「そうだ、林、こんな話を聞いた。今、奉天でどれだけ多くの日本人が飢えで苦しんでいるかはお前も知っているだろう。実は、ここから南にまっすぐ海のほうに向かうと、約二〇〇キロのところに岫岩（シュウガン）というところがある。そこに開拓団があって日本人が米を作っていたそうだ。ところが開拓団の人たちは追い出されてしまったので、誰も米を収穫していないのだそうだ。

どうだ、林、お前の部隊の者三〇〇名でそこの稲を刈り取って、北から避難してくる日本人をそこに収用すれば、何百人もの命が救われることになるぞ。これから厳しい冬がやってくる。どれだけの日本人が餓死するか分からない。

林、やってみないか。奉天の部隊はもうみんな捕虜収容所に収用されてシベリア送りを待つだけだ。お前のところではまだこうして何百人もの兵がいて、武器も持っている。二〇〇キロくらい、歩いてでも行けるだろう。それに海に近いから、海までたどり着けば、日本に行く船を見つけられる可能性もある。考えてみないか」

林の目が光った。部下に地図を持ってこさせた。航空隊だから、周辺の地図はたいてい揃っている。岫岩、あった。田畑の言うとおり、奉集堡飛行場から真南に約一五〇キロ、海岸から五〇キロのところにある。

「田畑さん、ソ連軍はもうかなり進駐しているのでしょう。ここまでたどり着けるでしょうか？」

田畑は林が関心を示したので、すこし嬉しそうに、

「それは分からん。でも、俺は新京からここまで来たが、ソ連軍は都市部は押さえているが、農村部はそれほど押さえていない。三〇〇人以上の部隊がまとまって動くとなると目立つかもしれないが、ここから岫岩まではほとんどが農村部と山だ。それに林、見つかったときは見つかったときだ。結果はいずれにしてもシベリア送りだ」

田畑はニヤッと笑った。林も笑った。

「先輩、この話は他の誰かにしましたか？」

「ああ、飛行場大隊長の光岡のところでしてきた。こんな格好をして、いきなり話を切り出したのがまずかったか、光岡のやつ、脱走をそそのかしにきたのですかと怒りはじめたので、そうそうに退散してきたよ。おかげで何も食わせてもらえなかったよ」

「その話は、やってみる価値がありそうです。私も戦争が終わって、自分のやることは何か考えていたところです。この場で兵をシベリアに送るのが私の任務ではないかと思い始めていたところでした。でも、日本は戦争に負けました。むしろ、彼らを無事に日本に帰すのが私の任務ではないでしょう。前みたいに、隊長の私がこう決めたからお前たちはその通りにしろ、というわけにはいかないと思います。部下とも相談して決めたいと思います。

ところで先輩はどうするのですか？　もし我々が岫岩に行くとしたら、一緒に行かれますか？」

田畑は林に勧められたタバコをうまそうに吸いながら答えた。

「いや、俺は一人で南に行くよ。どこまでいけるか分からないが、このまま行ってみる。お前がこの飛行隊の者たちを連れて岫岩に行くとしたら、俺はよそ者だ。俺は一応お前の先輩だから、お前も俺を立てざるを得ないだろう。俺は邪魔なだけだ。お前の思うようにやったらいい」

田畑はしばらく林と昔話をし終わると、ひとり飛行場を出ていった。食糧と少しばかりの金を渡すと、田畑は「ありがとう」と言って深々と頭を下げた。

出発

田畑が去った後、林は岫岩のことについて何回も考えた。敗軍の兵が集団で独自行動をとる。しかも周りはソ連軍、国民党軍、八路軍とよばれる中共軍がどんどん進駐している。いつどこの部隊と遭遇するか分からない。

武器は携行していくとしても、飛行部隊は飛行士と整備兵の部隊である。射撃はできるが部隊としての戦闘行動はできない。かえって部隊の者を危険な目に合わすことにはならないだろうか。心配の種はつきなかった。

しかし林は決心した。九月八日の夜、林は部隊の者全員、三〇〇名以上を整備工場に集めた。皆は何の話かとざわついていた。林は切り出した。

「今日集まってもらったのは、重要な話があるからだ。それは皆の今後の運命、生死に影響する話だ。聞いてくれ」

林が切り出すと皆はたちまち静かになり、真剣に耳を傾けた。

林は岫岩の開拓団のこと、そこの稲を刈り取り少しでも日本人の命を救いたいこと、そこから海までは五〇キロほどだから、海に出て日本に帰る船を捜すことができるかもしれないことなどを話した。

「皆も聞いているだろう。奉天周辺のこの飛行場以外の飛行場はすべて武装解除され、兵は捕虜収容所に収容されている。そのうちの一部はすでにシベリアへ送られたとの情報もある。

ここにいたらいずれ武装解除させられ、捕虜収容所に入れられるだろう。そして最終的にはシベリア送りとなるだろう。

ここで武装解除を受けろというのが関東軍司令部の命令だ。しかし、命令を出した関東軍司令部はもはや存在しない。山田総司令官以下は九月五日、すべてハバロフスクに移送された。命令の中には『その状況に応じて、最善の方法をとれ』ということもあった。

俺はここを出て今話した南の岫岩というところへ行き、米を刈り、すこしでも日本人の命を救いたい。そしてできればその米を持って海まで行き、日本に帰る船を捜したいと思う。日本は戦争に負けた。日本陸軍はもう形だけのものだ。俺はまだ隊長だが、これからどうするかは皆自分で決めるべきだ。俺は皆が全員俺の考えに賛成するとは思っていない。賛成する者だけで南に行こうと考えている。

ここで除隊したい者はここで除隊しろ。ここに残りたい者はここに残れ。俺と行こうと思う者は、俺について来い。

さあ、皆、話し合ってくれ」

「俺はシベリアなんかには行きたくない。ここにいたら、きっとシベリア送りだ。俺の身内はこの満州にはいない。みな日本にいる。日本に帰りたい。俺は隊長と一緒に行く」

飛行兵の竹内曹長が叫んだ。

「そうだ、そうだ、ここにいても座して死を待つだけだ。隊長は隼で日本に飛んで帰ろうと思えばそれができた。みなも聞いているだろう。多くの飛行兵が日本や朝鮮に飛んで行った。しかし隊長はここに残ってくれた。俺も隊長と一緒に行くぞ」

整備兵の成川准尉が叫んだ。

「隊長、俺は家族が奉天にいます。家族のことが心配です。ここで除隊させてください」

根こそぎ動員された四〇歳近い整備兵が言った。

「ああ、いいとも、お前の家族はここにいたな。帰ってやれ。ここで除隊する者には、除隊手当てと食糧を支給する。これは飛行隊の判断でやる。植松准尉、そうしてくれ」

林が言うと、糧食、給与担当の植松准尉が、

「分かりました。で、飛行隊長殿、残った糧食と金はどうしますか？」

と聞いた。

「南に行く者の人数に応じて持って行こう。この先何があるか分からないから。ここで分かれる者には人数分を残していく」

「で、飛行隊長殿、いつ出発するんですか？」

植松が聞いた。

「明日だ。準備といっても大した準備はない。隊にあるトラックや車に糧食と武器を積み込み、徒歩で南に向かう。隼の機銃を一門だけ持っていく。小銃は二、三〇丁も持っていけばいいだろう。いいか、戦いのために持っていくのではない。あくまで自衛用だ。

争いは極力避ける。ソ連軍や八路軍がいたら避けて行く。国民党軍も避けて行く。目的は無事に岫岩にたどりつくことだからな」

話し合いは長くはかからなかった。家庭や身よりのある三名の者が現地除隊を申し出たほかは、全員が一緒に行くことになった。

敗戦後やることもなく、不安の中で野球や相撲に気をまぎらわせていた兵は、目を輝かせて出発の準備にとりかかった。

翌九日朝、林は飛行団司令部に出頭し、森山参謀に、第四練成飛行隊はこれから奉集堡飛行場を出て南の岫岩に向かうことを伝えた。団司令は新京の第二航空軍司令部にいるところをソ連軍の捕虜となり、すでに連絡はとれない。

森山中佐は林の話を聞くと、顔色を変えて怒った。

「何を勝手なことを言っているんだ。この飛行場を出ることは命令違反だ。俺が許さん」

「参謀殿、我々はもう決めたんです。今からここを出ます。参謀殿には迷惑はかけません」

「迷惑はかけないと言ったたって、責任は俺が取ることになる。武装解除にきたソ連軍にどう説明するのだ」

「脱走したと言えばいいでしょう。責任は私が取ります。もう止めてもむだです。あれを見てください」

林は窓の外を示した。三〇〇名以上の兵士がすでに出発の隊列を整え、林の戻るのを待っていた。トラックには隼から外した一二・七ミリ機関砲が積んである。林は森山が息をのむのを見て続けた。

「私は参謀殿の許可をもらいに来たのではありません。一応お知らせしに来ただけです。参謀殿には私に対する指揮権はありません。私に命令できるのは団司令か第二航空軍司令官ですが、お二人とも、もう連絡は取れません。

これから先我々は自分たちの責任で行動します。あの者たちはすべて自分の意思で行動を決定しました。私の命令ではありません。命令だから行くなと言っても、あの者たちは行きます。これを止めることはできません。もし止めようとすると、とんでもないことになりますよ。

ではこれで失礼します」

林は森山に敬礼すると、「まて！」と叫ぶ声に振り向きもせずに皆のところにもどった。そして、皆に向かって大声で伝えた。

「これから出発する。いいか、これからどんなことが起こるか分からない。皆冷静に対処するのだ。特に住民とのあいだの争いは避けなくてはならない。そこで皆、次の三つのことを守ってもらいたい。

一つ、絶対に農地を踏み荒らさない。農民にとって畑は命だ。これを踏み荒らすと必ず紛争の原因となる。

一つ、食料は無償で持ってきてはならない。必ず代金を払う。我々はもう敗軍だ。強制的に食糧を調達できる立場ではない。金はある。必ず金を払ってくれ。

一つ、大和民族の名誉にかけて中国の婦人を侮辱してはならない。そうでなければ中国の農民は絶対に許さないだろう。

いいか、もしこの三つに反する者がいたら、この隊を出て行ってもらう。皆分かったか」

いっせいに「分かりました」という声がおこった。

「よし、出発だ」

林は隊を出発させた。門では、警衛の兵が呆然と見送った。

第六章　中共空軍建設の夢

東北航空学校　教官と学生

国共内戦は一九二七年から始まった。蒋介石は一九三〇年一二月から本格的な共産党掃討作戦に入った。一九三一年九月一八日には満州事変が起こり、翌年三月には満州国設立が宣言された。これにより中国人の抗日意識は高まったが、蒋介石は日本に対しては融和的な姿勢をとる一方、共産党掃討作戦を緩めないという「掃共優先」の方針をとった。

一九二八年に北伐を完了した蒋介石の新政府には、陸軍と海軍に合計二四機の航空機があった。蒋介石は共産党掃討作戦でもこの航空機を最大限に活用した。共産党軍には航空機はない。航空機により偵察され、位置を把握されるだけでも作戦上不利だった。

蒋介石の攻撃に対し装備で劣る共産党軍は遊撃戦を展開し、優れた作戦で蒋介石軍を苦しめた。後に日本軍をも苦しめた遊撃戦はここに始まっていた。日本陸軍はこの共産党軍の遊撃線を研究することもなく、日中戦争に入っていったのである。アメリカを研究することなくアメリカと戦争に入ったときと同じ状況であった。

蒋介石の空軍に対して共産党軍はなすすべがなかった。しかし一九三〇年三月、霧で不時着した偵察機を捕獲した。これが共産党軍の手にした最初の航空機であり、パイロットは投降した。この偵察機は「レーニン号」と名づけられ、一九三一年一一月、迫撃砲弾を爆弾として使用し、国民党軍を攻撃した。その結果、師団長以下五〇〇〇人余を捕虜とする勝利となり、飛行機の威力を共産党首脳に見せつけた。

一九三二年春、紅軍一一師団政治委員劉亜楼(リュウ・アロウ)が福建省の漳州(ショウシュウ)で二機の小型偵察機を捕獲した。この偵察機を毛沢東や紅軍第一軍団長であった林彪らが視察した。劉亜楼はこの時二二歳。劉亜楼は後にソ連に留学、日本敗戦後に帰国し、建国後発足した人民解放軍空軍の初代司令官となった。空軍とのかかわりはこの時にできたといえよう。

夢といってよかった。

新疆飛行隊と延安理工学校

航空機の部隊を持つことは中国共産党とその指導者たちの悲願であった。しかし共産党は小銃に手榴弾と機関銃、それに迫撃砲程度で武装する農民主体の遊撃軍であり、兵士の教育水準も低く、空軍を持つことは夢といってよかった。

共産党が空軍設立の布石を打つのは一九三八年になってからであった。一九三七年四月、中国共産党は新疆(シンキョウ)に中共代表として陳雲(チン・ウン)を送った。陳雲、後の国務院副総理である。この当時新疆を支配していたのは、地方軍閥盛世才(セイ・セイサイ)であった。盛世才は隣接するソ連寄りの政策をとり、ソ連の援助を受けていた。陳雲は盛世才がソ連の援助を受けて航空隊を保有していることを知り、毛沢東に航空要員育成のため人員を派遣することを建言した。この建言は採用され、一九三八年春、新疆にて中共初めての飛行隊「新疆飛行隊」が発足した。人員は四三名。内訳は飛行班が二五名、機械班が一八名であった。中共軍の問題は、ほとんどの者が小学校で三年間学んだくらいの教育レベルで、中には中共軍参加以降、はじめて文字を学んだ者もいるということであった。すなわち、飛行士や整備士として必要な基本的な数学、科学の知識がないばかりか、文字すら満足に読めない者がほとんどだったのである。

派遣された者は入学後すぐに飛行機搭乗体験飛行を行ったが、そのとき皆一つの発見をした。それは国民党軍の飛行機がやって来た時には、飛行機には何でも聞こえるから話をしてはならないと命令されていたが、飛行機からは地上の音は何も聞こえないということであった。彼らの飛行機に関する知識はこの程度のものだった。

翌一九三九年八月、ソ連に行く途中の周恩来が新疆飛行隊を訪れた。周恩来は新疆飛行隊員の成績は良く、飛行と整備ができるようになっているとの報告を聞き喜んだ。そして「将来我々が我々自身の空軍を建設するとき、骨となり種となる人員がいる。それが諸君である。時は二度とやって来ない。機会を失うことなくしっかり学習し、技術を養い、いったん必要なときには抗日戦線の最前線に立ってもらいたい」と皆を激励した。

この翌月、常乾坤（ジョウ・ケンコン）と王弼（オウ・ヒツ）の二名が新疆航空隊に航空理論訓練班の教官としてやって来た。二人は一九二〇年代にソ連に留学し、ずっとソ連の航空学院で学んでいた。彼らは航空学院の課程を終えると、祖国のために戦いたいという強い希望から卒業式を待たずに帰国し、新疆飛行隊の教官として赴任したのである。二人は、いつまでも航空要員の教育をソ連に頼っているのでは中国共産党独自の空軍を作ることはできないと考え、自前の航空学校の設立を毛沢東に手紙で訴えた。一九四〇年の冬のことであった。

一九四〇年末、二人は延安の共産党本部から召喚され、毛沢東に接見された。

それは厳しい寒さながらよく晴れた日であった。毛沢東は屋外の日当たりの良い場所で執務していた。二人が案内されると毛沢東は、

「あなた方二人の手紙を受け取った。今日は二人に詳細な内容を話してもらいたいと思い、来てもらった」

と言って、説明を求めた。

二人は最高指導者の前で緊張しながら、まず、共産党は空軍を持たなければ中国を統一することはできないと、空軍創設の必要性を訴えた。しかしながら共産党の現状は、これをすぐ実行するには条件が整っていない。そこでそれに取りかかる第一歩として、小さくてもよいから航空学校を作り、そこで将来の空軍の幹部を養成することが適当である、と説明した。

毛沢東は二人の説明に、時々質問しながら耳を傾けた。

「空軍幹部の育成には長い時間がかかる。だからその第一歩として、要員を養成しておく必要がある。早く

取り掛からないと大局が必要とするときには間に合わなくなってしまう」

二人は最初の緊張も忘れ、夢中になって説明した。

「大局が必要とするときには間に合わなくなると言うのだな？」

毛沢東は笑いながら言った。大局とはもちろん共産党が中国を統一する時のことである。毛沢東は立ち上がると、二人の手を握って言った。

「あなた方の意見は将来を見通した卓見である。また、航空学校を創設したいという情熱は立派なものだ。しかし情熱だけでは十分ではない。その上忍耐も必要だ。この件は中央軍事委員会で検討することとしよう」

党主席が中央軍事委員会に諮るということは、建言が認められたに等しい。二人は顔を見合わせて喜んだ。二人の建言はさっそく党中央軍事委員会にかけられ、承認された。党は八路軍に理工学校を創設した。この学校は最初の航空に関する学校であったが、航空の看板は掲げなかった。これが毛沢東の言った、忍耐が必要ということであった。中共の中には、ソ連に頼んで飛行機を援助してもらえば航空隊はすぐにできる、と言う者がいた。しかし空軍創設の条件はまだ整っていないというのが毛沢東の考えであり、それらの者との摩擦を避けるために敢えて「航空」という言葉を使わなかったのである。

理工学校の設立準備計画は常乾坤と王弼に任された。要員の選抜も進められた。常乾坤と王弼はこの時から航空学校の創設にかかわったが、この二人が組んでの仕事は、日本兵が関与する東北航空学校の設立以降も続いていく。

常乾坤と王弼、王弼はこの時四二歳、常乾坤は三七歳であったが、二人はともに、後に中国人民解放軍空軍副司令官となった。

一九四一年四月六日、理工学校が発足し、王弼が学校長、常乾坤が教務主任となり、劉風らソ連留学から帰った者が教官となった。劉風は後に東北航空学校の学生になり、中国空軍第二航空学校長になる。

一九四一年春、三五八旅団偵察隊劉玉堤が理工学校の最初の学生に選ばれた。劉玉堤は一七歳、英俊で共産党歴・軍歴三年以上であり、小学校を卒業しているということが重要な決め手となった。劉玉堤は東北航空学校の学生となり、のちに朝鮮戦争にミグ─15のパイロットとして出撃、米軍機六機を撃墜し第一級戦闘英雄となった。空軍中将にて退役する。

理工学校の運営には、やはりソ連の援助を欠くことはできなかった。設立当初よりソ連の援助に大きく頼っていたが、一九四一年六月二二日、ヒトラーがソ連に侵攻すると、ソ連は中共の援助どころではなくなり、人員を引き揚げてしまった。中共はまだまだ単独で航空教育を行うにはほど遠い状態で、理工学校の機能はほとんどマヒした。このため理工学校は延安軍事学院の砲兵隊とされた。そして王弼は砲兵隊長に、劉風は副隊長に、常乾坤はロシア語教育隊長となった。すなわち航空学校の準備段階としての理工学校は、ソ連の援助を受けられなくなり結果的には失敗したのである。

新疆飛行隊の運命

激しい国際情勢の波は新疆にもやってきた。一九四二年、ソ連はドイツとの戦いで疲弊し、スターリングラードの攻防戦はどちらが勝つか誰も分からなかった。また、中国国内では共産党が蒋介石の攻撃を受け、勢力を減らしていた。

盛世才はもともと中国東北部の遼寧省出身で日本の明治大学を卒業し、帰国後国民党に入党した。その後国民党軍から日本陸軍の陸軍大学に留学し、卒業後新疆に赴任したが、一九三三年、新疆支配のために侵入したソ連軍に協力して新疆の実権を握った。その後盛世才は中国共産党よりの政策をとったが、一九四二年四月、ソ連が盛世才を失脚させようとすると、国民党に帰順し保護を求めたのであった。蒋介石は八月、妻宋美麗を新疆に派遣し、ソ連がスターリングラード攻防戦で新疆に手を出せないのを見極め、新疆を国民党の支配下に置いた。一九四四年、盛世才は蒋介石により新疆の実権を奪われ、国共内戦後台湾に渡り、一九七〇年台湾で死去した。

国民党帰順の選択をした盛世才は、約一〇〇名の学生すべてを高さ三メートルの壁に囲まれ、門には昼夜衛兵が立つ建物に収容し、軟禁状態に置いた。そして一九四四年一一月六日には全員を牢に入れた。一九四五年八月に日本の敗戦が伝わると牢の隊員は七日間の絶食をし、全員で延安に帰ろうと誓い合った。しかし彼らが牢獄を出るのは翌年の六月一〇日になってからのことであった。

八路軍満州へ

日本が敗戦し、満州国が崩壊したとき、共産党軍の主力は延安周辺と華北に所在していた。旧満州国内にも反日の共産勢力はあったが、日本軍により制圧されていて、組織的に統一されたものではなかった。国民党の主力は中国中部以西、以南に所在していた。満州がソ連軍の手に落ちたとき、共産党も国民党も満州の重要性を十分に認識していた。

共産国家ソ連は当然に毛沢東の支援をすると思われるが、ことは簡単ではなかった。それは、ソ連は対日戦略上、日中戦争のときから蒋介石の国民党を支持してきており、また、米英との関係からも蒋介石の国民党政府を、中国を代表する政府と認めていたからである。さらにスターリンは蒋介石との間で、日本のポツダム宣言受諾後の一九四五年八月一四日、中ソ友好同盟条約を結び、国民党政府以外のものを認めないことを明らかにしていた。

日本の降伏時、八路軍は九一万の軍隊、二二〇万の民兵を持っていると言われたが、装備はゲリラ戦程度のものであった。ソ連軍が満州でろ獲する日本軍の武器は国際水準である。これを手に入れることができれば、八路軍の戦力は何倍にもなるし、そうしなければ国民党軍に打ち勝つことはできない。毛沢東以下八路軍の幹部はこのことを明確に理解していた。これに対し国民党軍は勢力四〇〇万人、アメリカの援助により最新鋭の装備を備えていた。しかし蒋介石も、日本軍の武器が八路軍に渡ればどうなるかを知っていた。

先に手を打ったのは共産党八路軍であった。八路軍総指揮官朱徳は、日本がポツダム宣言受諾の意向を連合国に伝えると直ちに、日本軍を武装解除し管理下におくよう八路軍の部隊に指示した。これに対し蒋介石は、八路軍は現在地で命令を待てと命令を下すとともに、国民党軍に対しては積極的に前進せよと命令した。これに納得しない八路軍朱徳は、八月一二日、日本陸軍支那派遣軍総司令官岡村寧次にあてて、「共産軍に投降せよ」との命令を出した。蒋介石がこれに黙っているはずがない。蒋介石は八月一四日、岡村寧次支那派遣軍総司令官を通じて、日本軍部隊が中共の指導する部隊には降伏しないよう指示した。これに怒った毛沢東は八月一六日、蒋介石に対して、日本軍が実際に敵対行為をやめて武器を差し出し、中国全土が完全に解放されるまで進軍を続けると宣言した。さらに翌八月一七日には朱徳が蒋介石に対して、「共産軍が日本の投降を受け入れる」と宣言した。

蒋介石は、国民党が中国を代表する唯一の政権であると考えていた。一方毛沢東は、中国人民を代表し、中国を統一するのは共産党であると考えていた。日本政府は八月二一日、支那派遣軍総司令官には蒋介石に、関東軍総司令官には極東ソ連軍に降伏するよう指示した。

八路軍の動きは活発になった。ここで八路軍と言う名称について簡単に説明しておこう。中国共産党軍はもともと紅軍と呼ばれていたが、国共合作により国民党軍の指揮下に入ると、長征により延安に移動した紅軍が八路軍と呼ばれ、中国南方地方にいて長征に加わらなかった紅軍が新四軍と呼ばれるようになったのである。

八路軍は直ちに旧満州地区に兵を送った。八路軍の移動は徒歩であったが、進出速度は速かった。それは八路軍兵士が場合によっては小銃や糧食を持たずに、身軽になって移動したからであった。糧食は八路軍を支持する農民が提供してくれるという強みがあった。八路軍兵士の履物は布でできた大変に軽いものであった。戦争中、日本軍が八路軍を追跡してもどうしても追いつくことができなかったそうだが、八路軍はいざとなると身軽になるために銃を捨ててでも逃走したのに対し、日本軍は軍靴をはき、小銃や手りゅう弾、弾薬、それに食糧まで持って追跡していたからであった。日本陸軍兵士の完全軍装は三〇キロを超えていたという。また、日本軍にとって銃は天皇陛下から賜ったものであり、たとえ銃を捨てれば命が助かるような場合であっても、放棄するなどということは考えられなかった。

東北部をめぐる延安の戦略は、「北に向けて発展し、南は守りとする」ものであった。この戦略は九月一四日夜、党中央政治局により決定された。この決定に基づき彭真（ホウ・シン）、陳雲（チン・ウン）、程子華（テイ・シカ）、伍修権（ゴ・シュウケン）、林楓（リン・フウ）による中共東北中央局の設立が決定された。東北部に関する最高組織であり、最高責任者である書記には彭真が就任した。

東北中央局の幹部は九月一六日、ソ連軍の飛行機に乗り延安を出発した。途中山海関の飛行場に着陸したときに、飛行機は小さな土の山にぶつかり殆どの者が負傷したが、九月一八日には瀋陽に到着し中共東北中央局が発足した。

九月一六日、東北中央局の幹部が瀋陽に向かうのと同時に、地上の無数の道、あるいは道なき道を、一〇万の兵と二万の幹部が徒歩で東北部に急いだ。一刻も早く東北部にたどり着かなければならない。アメリカ製トラックで移動する国民党軍に遅れをとってはならない。兵士たちは皆この重要性を理解していた。

こうした中共の戦略には一つの大きな問題があった。それは、ソ連は占領している旧満州地区を、国民党政府に引き渡すと約束していたことであった。これは先に述べたように、ソ連は蔣介石の国民党政府が中国を代表する政府であると認めていたからである。このような状況の中で、中国共産党が公然と東北部に進出することはできない。しかしスターリンは、第二次大戦が終わった後に来るのは米ソ対立であることをはっきりと理解していた。ソ連には、旧満州は国民党支配下になるよりも、中国共産党が支配したほうが好ましい。下腹部に敵を抱えなくてすむからである。場合によっては中国全体が共産化したほうが都合良いに決まっている。

さて、それでは中国東北部を共産党に支配させるにはどうしたらよいか。それは、中国共産党が公然とやらなければ良いのである。人民が自発的に組織した勢力であれば国民党もアメリカも文句は言えないであろう。そこで中国共産党は東北民主連軍なる武力集団を作った。この方式はソ連にも受け入れられ、ソ連は一〇月四日、日本軍から押収した数十万人分の武器弾薬を中共側に引き渡すと通告した。蔣介石はこの情報を入手しソ連に厳重に抗議したが、中共を支援するというソ連の腹はもう固まっていた。ソ連軍は建前上公式に武器を引き渡すことはしなかったが、中共軍が倉庫から武器弾薬を運び出すのを黙認した。こうして中共は一一月初旬には十数万人分の日本軍の武器弾薬を入手したのである。

中共空軍要員満州へ

悲願の空軍建設についても、中共は迅速に手を打った。

八月二八日、まず王弼が朱徳に呼ばれた。朱徳は王弼に「共産党中央は空軍の基礎を設立するために、航空基地、航空隊、航空学校を建設することを決定した。そのために飛行訓練幹部を養成するための条件となる航空機材と人員を接収する。軍航空幹部はそれぞれ東北部に進出せよ」と伝えた。

王弼は直ちに準備に入った。まず、すぐに出発できる先遣隊ができる限り早く東北部に入り、準備を進める。次にこれまでに航空学校教育を受けた要員などを呼び集め、順次東北部に送り込む。先遣隊は王弼自らが率いていくこととした。

九月二日、王弼は劉風（リュウ・フウ）、蔡雲翔（サイ・ウンショウ）、田傑（デン・ケツ）、陳明秋（チン・メイシュウ）、顧青（コ・セイ）とともに八路軍の飛行機「八二〇号」に乗って東北部に飛んだ。八二〇号とは一〇日ほど前の八月二〇日に、国民党飛行教官周致和（シュウ・チワ）少佐、飛行士黄哲夫（コウ・テツフ）少尉、整備員沈時楷（チン・ジカイ）ら六名が八路軍に投降参加したときに乗ってきた日本製飛行機のことで、投降日にちなんで「八二〇号」と名づけられていた。首謀者周致和少佐は投降以降、蔡雲翔と名前を変えた。

延安出発後彼らは給油のため途中の張家口に着陸したが、不運にも右車輪を石にぶつけ飛行できなくなってしまった。王弼は張家口で航空基地司令としてしばらく残ることとなり、劉風、蔡雲翔達が陸路東北部に向かった。

一〇月二日には航空学校設立のため、第二陣が延安を出発した。

かつて王弼とともに毛沢東に航空学校設立の建言をした常乾坤は、このとき延安で八路軍高級参謀として対外連絡業務にあたっていた。彼は王弼が出発し、第二陣が出発すると、居ても立ってもいられなくなった。航空学校を設立し空軍を作りたいという思いは誰にも負けないのに、自分に東北部に行けという命令がおりないのはどういうわけか？　ロシア語を使っての対外連絡業務より、空軍を作りたいという思いの方がはるかに強かった。だから同僚から、葉剣英（ヨウ・ケンエイ）八路軍参謀長が電話で常乾坤を探していると聞いたときには、いよいよ来たかと思った。葉剣英の用事は予想通り、「東北に行ってもらいたい」というものだった。彼は飛び上がりたいほどうれしかった。

常乾坤はさっそく第三陣の人選を行い、一〇月一五日、周恩来の見送りを受けて延安を出発した。東北部はすでに冬を迎えていた。

こうして九月から一〇月にかけ、中国共産党は航空学校創設の要員を東北部に派遣した。第一陣として九月二日に延安を出発し、途中飛行機の事故のために陸路で瀋陽に向かっていた劉風らは、東北局幹部より遅れて瀋陽に着いた。到着後劉風らは、東北局と東北民主連軍総司令部の陳雲、伍修権等のもとに出頭した。陳雲は到着した劉風らに、日本軍が遺棄した飛行機、器材、各種設備と燃料等を確保するよう指示した。

第七章　林部隊投降

遺棄航空機材

九月九日、奉集堡（ホウシュウホ）飛行場を出発した第四練成飛行隊の行程は、容易なものではなかった。目的地の岫岩（シュウガン）は、まっすぐ南に一五〇キロのところにあり、遅くとも一週間ほどで到着するのではないかと思っていたが、周囲にソ連軍や抗日部隊がいないことを確認しながら進まなければならず、速度をあげることはできなかった。また、川を渡る時などに数台のトラックがぬかるみにはまり、放棄せざるを得ない事態が生じた。山地に入るとそこでもトラックが谷底に落ちてしまい、とうとう徒歩で目的地に向かうこととなった。

九月中旬、満州の山の夜は日本の晩秋のように冷え込む。山地はソ連兵の心配はなかったが、八路軍がいる可能性があるので、林は偵察員を先行させて南に、南に進んだ。ときおり現地の農民に出会ったが、林の部隊は畑を荒らさなかったし、物を買うにもまだ通用していた満州国円を払っていたので、問題となることはなかった。日本軍の部隊なので村人たちは険しい目つきで林の部隊を迎えたが、三〇〇人以上が武装しているのでそれ以上の問題は起きなかった。戦争とは縁のない人里離れた小さな村落で野菜や肉などを買うときには、村人たちが集まってもの珍しそうに眺めていた。

苦労して山を越えると、部隊は上湯（ジョウトウ）という山間の村に着いた。出発から一六、七日ほどたち、九月の下旬となっていた。ここで先行していた偵察部隊が、目的地としていた岫岩の日本人開拓農場はすでにソ連軍が占拠していることをつかんだ。しかも上湯の村の東側にはソ連軍が、南側には八路軍が駐屯しており、さらに林たちが通ってきた北にはすでに国民党軍が進出していることが分かった。身動きのとれない状態になったのを知り、林は当面この村にとどまることとした。部隊の兵は付近の村に分散して泊まった。日本軍が頼めば日本軍に、八路軍が頼めば八路軍に、そして国民党軍が頼めば国民党軍に部屋や納屋を貸すという田舎の村で、夜中になると狼の遠吠えが聞こえた。もちろん林は、自分たちの情報が色々なところに伝わっていることを承知していた。

八路軍と林部隊の交渉

林の部隊が上湯の部落に留まっていることは、八路軍二一旅団の察知するところとなった。司令員曾克林（ソ・コウリン）は情報を収集し、この部隊が飛行隊であることを把握し、距離をおいて包囲するとともに、東北民主連軍司令員林彪に報告した。司令員とは司令官のことである。曾克林は九月五日、延安からの第一陣として瀋陽に到着、九月中旬から二一旅団司令員として東北部南部で任務についていたが、党の航空学校建設の考えについても十分に知っていた。

東北民主連軍司令員の林彪は曾克林から報告を受けると、これを望外の宝と考え、この部隊を部隊ごと確保しようと延安の党中央に報告した。党中央も林彪の考えに同意し、この部隊を全て確保するように指示した。

命令を受けた二一旅団曾克林司令員と、唐凱（トウ・ガイ）政治委員は腕利きの談判小隊を山に派遣することとした。八路軍は農民を味方につけることを基本とする人民軍であり、部隊には農民の宣伝工作や国民党軍と話し合うことを任務とする専門の談判員がいた。派遣されることとなったのは、隷下部隊の政治指導員の聶遵善（ジョウ・ジュンゼン）であり、曾克林と唐凱は、聶遵善と日本人の鳳凰城県の日本人副県長三橋勝彦を呼んで細部の計画を練った。県の副県長とは、満州国の県の副県長のことであり、県長には満州族あるいは漢族の中国人がなっていたが、それはほとんど名目だけのものであり、実権は副県長の日本人が握っていた。その下に日本人の参事官が何人かいて実務を行なっていたのである。もちろん、その背後には関東軍がいた。

曾克林たちの任務は、林たちを自発的意思により八路軍に協力させるようにすることであった。日本軍人の気質を知る三橋の意見は重要なものとなった。三橋は曾克林たちに、日本軍人は何よりも名誉を重んずるので、まず八路軍が彼らの名誉を重んじていることを示す必要があることを強調した。次に、日本軍は八路軍を共匪と思っているので、それが誤解であることを自然に気づかせなくてはいけないとアドバイスした。三橋の意見を参考に、武装解除は日本軍が自発的に武器を提出するという形をとり、八路軍からの立会いは最小限にすることが決まった。通常武装解除は、勝利者が銃剣を突き付けて強制的に行なうものであるが、そのような方法は採らないこととしたのである。また、日本軍人が軍刀を軍人の象徴としていることを考慮して、引き続き帯刀することを認めようということになった。銃さえなければ軍刀は実質的には武器としては役には立たないし、彼らの名誉を重んじていることを示すことができるからであった。さらに武器を引き渡したあとは友人のように扱うこととし、日本軍を恨む村人も歓迎の意を表すために動員することとした。以上に加えて、日本兵には日本人がふだん食べている米と副食物を提供することとした。この点についてはコウリャンやトウモロコシを食べている農民の大きな反発もあるだろうが、談判班が党の方針として村人に説明し、理解を求めることとされた。

最後に、聶遵善の任務は武装解除に同意させることだけであり、そこでは航空学校建設への協力などの話はいっさい持ち出さないこと、協力の話は友人としての関係ができた後でほのめかすこと、さらには協力の正式な要請は東北民主連軍司令部が行なうことなどが打ち合わされた。

これらの計画の大要については瀋陽の東北民主連軍司令部とも打ち合わせが行われた。調整がすべて終わると、聶遵善は三橋と四人の部下を連れて林たちのいる山に登った。すでに山の風が冷気を含み始めた一〇月二日のことであった。

林たちの滞在している村は数十軒の村落で、村の入り口には銃を持たない日本兵が道端の石に腰掛けていた。林の指示で、見張りをしている兵である。三橋は若い兵隊に自分は日本人でありこの県の副県長をしていることを告げ、八路軍の代表者を案内してきたので責任者に取り次いでもらいたいと依頼した。若い兵隊は、「隊長に伝えますのでここでお待ち下さい」と答えると、報告のため一番大きな農家に走った。

林は兵の報告を聞くと、「いよいよ来たか」と、農家の庭に柱を立てて作った日よけの下に一行を迎えた。数名の部下が同席した。


日本軍と八路軍、日中戦争で最も憎みあった者同士が顔を合わせた。緊張した空気の中、副県長の三橋が通訳となった。最初に三橋がそれぞれの代表を紹介し、自己紹介を行なった後、訪問の目的を伝えた。

「現在鳳凰市には避難してきた人を含めて二万人を超える日本人がいます。彼らには財産もなく体力も尽き果て、その日の食糧もどうなるか分からないという不安の中で生活しています。彼らの残された望みは、何とかして無事に日本に帰りたいということだけです。

数日前にあなた方の部隊が来たことを知りました。日本人たちの不安は、ここで再び戦闘が起こることです。彼らはもはやどんな戦いにも耐えることはできません。今でさえ明日の保障がないのに、これ以上の困難が起きたら、日本に帰ることはおろか生きていくこともできないだろうと心配しています。

鳳凰市は現在八路軍の管理下にあり安定を保っています。私たち二万の日本人の命を助けると思って、どうか今日ここに一緒に来た八路軍の代表と平和的に話し合っていただけないでしょうか」

満州の南部では、国民党の者と日本人の協力者が、「日本人の災難は八路軍のせいだ、いずれ国民党軍の主力が到着するから八路軍を追い出そう」などと言って日本軍人を扇動していた。この扇動にのった日本軍人が、八路軍と戦うということが多く起こっていたのである。林もそういう事件をいくつも聞いていたので、日本人の不安と三橋の懇願が痛いように分かった。ここまで避難してきた者のほとんどは、ソ連軍の略奪暴行を受け、そのあとで暴民の収奪を受けて、何もかも失った者たちである。残されたのは、生きて祖国に帰るという望みだけである。その者たちのために八路軍と話し合ってくれと、三橋副県長が祈るように頼んでいるのだ。

林は飛行部隊の人間であるために中国人と接する機会はあまりなく、ましてや八路軍の人間と直接会うのはこれが初めてであった。林にとって八路軍とは日本陸軍が宣伝していたところの共匪であり、略奪、拉致、放火をほしいままに行なう、ならず者集団であった。共産主義という皇国日本と相容れぬ考えの下に、村や町を襲撃しては若者を拉致し、その若者を兵士に仕立てては地主や金持ちから人質をとって身代金を要求している。そして要求に応じない場合には、人質の耳を切り落としたり、首をはねたりしていると教えられてきた。今その共匪の代表と顔を会わせているのである。見たところ服装は所々すり切れてはいたが、こざっぱりとしていた。ひさしの小さな、よれよれの帽子の下の人相はそれほど悪くはない、というよりも穏やかで堂々としていた。

林は三橋の言葉をかみしめるように聞くと、一呼吸おいて語り始めた。

「私たちが奉天の駐屯地を脱出してここまで来たのは、私たちだけではなく難民のみなさんの食糧のことを考えてのことでした。この近くに収穫されないままの稲があると聞き、それを収穫し、日本人の食糧にしようと思ったのです。ですから、私たちも日本人の安全が一番重要と考えています。

私たちが戦いを起こしたら、その災難は避難民に及ぶという心配はもっともなことです。しかし私たちは、避難してきた日本人に更なる苦しみを与えることなど思ってもいません。その上、私たち部隊の者もみな日本に、親、兄弟、妻子がいます。彼らの望みも生きて日本に帰ることです。彼らを無事に日本に帰すことが私の使命であり、彼らの一人として死なすわけにはいきません。ですから戦いをしようなどということは、考えてはいません」

林の言葉を三橋が訳すと、八路軍の代表は林の目を見つめながらうなずいた。聂遵善と林弥一郎は自然に

話し合いに入った。話し合いは武装解除の問題からはじまった。聶遵善は、

「まずあなた方に武器を渡していただきたい。武器を渡してもらえれば、我々はあなた方と友人としておつき合いいしましょう」

とゆっくり語った。林は三橋の通訳を一言一句重く聞いた。初めて聞く八路軍兵士の言葉であった。

聶遵善は続けて語った。

「あなた方は中国で戦争に参加した。これはあなた方の意思でやったものではないでしょう。権力を握った日本の軍国主義者がこの戦争を始め、あなた方を強制して戦争に駆り立て、妻のもとから引き離し、家庭を破壊し、あなた方とその家族に災難をもたらしたのです。われわれ中国人民の受けた被害も大きかったが、あなた方も我々と一緒の被害者だと思います。我々が敵同士であったのは止むを得ないものでしたが、戦争が終わった今は友達になれる立場です。武器を渡し戦闘をする意思のないことを示していいただけるのであれば、私たちはあなたがたと友人としてお付き合いしたいと思っています」

これまで林は八路軍について何も知らなかったし、皇国史観の教育の下で中国人を劣った、愚かで野蛮で、臆病な民族と考えていた。しかし今、聶遵善が堂々とした態度で情けもあり、道理もあることを話すのを聞いて内心驚いた。勝者としてのおごりや、強制的な態度は少しも見られなかった。しかも三〇〇人以上の兵の上に立つ陸軍少佐の林をも、戦争の被害者と言い切るのである。林も敗戦後、兵隊たちは戦争の被害者ではなかったのかと思い始めていたところであった。しかし聶遵善は将校で隊長の自分さえをも戦争の被害者だと言ったのである。

林はあらためて聶遵善と同行の八路軍兵士を見た。みな、おだやかな目で林を見ていた。

「お話はよく分かりました。私の部隊には飛行機から下ろした機関砲と、小銃が約三〇丁、それに将校用の

拳銃が二〇丁くらいあるだけです。そのほか軍刀と銃剣が相当数あります。

武装解除については私としては受け入れることができるのですが、今、我々の部隊は皆で相談しながら方針を決めているので、私の独断では決定できません。他の幹部と相談したいので、すこし時間をもらえないでしょうか?」

林が答えると、聶遵善は他の者と少し言葉をかわしてから語った。

「他の幹部と相談してから決めるというのは、我々と同じやり方です。我々はここで待っていますから、どうぞ相談してきてください」

林は近くに集まっていた他の幹部に、八路軍代表者との話を説明してから自分の考えを述べた。

「今さらここでドンパチ始めても、鳳凰城の日本人の迷惑になるし、我々の中から一人でも死者が出たら元も子も無くなる。もともと我々は歩兵部隊ではない上に武器も少ないから勝ち目はないし、戦うのであればここまで来る必要もなかった。

見たところ八路軍の代表は我々が思っていたようなゴロツキ集団ではなさそうだし、彼らが嘘を言っているとは思えない。どうだ、ここでいさぎよく降伏し、武装解除を受け入れようではないか。そのあとどうするかは、また状況を見ながら話し合って決めようではないか」

林は、降伏するなら国民党軍だと言っていた者がいるので、何人かは反対するだろうと思って話したが、意外なことに誰も反対せず、

「隊長の言うとおりだ。我々は降伏相手を選べるような立場ではないし、また、彼らは思ったより友好的なようだ。この際隊長の言うとおりにしよう」

と意見がまとまった。

林は農家の庭で待つ八路軍の代表のところに戻ると、

「我々はあなた方の申し出を受け入れ、武装解除に応じます。しかし一つだけ条件があります。それは我々を人道的に扱ってもらいたいということです。もし我々の仲間の一人でも殺されるようなことがあれば、私は絶対に受け入れることはできません」

と答えた。三橋の通訳を聞くと聂遵善はおだやかに、

「あなた方が平穏裡に武器を引き渡してくれるという決定を下したことを心から歓迎します。私たちはあなた方を殺そうなどとは考えてもいません。どうか安心してください。また、人道的に扱うということについて、私たちもできる限りのことをします。

まず、この山の中に分散しているのは不便なことでしょう。そこでここから余り遠くないところにもっと条件の良い宿営地を探しておきました。食糧も用意しますので、そこに移ってください。そこに移る道の途中に机をひとつ置いておきます。その上にあなた方の持っている武器を置いていって下さい。機関砲と小銃、それに拳銃ですね。将校の方の軍刀は持ったままでいいです。兵隊さんの銃剣も必要ならば持ったままで結構です。あなた方の誠意に対して、我々もお返しをします」

と言い、林の手を固く握ると山を降りていった。

林部隊八路軍に投降

翌日、林部隊の一行は宿泊していた農家を引き払い、山を降りた。指定された道の途中の武器引き渡し場所に行くと、そこにはテーブルが一つ置かれているだけであった。ふつう武装解除というと、勝者側の軍が整列する中で銃剣を突きつけられて屈辱的に武器を手渡すという方法がとられるが、ここでは武装した八路

軍兵士は一人もおらず、きのう交渉した聂遵善ともう一人の丸腰の解放軍兵士がいるだけであった。林は八路軍がきのうの約束を守ったことと、自分の彼らへの信用が間違いではなかったことを知って喜びがこみ上げてきた。今思うと、きのう聂遵善は武装解除という言葉を一回も使わなかった。今日のこの武器の引き渡しも、たった二人の立会いだけ、それも武装もしていない。林の心の中では、自分たちが抱いていた中国人蔑視が間違っていたのではないか、日本人も中国人も同じではないか、いや、場合によったら中国人は大した民族なのではないか、という思いが渦を巻き始めていた。

林たち一行は武器をテーブルの上に置き、聂遵善の先導で、山の中の道を小さな峠を越えて逗留先として指定された村に歩いていった。皆が、もう武器もない敗軍の兵になった、あとは成り行き任せだという思いで、とぼとぼ村の入り口に近づいていくと、村の入り口に大勢の村人が集まっていた。見れば今度は武装した十数人の解放軍兵士もいる。林たちの顔はひきつった。いよいよ敗軍の兵の屈辱を受けなくてはならない時が来たと皆が思った。林の部隊は航空兵で、直接中国人と接する機会はなかったが、日本軍がどんな仕打ちを中国人にしたかは知っていた。林たちの顔色が変わったのを見て、案内をしていた聂遵善が、

「村人たちは皆さんを友人として歓迎するために集まっているのですよ。そんなに驚く必要はありませんよ」

と言った。よく見ると確かに村人たちは満面の笑顔であり、林たちが近づくと大きな拍手が湧きあがった。林たちの引きつった顔は、今度はとまどいの顔になり、さらにあっけにとられた顔に変わった。村の入口では村長が、

「日本軍の皆さん、皆さんはこれまで皆さんの祖国のために戦ってきましたが、戦争は終わりました。私たちは、これからは友人です。どうかこの村でゆっくり休んでください」

と挨拶した。林は立場上一言挨拶しなくてはならないと思ったが、何を言っていいのか思い浮かばないので、「どうぞよろしくお願いします」とだけ言った。林部隊の者は村長の割り振りにより、村民の家に分宿することとなった。

夕食の支度の時間になると、八路軍のトラックが林たちの糧食を持ってきた。林たちが村の広場の椅子に座って、八路軍兵士が各農家に食材を分配するのを見ていると、驚いたことに籾が分配されていた。そして村人がほとんど手に入れることができない豚肉も分配されていた。

「隊長、あれは籾ですよ。精米した米ではありませんよ、籾ですよ」

林と同じ家に分宿する准尉が驚いて言った。林も農家の生まれであるから准尉が言った意味は分かる。この時期すでに稲の収穫は終わっており、今ある籾は来年の種籾にするためのものである。なぜなら、食べるための米ならばすでに脱穀して乾燥してあるはずだからだ。八路軍は林たちに米を食べさせるために、農民たちに種籾を供出させたのだ。

日本統治下の満州時代、中国人農民が米を食べることは禁止されていた。中国人農民たちは翌年のための種籾を除いて、全ての米を日本軍に供出していた。収穫期には軍隊が出動し、銃剣下で強制的に米を供出させ、密告があると憲兵や警察が家の中を捜索した。もし隠れて米を食べたりしたら、憲兵に引っ張られて、拷問を受けるなどこっぴどい仕打ちを受けたのである。

ある孝行息子が死を迎えた重病の母親に、最後だからと米を食べさせたところ、その若者は憲兵に捕まえられて虫の息で戻ってきたなどという話さえある。だから農家に残っているのは種籾だけであり、その量も限られていた。その種籾を八路軍は林たちのために供出させていたのである。

「友人としてお付き合いします」という言葉以上の誠意を林たちは感じた。

こうして一日三度、中国人農民よりもはるかによい食事を支給されていたが、林たち三〇〇名以上の飛行隊員はすることもなく、皆魚釣りをしたり、ボロ布を丸めたボールで野球をしたりしていた。柵があるわけでもなければ監視の兵もおらず、あまりの平穏さに林部隊の者はかえって不安になった。

そもそも「生きて虜囚の辱めを受けず」という戦陣訓を叩き込まれた日本軍の常識から言えば、捕虜というのは、生かそうが殺そうが好きなようにできるという存在だった。現に日本軍は中国人の捕虜をそう扱った。だから、そのうちまとめてどこかに送られて始末されるのではないか、などという流言がささやかれた。林はこのままではかえって部隊の気が緩んでよくない、なにか仕事でもさせてもらったほうがよいと思い始めていた。

我々は飛行隊です

林たちが村に逗留し始めてから二日後、八路軍の兵が数人、トラックで村にやってきた。数人の中には、武器引渡しの話し合いのときに八路軍側一行の一人だった者がいた。林はニコニコしているその者の顔を一目見て、何か悪いことかという不安が吹き飛んだ。

「私の部隊は八路軍の二一旅団で、司令員は曾克林、政治委員は唐凱といいます。今日は二人の使いで来ました。司令員と政治委員は鳳凰城で皆さんにご馳走を差し上げたいと思っています。けれども部隊の方全員というわけにもいかないので、代表の方一〇名くらいが来ていただけないでしょうか?」

今度はご馳走をしてくれるというのである。林は、

「それはありがとうございます。部隊の者と相談した上で答えさせてください」

と答えた。使いは笑顔で、

「それでは我々はトラックのところで待っています」

と言い、トラックのところへ戻っていった。

林が部隊の責任者五名を集めて八路軍の申し出を相談すると、意見は二つに分かれた。一つは応じようという意見で、もう一つは応じるべきではないという意見である。応じるべきでないとする理由は、酒に酔ったところを毒殺するというのはよくある手である、というのであった。しばらくの議論の後、皆が隊長はどう考えているのかと聞くので、林は自分の意見を率直に述べた。

「俺は受けようと思っている。ちょうど、こうして何もしないで日本にいつ帰れるかあてのない日々を送るよりも、道路工事でも、農作業でも何か仕事でもさせてもらいたいと頼みに行こうと思っていたところだった。

俺は八路軍が俺たちを殺すとは考えていない。彼らはこれまで俺たちと友人として付き合うと言った言葉は守っているし、おそらく村人の中には反日的な人間もいるだろうが、それを表わさせないように指示も徹底している。彼らが俺たちを殺そうと思えば、これまでも簡単にできたことだ。わざわざ一〇人くらいをご馳走するから来い、などと回りくどいことをする必要はない。

俺は行こうと思う。行ってこれから生きて日本に帰る条件を模索してみたい。反対の者は無理していくことはない。賛成の者だけで行こう」

林の話を受けて、すぐに三名が、

「私もいきます」

と、手を挙げた。一〇名くらいということだから、責任者はそれぞれの班に帰り、二名ずつ希望者をつのりトラックのところに集合することとした。希望者はすぐに決まり、トラックは二〇分後には出発した。

でこぼこ道を三〇分ほどゆられると、鳳凰城市の二一旅団司令部に着いた。司令部はキリスト教修道院跡に置かれていた。入り口では、聶遵善が大勢の八路軍兵士とともに出迎え、林ら一行を曾克林司令員と唐凱政治委員に紹介した。林はとっくに彼らの善意を疑ってはいなかったが、出発するときに、「いつ殺されるか分からないぞ、毒には気をつけろよ」と言われて来た兵士は、まだ少し不安げな顔をしていた。

林たちは教室のような部屋に案内された。そこにはコの字型に並べられた机の上に、それまで見たこともない豪華な中国料理がいっぱい並べられ、湯気を上げていた。中央には林を中心として両隣に曾克林司令員と唐凱政治委員が座り、両側に八路軍側と日本人兵士が向かい合って座った。林の後ろには八路軍が用意した通訳が座っていた。

曾克林司令員が、

「みなさん、私たちは今や友人となりました。ついこの間まで敵として戦っていたのは信じられないことです。これも皆さんが武器を引き渡し、友人となることを決心してくれたからです。さあ、今日は皆さんと友人になったことを祝うために、心を込めておいしいものを用意しました。お酒もあります。思う存分食べて飲んでください」

と、簡単に挨拶をした。客は日本側である。八路軍側は笑顔で客が先に手をつけるのを待っている。ところが日本側は、内心毒が盛ってあるかもしれないとか思っている者がいることから、手を出さない。料理を前に奇妙なにらみ合いの時間が流れたが、曾克林司令員と唐凱司令員は事情を察し、笑いながら料理に手を付け始めた。すると八路軍兵士も食べ始めた。日本側は林が食べ始めるのを見て、初めて箸をとった。

物資の欠乏する時代に、こんなに物があるのかと思うほど料理の種類は豊富で、中でも日本人を驚かせたのは、新鮮な海の魚料理があったことだ。唐凱政治委員の説明では、「魚（イー）」は中国語の発音が、豊かさを意味する「余（イー）」と同じことから、祝い事では特に珍重されるということだった。鳳凰城市から七〇キロほど離れた漁村から、今朝とれたばかりのものを氷詰めにしてわざわざ八路軍のトラックで運んだとの説明があった。何の魚か分からなかったが、中国の醤油と香辛料で味付けされており、表面には香ばしい焦げ目がついていて、大変においしいものだった。林は、友人として付き合うといった彼らの言葉は本当のものだと思った。

飲み物として強い白酒（バイジウ）がふるまわれた。アルコール度数は五〇度超える少し甘みのある白酒は、これまで飲んだことがないようなおいしいものだった。林が、

「これは実においしいお酒ですね。これまで白酒は飲んだことはありますが、もっと舌とのどにひっかかるような味がしたのですが」

と言うと、司令員の曾克林は笑いながら、

「林先生、この白酒はみなさんのために瀋陽の司令部から調達した最高級のものです。この白酒は生産量があまりありませんので、八路軍の高級幹部しか飲めません。我々も今日初めて飲みます。今日は皆さんを招待するのだからと、司令部に強く要求をしたのです。実は、我々も飲みたかったのですよ」

と裏話を話してくれた。司令員の話を聞いて皆大笑いし、杯を空けた。

林は八路軍の気配りに心から感動した。共匪とか、ならずもの集団だという認識がすっかりなくなったばかりではなく、むしろ彼らは人間としても立派な人物たちではないかと思うようになった。彼らなら信頼することができる、そう思った林はかねてからの相談事を切り出した。

「唐凱政治委員、こんなにまでしていただいて感謝の言葉もありません。その上に申し上げるのは心苦しいのですが、今日は一つ相談事があるのです」

林の言葉を聞くと、唐凱政治委員は杯を置いた。右隣の曾克林司令員も、二人の会話に耳を傾けた。

「林先生、どうぞ言ってください。できることなら何でも協力します」

唐凱の言葉に、林は切り出した。

「実は、我々はやはりこれから先のことが心配です。日本に帰りたいという希望がそんなに簡単に実現するものでもないことは、我々も承知しています。今はみなさんのおかげで何一つ不自由ない毎日を送っていますが、このままずっとお世話になるわけにもいかないでしょう。そこで、我々に何か仕事をさせていただきたいのです。我々は労働によって、自活の道を開いていくことができないかと思っているのです。道路工事でも、水路工事でも、あるいは炭鉱の仕事でもいいです。我々にはある程度の技術もあります。どうでしょうか？」

唐凱は林の言葉をうなずきながら聞いていた。そして、

「そうですね、何もしないでいるよりも働きたいという気持ちはよく分かります。なにか適当な仕事があるといいでしょう。

ところで技術があるとのことですが、あなたがたはどういう部隊なのですか？」

と尋ねた。林は少し誇らしげに答えた。

「我々は飛行隊の人間です。第四練成飛行隊といって、戦闘機部隊の最終段階の訓練をしていました。我々の部隊は飛行兵、整備兵、武器整備兵などがそろっており、飛行機の操縦、整備、修理など一通りのことはすべてできる部隊です。少しぐらい壊れた飛行機でも、直して飛ぶことができます。また、飛行兵は教官ですから、操縦レベルは大変に高いですよ」

林の答えを聞いて、唐凱と曾克林司令員、そしてその他の八路軍の出席者の目の色が変わった。実はこの

とき八路軍側の者は、林たちの部隊が飛行部隊であることは知っていたのである。そのことはこれまでも述べてきた。しかし、彼らは自分たちがそのことを知っていることは黙っていた、というよりも隠していた。それは林たちに空軍を作ることに協力してもらいたいのだけれども、かつての敵に正面から切り出して断られたら元も子もない。できれば林たちから話を持ち出してもらうのが一番良い。そのためにこれまで慎重に対応してきたのである。それが今、林から何か仕事をさせてもらいたいと頼んだ上に、自分たちは飛行部隊だと名乗ったのである。林はこのとき、八路軍側の目の色が飛行部隊と聞いて変わったと思ったが、本当の理由は、彼らがもっとも期待していた方向で物事が進み、最後に林が飛行部隊だと公言したからであろう。

曾克林司令員が聞いた。

「では隊長の林先生は飛行士なのですか？」

「そうです。日本の隼という戦闘機を操縦していました」

林は胸を張って答えた。曾克林が重ねて聞いた。

「それでは空中戦の経験もあるのですか？」

「ええ、もちろんですとも。日本の北の空で、アメリカの爆撃機を撃墜したこともあります」

林は、さすがに中国大陸での戦闘のことは伏せた。

唐凱が一段大きな声で、

「分かりました。あなた方のことは直ちに上級司令部に報告します。さあ、まだ料理もあれば酒もあります。今日はしっかり食べて飲みましょう」

と言い、宴は続いた。

八路軍のみやげ

その日林たちはこの司令部のある建物に泊まった。たらふく食べて飲んだあと、皆は翌朝まで熟睡した。寝床は粗末であったが、寝具は八路軍の使う粗末な毛布ではなく、日本人が使う綿の入った布団であった。これも八路軍が林たちのために手配したものに違いなかった。

林たちがいよいよ帰ろうと部屋でしたくをしていると、曾克林司令員と唐凱政治委員がやってきた。

「よく眠れましたか？」

唐凱の言葉に、

「うまい料理と酒、それにあたたかい布団で、ぐっすり眠ることができました。ありがとうございました」

と林が答えると、曾克林が、

「本当なら皆さんの部隊の方全員を呼んでご馳走したかったのですが、それはできませんでした。そこで来られなかった方のために、少しばかりの肉を用意しました。ぜひお土産に持ち帰ってください」

と言った。林は、土産物まで用意してくれるとは行き届いたことだ、きっと牛か豚の肉をいくらかくれるのだろうと思い、

「それはありがとうございます。ご馳走になった上に土産までいただくとは気が引けますが、せっかくですのでありがたくいただいて帰ります」

と礼を述べた。そして皆で帰りのトラックに乗るために外に出ると、そこには朝日をあびて牛が五頭、羊が五〇頭、農民が持つ縄につながれていた。

「これを持って帰って皆さんで召し上がってください」

曾克林がニコニコして言った。

林たちは絶句した。思わず、

「これ全部ですか？」

と林は聞き返した。

曾克林と唐凱は、

「三〇〇人もの若い兵隊がいるのです。これくらいはすぐに食べてしまうでしょう」

と、うなずいた。

林たちは逗留している農民や、八路軍の兵士がどのような食事をしているかは、十分すぎるほど知っていた。農民は野菜が入ったコウリャンの粥や、トウモロコシの粉で作ったマントウと呼ばれる蒸しパンを食べていた。兵士たちも同じようなもので、野菜の炒め物がついているくらいである。炒め物に肉が入っているのを見たことはなかった。

度肝を抜かれた林はしばらくの間一緒に来た部隊の者と顔を見合わせていたが、やっと断らなければという思いにたどりつき、

「我々は昨日十分すぎるほどのご馳走をいただきました。少しばかりの肉と聞いたので、ありがたくいただきますとお礼を言いましたが、これはいくらなんでも多すぎます。どうかこの土産は辞退させてください」

と言った。今度は曾克林と唐凱が驚いた。こんなにすばらしい贈り物を辞退するとは思ってもいなかったからだ。中国では大切な友人にその好意を表すために、できる限りの贈り物をすることは当然なことである。しかし日本では好意を表す方法としては、心を込めた控えめな贈り物のほうが適当と考えられている。曾克林たちは最初、林たちが辞退するのはきっと言葉だけのことだろうと思い、「これは友人としての気持ちを表すものですよ、どうぞ持ち帰ってください」と言っていたが、あまりにもかたくなに辞退するので、最後

には唐凱が、

「本当は全部持って帰って欲しいのですが、どうも我々の文化と皆さんの文化は違うようだ。それではこうしましょう。牛二頭と羊五頭を持って帰ってください。それくらいならいいでしょう」

と妥協案を示した。林はそれでも多すぎると思ったが、これ以上押し問答をすると、彼らの好意を台無しにしかねないと思い、

「牛二頭、羊五頭でも多すぎるくらいですが、唐凱政治委員の言葉に従います。本当にありがとうございます」

と答えた。

曾克林たち八路軍側はやっと話がついたと安堵の表情を見せると、

「それでは少ない数なので、トラックに載せてお送りしましょう。羊は皆さんと一緒のトラックに載せていってください。ちょっと窮屈ですががまんしてください。

では皆さん、またおいでになってください」

と言い、さっそくトラックに牛と羊を載せはじめた。

林たちはでこぼこ道を、トラックで揺られながら村に帰った。目の前で時々鳴く羊を見ながら、まるで幻想を見ているかのような感覚に襲われていた。

村に着くと残りの隊員がトラックを取り囲んだ。牛と羊を下ろし、八路軍のトラックが帰った後、林たちは皆に鳳凰城での出来事を話したが、牛五頭、羊五〇頭の話をすると、

「隊長殿がホラを吹くのを初めて聞いた」

と、皆大笑いをした。同行した者全員が真剣な顔をして、

「冗談ではない、本当のことだ」

と何回か言って、皆はやっと本当のことだと理解したが、今度は静かになってしまった。八路軍がならず者の共匪でないことは分かったが、どうしてそこまでしてくれるのだろうと、皆不思議な思いに捕らわれたのだった。ただ分かったのは、どうも日本軍とはずいぶん異なる軍隊であるということだった。かつての敵軍にここまでしてくれる軍隊が世界のどこにあるだろうか、皆そう思った。

第八章　林彪の要請

遺棄航空機材収集

その二日後の一〇月八日、再び八路軍のトラックがやってきた。迎えに来た兵士はもう顔なじみになっていた。彼は曾克林司令員と唐凱政治委員が相談したいことがあるので、また一〇名ほどで鳳凰城の二一旅団司令部に来てもらいたいと伝えた。部隊の者はもう何の懸念もなくトラックに乗った。

司令部では曾克林司令員と唐凱政治委員の待つ部屋に案内された。曾克林が皆に、

「皆さん、これから瀋陽の東北民主連軍総司令部に行ってください。瀋陽で総司令員が直接皆さんと相談したいことがあるそうです」

と切り出した。総司令員といえば、この地区の八路軍の最高司令官である。林たちはいったい何事かと思ったが、それ以上の説明はなかった。不安はあったが、これまでの経験から彼らは決して悪いようにはしないだろうという信頼感があったので、とにかく瀋陽に行くことにした。

出発前に、唐凱が林のところにきて、「正確なことは瀋陽で話があると思うが」と前置きしつつ、

「私たち八路軍はこれまで航空戦力を持ちたかったけれど、それができませんでした。戦争に次ぐ戦争で、それだけの余裕がなかったのです。そのために作戦上大変に不利でした。党はぜひとも空軍を作りたいと考えており、あなた方が私たちに、あなた方の持っている技術を教えてくれるように切望しています。

もちろんあなた方の身分、生命、財産は保証しますし、日本に帰る条件が整ったときには、喜んでお送りします。

総司令部では林彪総司令員が直接相談されます。瀋陽の総司令部まで護衛をつけてお送りしますから、総司令員の話を聞いてください」

林は驚いた。何か仕事をさせてくれとは頼んだが、まさか空軍を作る手伝いをしてくれとは。国民党軍はアメリカの援助で空軍を持っており、戦争の末期には日本軍と互角の戦いをしていた。しかし八路軍に飛行

機があるということを聞いたことはなかった。飛行機もなければ何もないところから空軍を作るというのだ。それればかりではない。敵であった彼らと友人として付き合う分には大きな問題はないが、空軍を作ることに協力することとなると事情は異なる。もともと林たちの技術は、日本の勝利のために磨き上げて来たものである。八路軍の空軍建設に協力することは、今後の中国の情勢、ひいては国際情勢に影響するかもしれないのだ。

唐凱は林の目をじっと見ていた。林の頭の中を思考がめぐった。

日本敗戦後、部隊を脱出し、八路軍の捕虜となった。複雑な、思いもしなかった歴史の流れの中で、皇軍兵士の俺が、今、中共の軍首脳と会ってくれと言われている。そしてかつての敵の空軍創設に協力してくれと言われようとしている。どうするか？　もう歴史の歯車を元に戻すことはできない。では、今後どうなるか？　八路軍が国民党軍と戦うことになったら、我々はどうなるのか？　正直言って、今後のことは分からないということだろう。俺は日本が戦争に負けるということも分からないで軍人になった。将来の明確な予想などできるものではない。林彪といえば、日本軍の中でも有名だった八路軍の最高幹部の一人だ。よし、とにかくその総司令員とやらに会ってやれ。林は腹を決めた。

「分かりました。とにかく総司令員に会いましょう」

と答えた。唐凱は、

「ありがとう」

と言って、林の手を握った。大きな手だった。

この日本軍人は友人だ

鳳凰城の駅に着くと、瀋陽行きの特別列車が仕立てられていた。一個小隊、約三〇名の武装した兵士が林たちの警護のために同行した。ずいぶん大げさだなと思ったが、そうではないことがすぐに分かった。日本陸軍の階級章のついた軍服を着、軍刀をさげた林たちがトラックからおりるのを見つけると、駅にいた群衆が集まってきた。警護の兵士たちは林たちを急いで列車に乗り込ませ車両の中央の座席に座らせると、その両側の入り口をふさいだ。窓の外では大勢の中国人が怒って声をあげていた。やがて車両の入り口にその中の代表と思われる中国人が来て、大声で警護の責任者と議論を始めた。中国語の分からない林たちには、けんかをしているとしか思えなかった。血相を変えて大声をあげる農民姿の者に、警護の責任者が困ったような表情で対応していた。何を話しているかは分からなかったが、自分たちのことについてであることは分かった。奇妙に見えたのは、警護の兵士より農民のほうが大声を出し、強い態度を取っていることだった。林たちは緊張して座席に座っていた。一五分ほどたつと、「好了（ハオラ）」という農民の大きな声がした。中国語が少しだけ分かる隊員が、

「終わったみたいですよ。分かった、と言っています」

と言った。林が見ると、双方の表情に笑顔が浮かんでいた。問題は解決したようだ。談判の結果を待っていた窓の外の群集は、車両から降りてきた代表の説明を聞くと、「なーんだ」という顔をしてそれぞれ引き上げていった。

列車が出発すると、警護責任者の厳（ゲン）排長が来て笑いながら事情を説明してくれた。排長とは日本の小隊長に相当する。

「さっきの農民たちは、日本軍の制服を着たあなた方の姿を見て、当然のことながら護送途中の捕虜だと

思ったようです。その捕虜と我々が談笑しているうえに、この車両でゆったりと座っているのを見て抗議に来たのです。

他の車両はギュウギュウの満員です。列車に乗れない者もいます。彼らは、なぜ日本軍の捕虜を優遇しているのか、中国が日本軍によってどれだけひどい目にあったか忘れたのか、我々が仕事をいい加減にやっているのではないか、上級指揮官に報告するから所属を言えというのです」

厳排長は群集代表とのやり取りを、さもおかしそうに話した。

「私は、あなた方は捕虜ではない、友人だと説明したのですが、彼らには最初まったく理解できませんでした。日本軍人が友人だなどということはあり得ないと言うんですね。だから言ってやりました。彼らはすでに我々に武器を引き渡し、彼らが軍刀を下げているのは二一旅団長が認めたものだ。二一旅団長の指揮官は曾克林司令員というから、確認してもらっても、抗議してもらってもいい。八路軍は、彼らを我々の友人として待遇することを決定し、彼らはこれから瀋陽の東北民主連軍総司令部にいくところだ。そのためにこの特別列車が用意され、我々はその護衛と案内を命じられたのだ。

日本軍は敵だったが、戦争が終わり八路軍の友人となった日本軍兵士もいるのだ。その友人を守るのが我々の仕事だ。もし途中で何かあったら、我々は武器を使用することも許されている。

八路軍が農民に嘘を言ったことがあるか？　あなた方は道理が分かるだろう。どうかここは彼らが友人であるということを理解してくれ。

まあ、すぐには理解してもらえませんでしたが、最後には彼らもやっと理解してくれましたよ。一五分もかかりましたがね」

林たちは厳排長の説明を聞き最初は笑ったが、厳が持ち場に戻ると皆八路軍というものは大したものだと言い始めた。とにかく日本陸軍とはまったく違う。日本陸軍なら、軍のやっていることに農民が口出ししようものなら、軍の命令に従わないのか、反抗すれば憲兵が逮捕するぞ、と追っ払うだけで説明なぞしない。ここでは農民はおかしいと思うことは言ってくるし、八路軍も道理を尽くして説明している。それに兵士たちの服装を見ても、階級章というものがない。だから誰が責任者なのか教えてもらわなければ分からない。八路軍兵士が村に日本人の食糧を運んで来ると、農民たちは本当に友達が来たように手伝い、話をしている。農民が野菜などのものを渡そうとしても、八路軍の兵士は笑って、「もらえないよ、あなた方が自分で食べなさいよ」などと言っている。

また、あの厳排長にしても他の者にしても、部下の兵士を怒鳴ったり、大声をあげたりするところを見たことがない。正直言って、日本の軍隊よりずっと人間的ではないか。林たちは日本軍とまったく違う軍隊に接して、最初はとまどったが、少しずつ理解し始めていた。

瀋陽の駅に着くと、迎えのトラックで近くの東北民主連軍総司令部に向かった。戦火を避けた瀋陽の町並みは昔と変わりはなかったが、かつては一等国民と胸を張って通りを歩いていた日本人は、皆少しかがむように周りを気にしながら先を急いでいた。トラックの荷台に乗っている日本軍の軍服姿の林たちを見ると、連行される日本兵だろうと人の目が集まった。

林彪との話し合い

東北民主連軍司令部が使っている石造りの三階建ての建物に入ると、一行は会議室に通され、そこから林だけが奥の部屋に案内された。薄暗い部屋に通されると、三人の高級幹部が兵と同じ木綿の軍服姿で林を待っていた。案内の通訳が一人ずつ紹介した。

「この方が東北民主連軍林彪（リン・ピョウ）総司令員です」

林は驚いた。林彪が思ったより若かったからだ。林はこのとき三四歳、林彪は三七歳であった。一九三七年九月に日本軍が行なった山西作戦の平型関（ヘイケイカン）の戦いで、日本軍部隊が八路軍一一五師団に待ち伏せられ殲滅された。その師団長であった林彪の名は、日本軍の間でも有名であった。しかしその勇猛な伝説とはうらはらに、林彪は小柄で温和な表情を見せていた。

続いて東北民主連軍政治委員兼中国共産党中央東北局総書記の彭真（ホウ・シン）、同軍参謀長の伍修権（ゴ・シュウケン）を紹介された。政治委員とは、指揮官とほぼ同格で政治的、行政的な事柄は全て政治委員の同意の下に実施される。彭真は中国共産党東北局総書記であるから、政治的な地位としては彭真が最高の責任者であった。

林彪は後に国防部長に就任し、文化大革命の時に毛沢東の後継者に指名されるが、毛沢東暗殺を企て失敗、ソ連に逃亡する途中飛行機がモンゴルで墜落し、死亡した。墜落の原因については、燃料切れ、ソ連によるミサイル撃墜説などの諸説があり、真相は未だに明らかになっていない。

彭真は四三歳、後に北京市長、党中央政治局員となるが文化大革命で失脚し、紅衛兵に反革命修正主義分子として街を引きずり回された。後に復活、日本の国会議長に当たる全国人民代表大会常務委員会委員長となる。

伍修権は三六歳、後に外務次官となるが彭真派として一時失脚する。復活後人民解放軍副参謀総長となった。三名とも中国の党、軍、政府の最高指導者の一角を占める将軍たちであった。

彭真が話を切り出した。

「あなた方が何か仕事をしたいと言っていることを聞き、そのことについて相談するために来ていただきました。あなた方には航空学校を設立する手伝いをしてもらいたいのです。

過去我々には空軍がなく、そのために戦争中大きな損害を受けました。現在条件が整いました。あなた方の部隊は飛行隊で、飛行士から整備士まで一通りの技術を持った方が揃っていると聞いています。我々が航空学校を作るのに協力してください。あなた方の持っている技術を私たちに教えてください」

曾克林から、瀋陽では空軍建設への協力の話があるということを聞いてから林の心をずっと占めていた大きな問題があった。林はその問題を率直にぶつけた。

「我々は捕虜です。中国人は日本軍人を侵略者として憎んでいます。捕虜である我々が、勝者である中国人に何かを教えるということができるでしょうか?」

伍修権が林の発言を予想していたかのように言った。

「我々は一貫して、日本軍の侵略の罪は権力を握った少数の軍国主義者が負うべきものと考えています。あなた方は我々と同様、日本の軍国主義の被害者です。我々はあなた方に残ってもらい、航空学校を設立する手伝いをしていただきたいのです。あなた方の生命と財産は我々が保証します」

「あなた方が生命を保証してくれることは疑っていません。これについてはこれまでの我々への対応で分かりました」

彭真がうなずくのを見ながら林は続けた。

「しかし航空学校を創るということは簡単なことではありません。飛行機、燃料、機材が必要となる上に何年もの時間がかかります。

さらに戦争はすでに終わっているので、隊長であったとはいえ私一人で協力するかどうかを決めることはできません。部隊の皆の意見を確かめ、もし過半数が応ずるならば協力しましょう。もし、過半数が反対するなら協力することはできません。これから帰って一人ひとりの意見を聞くこととします」

林はここで息を切った。そして一呼吸おいてから続けた。

「しかしながら、今出された条件ではあまりにも簡単すぎます。仮に彼らの賛成を得ようとするのなら、もっと具体的な条件が必要でしょう」

「あなたの言うことはもっともなことです。飛行機、燃料、機材などについては、日本軍が多くのものを残していきました。私はあなた方の協力で広い東北部からそれらを探し出せると思っています。

あなたが言うところの具体的な条件とは、どんなことですか？」

彭真が聞いた。林は慎重に言葉を選びながら話した。

「第一に、私たちに捕虜として対処してほしくないということです。飛行士の訓練というのは極めて特殊なことで、些細なことが生命の危険につながります。したがって、厳格な規律の下で教育を行うことを保証してもらいたい。すなわち飛行教官は命令を下し、規律を守らせる権限が必要です。飛行教育は捕虜と勝利者の関係では絶対に行えない。学生は教官に服従すべきで、これがないのであれば飛行教育はできない。

第二に、心身の健康がなければ飛行技術は学べない。操縦というのは体力消耗が非常に大きい。栄養が欠乏していては心身の健康を維持することができず、任務を達成することはできない。日本人の食習慣を考えていただきたいのです。

第三に、航空学校を設立するためには、長期間を要します。そのためには日本人の生活の問題を考えてほしい。家族と一緒に生活することを保障し、独身の者には結婚を許してほしい」

言い終わってから林は、捕虜の身でありながらあまりにも多くの条件を出しすぎたのではないだろうかと後悔した。林の条件を聞いた三人はお互いに目を合わせうなずいた。彭真が回答した。

「貴方が出された条件はみな当然のことです。もし、飛行教育をするのなら当然教官として待遇します。

また、日本人が白米を好むことは分かっているので、できる限りのことはします。この東北部で白米を調達するのは難しいが、中国は広いからどこかで手に入るでしょう。できる限りのことはしますが、もし三度の食事全てにそれができないことがあったとしても、どうか我慢していただきたい。

家族の帯同については、我々八路軍の幹部も家族を帯同しているので同じようにしますし、若い人の結婚についても問題はありません」

林は答えを聞きながら、勝者が捕虜の命令に従うことを即座に受け入れたことに特に感動した。彼らが本気であることがよく分かった。

林が、

「条件を理解していただき感謝します。では、これから鳳凰城に戻り、仲間と相談することにします」

と言って部屋から出ようとすると、突然、伍修権参謀長が、

「林先生」

と呼び止め、歩み寄ってきた。

林との話し合いは主として彭真が行なっていたが、その間、伍修権は林の態度をじっと注視していた。伍修権にとっても、仇敵日本帝国陸軍少佐と直接顔を合わせるのは初めてのことであった。「我々の国を侵略し、人民を痛めつけてきた日本帝国軍人が、我々の空軍建設に協力してくれという要求にどのように答えるのだろうか」ということは、伍修権にとって大きな興味のあるところだった。

「生きるか死ぬかさえ決めることができる勝者の前で、卑屈な態度をとるだろうか、それとも尊大な態度をとるであろうか?」

伍修権は林の言動を凝視していた。しかし林は卑屈でも、尊大でもなく、堂々と要求を出し、しかもその

場では答えを出さず、仲間と相談してから決めると答えた。言っていることはまったく理にかなっている、と伍修権は感銘を受けた。しかも林はその心中ではすでに、八路軍に協力してもよいと腹を決めていると判断された。同じ軍人としてこの男は信頼に値する人間である。もし立場が違ったら、自分にここまで堂々と理にかなった対応ができるであろうか？　感動が伍修権を突き上げた。よし、この男に私の拳銃をあげ、我々が彼を完全に信頼していることの証しとしよう、伍修権はそう決心した。

伍修権は林に歩み寄ると、腰の拳銃を抜き取って林の手に握らせて言った。

「この拳銃は二万五〇〇〇里の長征を私と共に歩き、私の安全を守ってくれた大切なものです。今日、かつて敵であったあなたと得がたい出会いができました。その記念に差し上げます。どうか今日我々が友人となった記念として受け取ってください」

林は突然のことに驚いた。一週間前に捕虜として八路軍に拳銃を渡したばかりだが、今度は八路軍の将軍が彼に拳銃を贈ると言うのだ。林は伍修権の目を見た。林には分かった。その目はいく度もの生死の戦いをくぐり抜けてきたことを表していた。林は伍修権の深い信頼を感じるとともに、その拳銃が八路軍側の林に対する信頼を象徴するものとなるだろうと思った。林は、

「そのような貴重なものをありがとう。ありがたくいただきます。大切にします」

と言って、伍修権の手を握った。

飛行隊員の意見

瀋陽の駅まで、八路軍のトラックが用意されていた。林は助手席に乗ろうとドアを開けた。すると助手席にはすでに八路軍の兵士が乗っていた。見たところ普通の兵だ。林は「どけ」と日本語で言いながら、お前

は荷台に乗れと指で荷台を指差した。助手席の兵は林の顔をじっと見ていたが、やがて林の言おうとしていることを理解し、うなずくと助手席から降りた。運転席の兵が、大きな声で林に何か言ったが、助手席の兵はその兵を手で押さえると、穏やかな声で何かを告げ荷台に移っていった。自分が助手席に座るのは当然のことだと思っていた林は、このことを特に気に留めなかった。しかし列車に乗ると同行していた通訳が、さっき助手席から荷台に移った兵は、実は呂正操（ロ・セイソウ）という名の瀋陽軍区司令員であると教えに来た。林はこれを聞き、八路軍というのは本当に不思議な軍隊だ、日本の軍隊では司令官が捕虜に席を譲るなどということは絶対に起きないだろうと思うと同時に、黙って席を譲った司令員の方が自分より人間的には大きいのではないか、と考えこんだ。

村に帰ると林は部隊の全員を召集した。集まった皆は林が腰に拳銃を下げているのを見て驚き、どうしたのか聞いた。一緒に行った者が、八路軍の将軍がくれたものだと説明すると、皆は意外な顔をした。林は声を張り上げて瀋陽での総司令部での話し合いの内容を説明し、意見を求めた。帰国を遅らせてまで八路軍に協力する者の数は少ないのではないか、というのが林の予想であった。その場合には賛成する者だけで航空学校設立に協力しよう、と考えていた。

最初に発言したものは若い飛行兵だった。その者は生き生きと語った。

「自分はまだ操縦を習って二年しかたっていません。やっと操縦課程を終わり、これから一人前の飛行士となるぞと思っていたら敗戦となって、飛行機には乗れなくなってしまいました。飛行機に乗って空を飛ぶことが私の夢でした。八路軍の提案に協力すれば、また空を飛べるようになる。苦労は多いだろうけれども、自分はもう一度空を飛びたい。だから賛成です」

続いて整備の者が意見を述べた。

「確かに八路軍は共産党の軍隊で、それに協力することは気が引ける。でも、断ったら炭鉱とか、道路工事とかの肉体労働になるのだろう。私は整備兵だが、飛行機整備の技術を使った仕事ができるのなら、そちらのほうが良い。八路軍の捕虜になったのは運命のようなもので、仕方がないではないか」

反対意見も当然あった。陸軍航空士官学校を出て部隊に配属されたばかりの少尉が発言した。

「みんな、何を言っているのですか。これまでの戦争で何百万人の日本人が死んだんです。その敵だった八路軍の軍隊建設に協力するというのですか。関東軍のほとんどが強制労働のためシベリア送りとなっているのです。十分な食料もなければ、寒さで死ぬ者もでるでしょう。それなのに、我々だけがかつて敵だった者に協力し、十分な待遇を受けるというのですか。しかも彼らの軍隊を強くするための、空軍を作ることに協力するというのですか。そんなことをするくらいなら、炭鉱なり道路工事なり、捕虜として強制労働をさせられる方がましではないですか」

みんなシンと沈黙した。しばらくして、四〇歳近い兵隊が立ち上がって発言した。稲村二等兵である。

「自分は部隊に半年前に来たばかりの二等兵です。大きいことは言えないことは分かっています。でも一言いわせてください。

今少尉が言われたことは、もっともなことです。自分たちはそういう心構えで戦争をしてきました。でも、私たちは戦争に負けたのです。日本全体が戦争に負けたのです。たしかに関東軍兵士の大半はシベリアに送られています。南の島では未だに飢えで苦しんでいる兵隊もいるそうです。大陸の南のほうでは、国民党軍に武装解除されているそうです。そして日本はアメリカ軍に占領され、アメリカ軍の支配の下で国の再建をしようとしています。かつては鬼畜米英といったアメリカ軍に協力し、それでも国を再建しようとしています。陛下が終戦の詔勅でおっしゃった『耐えがたきを耐え、忍びがたきを忍び』とはこういうことではないでしょうか？

私たちは八路軍の捕虜となりました。彼らは友人と言ってくれていますが、捕虜であることに変わりはありません。日本が戦争に負けた今、それぞれの状況の中でこれからどうするか考えなくてはならないと思います。私の家族は日本にいます。日本に何としても生きて帰りたいです。航空学校を作るというのは時間がかかることでしょうが、遅くなったとしても生きて日本に帰るには一番確実な方法に思われます。

たしかに我々の回りの日本人は、その日その日の食糧にも困っています。我々だけが技術を売って米を食うということは、気が引ける面もあります。しかし、私は思うのですが、我々が八路軍に協力することによって助けることができる日本人もでるのではないでしょうか？

私は自動車の修理工でした。部隊では飛行機のエンジン整備の手伝いをしています。私はこの技術を使っていきたい。そして今では敵ではなくなった中国人にこの技術を教え、彼らの役に立ちたい。それが悪いことだとは思えないのです」

林は稲村二等兵の顔をまざまざと見た。話をしたことはなかったが、少し前に召集されて来たことは知っていた。彼が自分の考えていることを全て言ってくれたと思った。航空士官学校出の少尉は黙った。まだ二〇歳前の彼からすると父親に近い年齢の二等兵の発言だった。戦争中なら、二等兵が少尉の意見に反することを言うことなど、考えられないことだった。林は自分の部隊が違う集団になりつつあるのを感じた。

さらに話し合いが続けられた。しかし、各人の意思でこれからそれぞれが進む道を決定し、部隊としての一つの結論を出すことはしないという前提での話し合いだったので、言い争いはなかった。中には、

「私は飛行機に関する技術は何も持っていません。だから航空学校ができても仕事はないでしょう。それよりも、鳳凰城の日本人避難民と一緒に日本に帰るときを待ちたい。だからここで皆さんとは分かれようと思

います」

と言う者もあった。さらに、

「自分はやはり八路軍に協力するのは気が進まない。自分は車が運転できるだけだから、自分がいなくとも飛行機のことには影響しない。自分は炭鉱かどこかで働きたい」

と言う者もあった。

結果は、約二八〇名が八路軍に協力し、約四〇名がここで林部隊から離れることとなった。反対する者が半分以上だろうと思っていた林は、賛成するものがほとんどであったことに驚いた。彼らの判断には当然のことながら、これまでの八路軍の好意的な取り扱いが影響していたといってもよいだろう。

航空学校建設に協力、瀋陽へ

林は鳳凰城の曾克林二一旅団長を訪ねてこの結果を伝えた。曾克林はこの結論を喜び、林の目の前で瀋陽の総司令部に電話を入れた。するとその場で、直ちに部隊全員瀋陽に来るようにという指示があった。八路軍にとって林たちの技術は、それほどまでに急を要して必要だったのである。

林以下の二八〇名はやはり一個小隊に護衛され、特別列車で瀋陽に向かった。部隊を離れることとなった四〇名については、曾克林が責任を持って彼らの希望通りにすることを約束した。瀋陽につくと林たちは何台ものトラックで町の中心街にある大きな建物に運ばれた。その建物は航空学校設立の準備のために用意されたもので、すでに延安からやってきた劉風、蔡雲翔たち八路軍側の設立準備要員が働いていた。

最初の仕事は航空機材集めである。日本軍が遺棄していった航空機や航空機材を早く集めなければならない。しかし林たちが合流したとき、劉風達の仕事は何も進展していなかった。時はすでに一〇月中旬になろうとしていた。

　林たちが瀋陽の航空学校設立準備の建物に移って数日後、曾克林が林を訪ねてきた。曾克林は林たちの職場を物珍しそうに見まわしながら、大きなガランとした事務室のテーブルで話をきりだした。

「まだまだ職場の整理がついていませんね。まずは使えそうな飛行機を探すことが仕事でしょう。東北部は広いから大変ですね。

　そうそう、部隊から離れた四〇名については、皆彼らの希望通りにしました。何も心配はいりません」

　曾克林は旧知の友人のように林に話した。林が四〇名の処置について礼を述べると、

「今日は頼みごとがあって来たのです。実は、私の責任軍区の南の山地には、逃走した旧満州軍、悪党、漢奸らが山にこもって戦いの機会をねらっています。

　この東北部はソ連軍が占領していますが、ソ連軍は蒋介石の国民党軍にこの地区を引き渡すと約束しており、山にこもった残兵は、国民党軍が来るのを待っているのです。国民党軍の主力部隊は、今、続々とこの東北部を目指して移動しています。彼らがこの地区に進駐して来る前に、山にこもっている者どもを片付けなくてはなりません。

　ところが、これらの者がどこにどのくらいいるか我々には分かっていないのです。それで作戦も立てられなくて困っているのですが、それを飛行機で偵察したいのです。お願いというのは、飛行機を操縦する飛行士を出していただきたいのです」

　林は部隊の者を全員無事に日本に連れて帰るのが自分の使命だと思っていたが、偵察だけなら危険もないだろうと考え、

「でも、飛行機はあるのですか？」

と聞いた。

「鳳凰城の近くの飛行場に、一機完全な状態の飛行機があります。小さな連絡機のようです。それに私を乗せて、近くの山の上を飛んでほしいのです」

林は若い飛行士と整備員を数名指名し、曾克林とともに鳳凰城に向かわせた。曾克林は飛行機に乗って一帯の偵察を行い、細かな作戦案を作成した。三日間の激戦の末、二〇〇余人を戦死させ、三〇〇〇人を捕虜とし、多くの銃、弾薬、車両、馬をろ獲した。作戦終了後曾克林は、ニワトリ、卵、野菜などをトラックいっぱいに積んで礼に来た。

第九章　航空機材集め

遺棄航空機材収集

延安から航空学校建設第一陣として瀋陽に来ていた劉風（リュウ・フウ）らは、林たちが協力を開始する前にすでに機材集めに取りかかっていた。しかし瀋陽郊外にある北陵飛行場などでは、飛行可能な飛行機は全て飛び去った後で、破壊された飛行機の残骸が残っていただけだった。劉風らががっかりして帰ってくると、その姿を見た瀋陽軍区司令員の呂正操（ロ・セイソウ）は、

「おい、がっかりするな。東北部は広大で、日本軍の飛行場はいたるところにあった。大きな都市の近くだけではなく、農村地帯や森林地帯にも飛行場はたくさんある。

私は鳳凰城市周辺の小さな飛行場で、飛べそうな飛行機が何機かあるのをこの目で見た。君たちの仕事はこれからだ。出かけていって農民に尋ねることだ。農民の協力を得て初めて飛行機や良い機材を手に入れることができる」

と励ました。林がトラックの座席から「どけ」と言って、荷台に追いやったあの瀋陽軍区司令員の呂正操である。呂正操は劉風達のために馬、トラックと武装小分隊を配置し、劉風たちの仕事を支援していた。その直後に林たちが一緒に仕事をすることとなったのである。

東北民主連軍総司令部から林部隊と協力して仕事をするように命令された劉風は、旧日本軍人とどこから協力するか思案した。何しろ初めてのことである。そして、日本軍の壊れた隼戦闘機を修理することから始めることとした。まず劉風は蔡雲翔（サイ・ウンショウ）と共に林を訪ね、穏やかに技術の話から切り出した。林の知識、技術のレベルを知るためである。この会話により劉風は林の航空機に関する知識、技術が大変に高いものであることを知った。劉風はソ連の航空学校を銀時計組という優秀な成績で卒業している。林も劉風の知識、技術が高度なものであることをすぐに理解した。

林は、壊れた隼を修理することから仕事を始めたいという劉風の話に同意し、奉集堡（ホウシュウホ）飛行場に残置された

隼を修理することから取りかかることとした。奉集堡飛行場の日本軍はとっくにシベリア送りとなって、今は少数の八路軍兵士が警備しているだけであった。

日中共同の初めての仕事が奉集堡飛行場で始まった。人数の大半は林部隊の者であった。二日とたたないうちに一機の隼のエンジンを修理し、動かすことができるようになった。エンジンが回ると、日中双方の人間は肩を叩き合って喜んだ。蔡雲翔が、自分が操縦すると申し出た。蔡雲翔は一ヶ月ほど前に汪兆銘(オウチョウメイ)南京政府軍から八路軍に日本製輸送機で投降参加したばかりだった。汪兆銘南京政府とは、日本軍占領地に作られた汪兆銘を首班とする中国人政府で、共産軍からは傀儡政府と呼ばれた。もちろん蔡雲翔は隼の操縦をしたことはない。林は蔡雲翔に、

「この隼は機首が重くなっており、また、細かな部品についても問題があるので危険が多い。隼の操縦になれている黒田飛行士に操縦させせよう」

と言った。負けず嫌いの蔡雲翔は、

「危険が大きければ多いほど学ぶことも多い。私は年も若く体の調子もいい。私に操縦させて欲しい」

と主張を変えなかった。蔡雲翔は三三歳で、林より一つ年下なだけである。林は、ニヤッと笑い「じゃあ、まかせよう」と言うと、隼の計器の見方を仔細に説明した。そして最後に、

「離陸後、車輪をしまわないように。着陸の時に出なくなる可能性があるから。今回は飛べることだけを確認してもらいたい」

と伝えた。

蔡雲翔の操縦する隼は、エンジン音を高く上げると滑走路の南端に向かい、風上に向きを向けると一度停止し、最後のチェックを行った。そしてエンジン音を一段高くすると滑走を始めた。一〇〇人以上の日中の

兵が固唾をのんで見守った。隼は三〇〇メートルほど滑走すると、林たちが見守る前で空中に浮かび上がった。通常なら二〇〇メートルほどで離陸できるが、蔡雲翔が慎重に操縦しているのが分かった。しばらくまっすぐ飛んだ後で、隼は大きく右に旋回しながら高度を上げた。まったく問題はなかった。日本兵は「飛んだぞ、やったぞ」と叫び、八路軍の兵は「飛了(フェイラ)、成功了(チャンゴンラ)」と叫んだ。

飛ぶことを確認するだけの飛行だったはずであったが、蔡雲翔は次第に急旋回や急降下を行い、最後には滑走路すれすれの高度で、地上の皆の前を高速度で飛行してから降りてきた。

林はもし自分の学生が安全を確認する飛行でこんな飛び方をしたら、許さなかったであろう。しかし、蔡雲翔は自分と同じ少佐で八路軍だ。叱る相手ではない。いや、そんなことよりも、隼が再び大空を飛んだことが何よりも嬉しかった。戦争には負けたが隼が再び飛んだ。日本人の目はうるんだ。隼から降りてきた蔡雲翔を迎え、中国語のできない林は何と言ってよいか分からなかったので、親指を立てて突き出し、肩をたたいた。

こうして共同作業は始まった。飛行機があると聞けば、日本人と中国人の共同チームがどんなところにでも出かけた。程度のよい飛行機が早い時期に二〇機以上修理され、試験飛行をした。多くは日本人飛行士により試験飛行されたが、蔡雲翔は日本飛行士が見たこともない高度な飛行をしているのを見ると、すぐに走ってきて、教えろとせがんだ。あるとき黒田が隼で難しい失速状態から機首を立て直し、地上すれすれで急上昇するという高等技術を見せ、皆から喝采を浴びたことがあった。蔡雲翔はもともと輸送機の操縦士で隼の飛行特性をあまり知らないのに、早速同じような飛行をしようとして、皆が止めるのを振り切って離陸したことがあった。しかし、同じような飛行はできなかった上に、着陸の際に減速フラップを下ろすのを忘れ、滑走路からオーバーランして荒地に少し突っ込んでしまった。さいわい飛行機の損傷はたいしたことはなかったが、そのとき蔡雲翔が何事もなかったかのように操縦席から降りてくるのを見て、皆で大笑いをしたものだった。蔡雲翔、この翌年の六月に墜落事故で死亡した。

一九四五年一〇月下旬、東北民主連軍は林たちの修復した飛行機を基に、劉風、蔡雲翔など九名の中国人と約三〇〇名の林部隊の日本人により、瀋陽航空隊を設立した。林は、投降参加した者については変名を使うという東北民主連軍の方針に従い、林保毅（リン・バオチー）と改名した。他の日本人隊員も全員変名が使われることとなった。残された家族、親族に害が及ばないようにという配慮であった。

一一月九日、黄乃一（コウ・ジーイチ）が航空隊の政治委員に任命されるとともに、中国人要員が増員された。政治委員は部隊の運営、規律や風紀、そして政治指導面において隊長と同等の権限を有している重要なポストである。黄乃一は任命される際、彭真（ホウ・シン）と伍修権（ゴ・シュウケン）から「日本人隊員については生活は優待、人格は尊重、職務遂行は厳しく要求、思想上はできる限り援助する」という指示を受けていた。黄乃一、のちに林の命を救うことになる。そのことはまた後で話そう。

瀋陽航空隊、といっても飛べる飛行機は少しで残骸の方が多い航空隊であったが、この航空隊ができるとすぐに、中国各地の共産軍の部隊から学生を集めることになった。そのときの選抜条件をどうするかが問題となった。黄乃一はその条件について、蔡雲翔たち汪兆銘南京政府から投降参加した中国人飛行士と、林に意見を求めた。

投降参加の中国人飛行士たちは、教育水準が高く、身体健康で、年が若く、聡明であることを条件とした。これに対して林は政治的条件を第一とした。林はその理由として二つの理由をあげた。一つ目は、航空学校の第一期生は将来の中国空軍の幹部となる者たちであるからという理由であった。二つ目は、飛行士は地上からの指揮を受けるといっても、空中に出てしまえばそれに従うかどうかは飛行士の判断によることとなるので、思想信条がいい加減であってはならないというものであった。黄乃一は林の意見を採用し、部隊からの学生募集の四つの条件を決定した。それは、第一に、党員としての自覚がしっかりしていて、来歴が明らかであること、第二に、身体検査に合格すること、第三に、年齢が一定以下であること、第四に、教育レベルが一定以上に達していることであった。このことにより、黄の林に対する信頼は深まった。

瀋陽航空隊が発足したのと同じ一一月九日、ソ連は中国共産党に対し、瀋陽などの大都市から撤退するように指示した。当時、主要都市はほとんど東北民主連軍の管理下にあり、国民党支部はあることにはあったが名ばかりのものであった。しかし蒋介石軍主力は東北部に移動しつつあり、スターリンは蒋介石に対する約束を果たすためにこのような指示を行なったのであった。これに伴い中国共産党は、「大都市と主な鉄道幹線から撤退する。それに伴い地方での拠点作りを始める」と決定し、各地に通達した。

一一月一五日には中共中央から指示が出され、航空委員会が設立された。瀋陽航空隊が遺棄航空機の収集などの現場業務を行うのに対し、航空委員会はその上位にあって将来の中共空軍を作るための幅広い業務を行なうものであった。委員会は伍修権を主任とし、黄乃一が秘書長、常乾坤（ジョウ・ケンコン）、王弼（オウ・ヒツ）、劉風、蔡雲翔、林弥一郎をメンバーとし、常乾坤、王弼の瀋陽到着を待って設立された。林がメンバーとなったことは、彼が八路軍から深く信頼されていたことを表している。

厳冬を迎え、林たちの航空機材集めは困難の中で行なわれた。各地の八路軍に、農民に航空機材のありかを聞くように指令が出されると、多くの情報が寄せられた。航空機材が使えるものかどうかを見極め、使えそうなものがあれば輸送するため、すぐに日中合同のチームが派遣された。

収集チームが旧日本軍の飛行場や修理工場に着くと、工具や飛行機のタイヤなどは近くの農民が持っていったあとであった。飛行機のタイヤは、かれらの布靴のいい靴底になるのである。そこで八路軍の将校が農民の代表を集め、工具やタイヤが飛行機の修理に必要なので返してもらいたいと説明すると、次の日にはほとんどすべての物が戻るのであった。

使えるものを見つけたらそれを輸送しなくてはならない。今度は農民たちに大豆やトウモロコシを輸送するのに使う、馬車(マーチョー)と呼ばれる牛やロバが引く車を提供してもらうのである。もちろん代価は支払うのであるが、飛行場などに農民に集まってもらい、馬車を提供してもらいたいと説明すると、「そんなに多くの馬車を、いったい何に使うのか?」

という質問が出た。そこで、遺棄された飛行機の翼や、翼がない飛行機の胴体、尾翼部分などを示し、あれを運ぶのだと説明すると、農民たちは顔色を変えて、

「とんでもない、馬車を貸すことはできない」

と帰りかけた。八路軍の兵があわてて帰るのを止めて理由を聞くと、

「あんな鉄でできた大きなものを運んだら、馬車が壊れてしまうではないか。馬車をこわされたら仕事ができなくなる」

と言うのである。

「あれは鉄でできたものではない。大きいけれど軽いのだ、だから馬車は壊れない」

と説明しても信じない。そこで、兵士二、三人で、その機体を持ち上げると、鉄でできていると思っていた大きなものが軽々ともちあげられるので、

「へぇー、そんなに軽いから空が飛べるのか」

と感心して、馬車を提供したのであった。

雪の降る畑中の道を、翼のない飛行機の胴体や、尾翼部分が列をなして牛馬に引かれながらゆっくり、ゆっくり進んでいくのは、あまりにも見慣れない風景であり、壮観でもあった。

収集チームの日本軍人たちは、日本人であることが分かると余計な面倒となるために言葉を話さないようにしていた。しかし、遠くの飛行場などに残された機材集めの際には、どうしても近くの農家に分宿させてもらうことになる。あるとき分宿した農家で、八路軍を慰労するため近くの農民が集まり、ささやかな夕食会が開かれた。そこで犬肉の地元料理がふるまわれたが、日本人のメンバーが同僚の日本人に、「これは何の肉だろう?」と、うっかり日本語で聞いてしまった。

夕食会に出ていた地元の農民は、みんな日本軍の圧制の被害にあったことのある者である。みな箸をおいて立ち上がった。

「こいつは日本人か?」

あわてたのは八路軍の者たちである。

「彼は日本人だが、今はわれわれの友人となって、空軍建設に協力してくれている。実は日本人は彼だけではない、彼のほか、」

八路軍の責任者は日本人を一人ひとり指差し、

「彼も、彼も、彼も、……彼も日本人だ。だますつもりはなく、余計な混乱を避けるために言わなかっただけだが、まことに申し訳ないことをした。彼ら一人ひとりは飛行隊の者で、戦争中、中国人に対して直接悪いことはしていない。

今、我々八路軍には飛行機の技術がない。彼らの協力がどうしても必要なのだ。分かってもらいたい」

と懇願するように説明した。しかし農民の中には親、子、兄弟を日本軍に殺された者もいた。簡単には納得しない。日本人に食べさせる物はない。日本人は出て行け、と頑強に主張する。

「分かった。そこまで言うのならしかたがない。われわれ全員がここを出よう。今日は、我々全員野宿することとする。面倒をおかけしたことをお詫びします」

収集チームの責任者がそう言って、日中両方の収集チーム員を立ち上がらせ、荷物を持って農家を出ようとすると、村の長老があわてて呼び止めた。

「待ってください。こんな寒い中野宿したら全員凍死してしまいます。我々も言いすぎたが、我々の感情は理解してもらえると思う。我々の中には日本軍に家族を殺された者もいるのです。

今日は八路軍の皆さんを慰労するために、こうして我々としてはできるかぎりのご馳走を作りました。日本の兵士だったものが今、八路軍に協力する友となっているという話は、すぐには理解できませんでしたが、今はもう理解しました。料理はまだ温かいです、どうか席に戻って召し上がってください。日本の友人にも、大変失礼しました。どうか料理を食べて、いやなことは忘れてください。そして、また明日から八路軍のために協力してください」

長老の目には涙が光っていた。彼自身村の責任者として、日本軍から何度もひどい目にあわされていた。

収集チームは席に戻り、食事を続けた。会話は弾まず、日本人たちは黙って食事をした。すると先ほどの長老が、白酒（バイジウ）をもって収集チーム全員に一人ひとり注いで回って言った。

「この白酒は我が家で一番良いものです。日本軍に見つからないよう、地中に隠していたものです。八路軍の方と、その友人である日本の皆さん、どうか飲んでください」

日本兵たちは涙とともにその強い酒を飲んだ。決して忘れることのできない味であった。

国共対立

機材収集が続けられているとき、国民党軍は大きな波のように東北部に進軍してきた。一〇月末には国民党軍最新鋭兵団が、米軍上陸用舟艇で瀋陽まで約四〇〇キロの秦皇島（シンコウトウ）に上陸した。この兵団は八路軍の支配下にあった山海関を攻撃し、一一月一六日に占領した。山海関とは万里の長城が海に接する、東の果ての戦略的要地である。二五日にはそこから二〇〇キロの錦州を占領し、瀋陽まで二〇〇キロに迫った。さらに国民党軍はソ連軍と協定を結び、長春、瀋陽の飛行場に空路進駐することとなり、東北民主連軍は二つの大都市から撤収することとなった。この時の中共の戦略は「大通りは開けて、両側を占領する」というもので、都市を農村で包囲するという戦略と同じものであった。

ここで、日本敗戦後の国共対立の状況について述べておく必要があるだろう。日本の敗戦後、毛沢東と蒋介石は重慶において八月二八日から一〇月一〇日まで重慶会談を行なった。この会議は国共対立を解決しようとするアメリカ特使ハーレイの仲介により行なわれたもので、ハーレイは飛行機で延安まで疑心暗鬼の毛沢東、周恩来を迎えに行った。四三日間にわたる会議の結果、「双十協定」が調印された。双十協定という名前は、一〇月一〇日という十が二つ並ぶ日に調印されたことから名付けられた。その内容は、平和的な建国の基本方針を確認し、一切の紛争は対話によって解決すること、国民党はすべての政党の参加による「政治協商会議」を開き、政府を再編することなどを内容としていたが、共産党支配下にあった山海関を国民党軍が奪取したことなどのために、すぐに有名無実のものとなった。

国共の抗争をアメリカが再び調停するために送り込んできた特使が、第二次大戦中のアメリカの陸軍参謀総長マーシャル元帥であった。マーシャルは一二月、国民党と共産党の連立政権を作るというトルーマン大統領の訓令を携えてやってきた。この頃、米国国務省内には多くの共産主義者がいたとされ、米国の中国政策は蒋介石に対し共産党への譲歩をせまるものであった。しかし、蒋介石はその権力の一部分でも離したがらず、一方、共産党はソ連の援助のもとに中国すべての支配を獲得しようとしていた。

マーシャルは、もし蒋介石が言うことを聞かないならば経済援助を停止することができる、という切り札を与えられて一二月二二日、重慶に到着した。マーシャルは国民党の張群、共産党の周恩来、それと彼自身による三人委員会を創り、一月一〇日には停戦協定を成立させた。この停戦協定は、東北部に進軍した国民党軍と共産軍の間に戦火が交わされ、すぐに破綻した。マーシャルは四月中旬、三人委員会を再開し、六月六日から一〇日間の休戦協定を取り決めたが、この休戦期間が終わると、全面的な国共内戦が開始された。マーシャルは国民党軍の攻勢作戦を不満とし、国民党政府に対するアメリカの武器、弾薬の援助を中止してしまった。これ以降、蒋介石はアメリカの補給なしに、日本軍の武器で装備し、ソ連の後押しを受ける共産軍と戦うこととなる。

マーシャルについて、蒋介石は中国共産党の宣伝にまどわされ、国民党政府にたいして偏見をもっている人物であったと述べている。マーシャルが蒋介石に妥協を迫ったのは、全面的な国共内戦がソ連の干渉を招き、第三次世界大戦に発展することを恐れていたからだと言われている。マーシャルはこのあと一九四七年から四九年まで国務長官を務め、アメリカの対中政策を決定した。

旧満州における国共対立

東北部における軍事・政治情勢を見るためには、ソ連による占領と共産党軍との関係についても把握しておかなければならない。ソ連は一九四五年八月一四日に中ソ友好同盟条約を締結した際、三ヶ月以内に東北部から撤退し、国民党政府に東北部を引き渡すことを蒋介石に約束していた。しかしソ連は、国民党軍より早く東北部に進出した共産軍を受け入れ、日本軍の武器を引き渡した。スターリンの腹は、共産軍を支援し、中国に共産党政府を作るというものであった。各都市には共産軍のほかに、国民党軍の出先のようなものもあったが、すばやく進出していた共産軍の方が優勢だった。このようなことから、ソ連軍が支配する瀋陽、長春などの主要都市では、早い時期から共産党が市政府を作っていた。中国共産党は、華北と東北の支配権を確立して蒋介石と戦うという「東北戦略」のもと、東北民主連軍という名前で約二〇万人の共産軍を東北に送り出していたのである。しかし、ソ連軍は国民党政府に市を引き渡す約束をしていた。一一月末に国民党軍が瀋陽と長春に航空機で進駐することとなると、東北民主連軍は両方から退去するようソ連軍から通告された。しかも、国民党地上軍精鋭の機械化部隊は、瀋陽西二〇〇キロの錦州にまでせまっていた。

林たちの瀋陽航空隊も、このような状況の中で通化（ツウカ）に移転することとなった。瀋陽航空隊、このあと東北航空学校と名前を変えるが、林たちの部隊は以後、戦況の進展にともない何度も根拠地を変えることとなる。

もう少し国共内戦の動向を決めることとなる東北部の状況について述べると、国民党軍は一九四六年三月初めにソ連軍が瀋陽から撤退するとすぐに同市に進駐した。これに対抗してソ連軍撤収後の長春市とハルビン市には共産軍が進駐した。国民党軍は三月下旬、共産軍が占領していた瀋陽北二〇〇キロの鉄道交通の要衝、四平（スーピン）を攻撃する。三三日間にわたる戦いは国民党軍の勝利に終わり、国民党軍はその北の長春に進軍した。共産軍は戦うことなく長春市を明け渡し、農村部に後退した。勢いにのった国民党軍は東北部以外でも全面攻勢に転じ、八月二日には中共中央の根拠地、延安を爆撃した。延安は翌一九四七年三月、陥落する。

国民党軍は長春からさらに二〇〇キロ北のハルビンを目指すが、その中間にある大河、松花江（ショウカコウ）南側に橋頭堡を築くべく進軍をとめた。しかし国民党軍の補給線は伸びすぎ、支配地も拡大しすぎていた。ハルビンまであと一〇〇キロであったが、国民党軍がそれ以上進軍することはなかった。

佐藤飛行士の意地

さて、国民党軍の北上にともない瀋陽航空隊は瀋陽の東約二〇〇キロの通化に移転することとなった。これに伴い一度瀋陽の近くに集められた機材は、もう一度通化に向かって、汽車、自動車、馬車などのあらゆる方法を使って移動させられた。一一月中旬の東北部はすでに極寒、零下一〇度に達することがある。馬車が飛行機の残骸を乗せて、雪の大地を長蛇の列をなしてゆっくり進むさまは、壮大な叙事詩を見るかのようであった。

中には少数であったが飛行可能な飛行機もあった。日本人飛行士佐藤靖夫が一機の飛行機で通化に向かうこととなった。佐藤は以前、張家口から瀋陽に向かう連絡機を操縦し、方向を見失い不時着したことがある。そのとき、中国語が話せないこともあり、何かたくらんでいるのではないかと疑われた。

瀋陽から通化までは二〇〇キロ、大地は一面の雪で、飛行中位置確認の目標となるものは川と鉄道くらいであるが、線路は雪で覆われていると確認できない。単独飛行の佐藤は再び位置を見失い、畑の中に不時着した。さいわい飛行機はプロペラが少し曲がった程度であった。このとき佐藤は、日本陸軍の飛行服をきていた。もし農民に見つかれば命の保障はない。なんとかして一人で通化にたどり着くしかない。佐藤は手元にあった簡単な地図で、通化の大体の方向を見定めて歩きはじめた。

食料もなければ水もない。水は体力を消耗することとなるが雪を食べた。飢えは畑に落ちているトウモロコシのくずを拾ってしのいだ。川を渡り、山を越え、森を抜けて数日後、佐藤はボロボロになって通化に着いた。どこかに墜落して死んだのかもしれないと思っていた飛行隊の同僚は、亡霊のように現れた佐藤を見て、驚き喜んだ。

「飛行機はプロペラが少し曲がりましたが、簡単に修理できる。私を修理班と一緒に飛行機の回収に行かせてください」

佐滕は航空隊の幹部に頼んだ。数日間食べるものも食べずに、極寒のなか体力を消耗しきっている佐滕の言葉に中国人幹部たちは驚いた。飛行士はほかにもいる。なにも疲れきっている者が行くことはない。黄乃一政治委員は、

「佐滕さん、あなたは体力を消耗しており、静養が必要だ。あなたが行かなくとも、他の者が飛行機の回収はできるでしょう。どうか休んでください」

と言い、他の中国人飛行士に行かせると話した。

しかし佐滕は頑強に主張した。

「いや、どうしても私に行かせて下さい。私は大丈夫です。もし飛んで帰って来られなかったら、腹を切ります」

佐滕の強い言葉に幹部一同は驚いた。切腹は有名な日本の侍の自害の作法であると言うことは、中国人幹部も知っている。黄乃一はそれまで黙って聞いていた林の意見を求めた。

林には、「切腹する」という言葉のうらに、疑われたままでは生きていけないという佐滕の気持ちのあることが痛いほど分かった。しかし、佐滕はそのことを口にすることができないのである。この男は行かせなければ死ぬだろう、と林は思った。そして言った。

「飛行コースがずれたのは、大雪のために地上の目標が見えず、また、飛行機との間に無線がないことが原因です。今回不時着となったことは止むを得ないことでした。佐滕の責任ではありません。しかし佐滕は責任を感じているから、行って飛行機を回収したいと言っているのです。

佐滕は確かに疲れてはいますが、でも、まだまだ気力がありますし、若いから食べるものを食べれば、す

ぐに元気を回復するでしょう。その上佐滕の飛行技術には問題はありません。佐滕を行かせるのがいいでしょう」

ふだん柔軟な林が断定的に意見を言うのに、黄乃一は驚いた。なにか自分たちの理解できない事情があるのだろう、そう考えた黄乃一は、

「それでは佐滕さんに行ってもらいましょう」

と最終的な判断をした。林は黄乃一が自分の意見を採用したことに、信頼を感じると同時に感動した。

佐滕が無事に飛行機を回収し、操縦して帰ってきたことは言うまでもない。これにより佐滕に対する疑惑が払拭されたばかりではなく、中国人たちの日本人に対する信頼感と尊敬の念が深まった。

郵 便 は が き

料金受取人払郵便

神田局
承認

2625

差出有効期間
平成29年10月
31日まで

101－8791

507

東京都千代田区西神田
2-5-11出版輸送ビル2F

㈱花 伝 社 行

ふりがな お名前 お電話
ご住所（〒　　　　　　　　） （送り先）

◎新しい読者をご紹介ください。

ふりがな お名前 お電話
ご住所（〒　　　　　　　　） （送り先）

愛読者カード

このたびは小社の本をお買い上げ頂き、ありがとうございます。今後の企画の参考とさせて頂きますのでお手数ですが、ご記入の上お送り下さい。

書 名

本書についてのご感想をお聞かせ下さい。また、今後の出版物についてのご意見などを、お寄せ下さい。

◎購読注文書◎

ご注文日　　年　月　日

書　名	冊　数

代金は本の発送の際、振替用紙を同封いたしますので、それでお支払い下さい。
（２冊以上送料無料）

なおご注文は　FAX　03-3239-8272　または
メール　kadensha@muf.biglobe.ne.jp
でも受け付けております。

第一〇章　通化移転

航空隊移転

一一月末、瀋陽に国民党軍が飛行機で進駐してきた。瀋陽航空隊の飛行機は一二月一〇日に通化に移転した。このとき奉集堡飛行場には修理をすれば飛べそうな飛行機があり、林は部下に操縦して通化に来るように指示した。しかし一二月一五日、瀋陽に国民党軍の戦闘機と爆撃機が配備されたと聞いた林は、このままでは部下が危いと考え、移転作業をいそがせるために奉集堡まで状況を見に行くこととした。そのとき通化には整備中の九九式高等練習機が一機あるだけであった。この九九式はエンジンが不良で、出力があがらず整備中であった。整備員たちは他の飛行機が戻るのを待つように言ったが、林は気がせいていたことと、自分の操縦能力ならば何があっても大丈夫だと過信し、この九九式に乗り込みエンジンを回させた。

滑走路の端でエンジンの出力をあげてみたところ、プスプスと異常があったものの何とか必要な回転数まであがったので、林はそのまま離陸を開始した。離陸に必要な速度に達したところで機体を起こしたが、エンジンの出力が下がりはじめてしまった。機体は五メートルほど浮き上がっていた。ダメだ、飛行中止だ。林は滑走路の場の端を流れる渾江川岸への不時着を覚悟した。が、突然、飛行機がなにかに引っかかり、つんのめって墜落してしまった。川の渡し舟のために設けられた鉄のワイヤーに引っかかったのであった。林は意識を失い、両ももを骨折するという重傷をおった。

林はただちに病院に運ばれた。黄乃一政治委員や劉風たちが病院にかけつけ、林を見守った。病院に運び込まれてから数時間後、林は意識を回復した。林の目の前には黄乃一政治委員の顔があった。林は自分が生きており、病院にいることを悟った。両ももが包帯でぐるぐる巻きになっており、激痛が襲った。十分な鎮痛剤もないのだろう、あまりの痛みに全身からあぶら汗がにじみでた。

「大丈夫ですか?」

顔をゆがめる林に黄が声をかけた。意識がはっきり戻ると、林は黄がずっと自分を見守っていてくれたことを知った。すると訳もなく涙がこみ上げてきた。自分でもなぜそんなに涙が出てくるのか分からなかった。奉集堡の飛行場を出てから、いや、一年前に中国に来てから泣いたことはなかった。その前に戦友が死んだときも涙はこらえた。たかが命が助かっただけで泣くような林ではない。しかし今は涙をこらえることができないのだ。林は泣きながら涙の理由が分かった。自分はずっと飛行隊の責任者として緊張の連続の中、部隊をまとめてきた。時代の大きな変転の中で、不安をかかえながら自分の最善と思う道を歩んできた。その決断のときに、相談できる友はいなかった。しかし、黄乃一はこれまで一貫して自分を支持してくれ、今、こうして看病してくれている。その目は親身にあふれている。心を分かちあえる友がそこにいた。林はしばらく涙を流し続けた。

黄乃一はこのとき二九歳、少年のときに西洋画の道に進もうとしたが、一六歳で革命軍に参加したという経歴の持ち主である。黄は最初、日本陸軍少佐の林に対して先入観を持っていた。しかし一緒に仕事をするうちに、林の統率力と知識、技術、経験なくしては中共軍が空軍を持つことはできない、と思うようになった。佐籐靖夫飛行士の不時着機回収、航空学生の選別基準の際に林が見せた判断が、その思いをますます強めた。

その林が墜落事故を起こしたのである。重症だが命には差しさわりがないと医者は言っているが、林に万が一のことがあったら航空学校建設に影響を及ぼす。林が飛行機の操縦ができなくなっても困る。林にはどうしても完治してもらわなければならない。そう思った黄は、林の意識が戻るまで付きそっていたのであった。政治委員の黄乃一がついていれば、日本人だからといって病院が手をぬくことはない。その林が意識を取りもどし、黄の顔をしばらく見た後で大粒の涙を流し始めた。黄には分かった。捕虜となりかつての敵の空軍建設に協力するということは、大きな不安と決断が必要であったことが。その部隊の責任者である林の孤独なことが。生死の境を乗りこえて、今、この男の心の中には安堵感があふれたのだろう。黄は黙って林が涙を流すのを見守った。

黄政治委員の話

航空隊は瀋陽から通化に移転しつつあった。政治委員の黄が処理しなければならないことは山ほどある。しかし黄は、時間をつくっては林の病室に来て様子を見た。

一週間もすると病状は安定し、あとは時間をかけて回復をまつしかないという状況になった。それでも頻繁に様子を見にくる黄に、林は、

「もう医者もあとは時間の問題と言っているのだから、そんなに頻繁に来なくてもいいよ。政治委員は多忙なのだから。それに病院の人も私を虐待したりしていないから、問題ないよ」

と笑って言うと、

「いいや、林さんには早く治って仕事に戻ってもらわなくては。それに、林さんに相談しなくてはならないこともいっぱいある。

そうだ、奉集堡の飛行機はすべて修理し終わり、無事に通化に飛んできましたよ。整備員たちは今、陸路こちらに向かっているところです」

と答えた。

「またあの馬車の行列で、ですか?」

林が雪原の中を延々と続く、飛行機の残骸を積んだ馬力の行列を思い浮かべて笑うと、黄も、

「そうですよ。まあ、あんな行列はめったに見られないでしょうね」

と笑った。

「黄さん、今日医師から、松葉杖をついて歩けるようになるまでは一ヶ月以上かかると言われましたよ。それまでこうして寝ていなくてはならないから、その間に、飛行機の操縦指導教本を作ろうと思っています。我々は日本陸軍のものを使っていたのですが、それは今手元にないので、ごく初歩的な飛行機の説明のことや、飛行士として最低限必要な知識などをまとめておきたいと思うのです」

たしかに今学生の教育に必要な教材は何もなかった。とにかくこれからこの通化に集まる学生は、飛行機を見たことはあるかもしれないが、機械のことは何も知らないし、自動車の運転すらできない者たちである。いや、それればかりではない。そもそも少なくとも字は読めるだろうが、どのくらい読めるかも分からない。エンジンがなぜ動くかなんてことは、まったく理解していないだろう。そういう者たちを教育するための教材はたしかに必要だった。

「林さん、それは大変に重要なことです。さっそくノートと筆記用具を用意させましょう。しかし療養にさしつかえがない範囲でお願いしますよ」

「それに黄さん、こうして時間がたくさんあるので、私も中国語を勉強しようと思う。だれか中国語を教えてくれる人を紹介してもらえませんか」

「それなら問題ありませんよ。今、航空隊には続々と人が集まっていますからね。

そうそう教育開始に備えて、来年一月一日には瀋陽航空隊を組織改編し、東北民主連軍航空総隊とする準備を進めています。通化に移ったのに瀋陽航空隊という名前ではおかしいですからね。それに航空学校設立に備えて人員も増やします」

「どのくらいの規模になるのですか？」

「とりあえず五〇〇人くらいの規模を考えています」

林は五〇〇人と聞いて、通化では十分な施設がないので大変だろうなと思った。

「そればかりではありません。今、山東省の抗日軍政大学山東分校というところから、一〇〇〇名の学生要員がこの航空隊に向かっています」

「一〇〇〇名ですか？」

林は驚いて聞き返した。

「そうです。一〇〇〇名です。彼らは一〇月に山東省を出発し、小さな船で黄海をわたり、雪の中を歩いてつい先日瀋陽付近に着いたのですが、瀋陽には国民党の部隊が進駐しているので、今歩いてこちらに向かっているところです」

「いつごろ通化に着くのですか？」

「おそらく今月末になると思います。

そこで、彼らの中から学生を選抜しなくてはならないのですが、問題はその選抜方法です。これを林さんに考えていただきたいのですが」

「一〇〇〇名なんてとても教育しきれませんから、だいぶ人数をしぼらなくてはいけないでしょうね」

「何人ぐらいにしぼったらいいと思いますか？」

黄はメモのため手帳を取り出した。

林はしばらく窓の外の白樺の枝を見ながら考えた。重い雲が枝に低くのしかかっていた。

「そうですね、今使える九九式高等練習機は数機しかないけれども、機材収集が進めば五、六機は準備できるようになるでしょう。そうすると教育できる飛行要員は一五名くらいでしょうか。通常飛行士と整備士は大体一対三くらいの比率ですから、整備士が五〇名くらいでしょうか。合わせて約七〇名、将来不適格者がでることもあるから、損耗率を考慮して一〇〇名くらいというところでしょうか」

黄はメモを取りながら尋ねた。

「一〇〇〇名から一〇〇名を選抜するには、どのような試験をするのですか?」

林は、すこし笑いながら答えた。

「たしかそれらの候補者は、学力的にはあまり高い水準ではないと言っていましたよね?」

黄はうなずいた。

「それでは簡単な学力試験と適性検査、それに身体検査を行なうことになるでしょう」

「どんな試験を行なうのですか?」

「それは日本の陸軍が航空要員を選抜するときにやっていたものを参考に、あらたに考えましょう。あとで、日本人飛行士を呼んで案を作らせますよ」

黄は林の言葉に安心した。

外気は零下一五度くらいであるが、病院の中は暖房が十分きいていた。一応共産党が管理する最高の病院なので、管理が行き届いている。

黄が帰るようすがないので、林は聞いた。

「黄さん、東北民主連軍は簡単に瀋陽から撤退してしまいましたが、国民党軍はわずか一個師団、どうして戦わずして撤退してしまったのですか? 日本軍だったら戦っていましたね。聞くところによると、他の都市からも撤退をしているということですが、一旦撤退するとあとで取り返すのが大変になるのではないですか?」

黄は林の質問にニコニコして話しはじめた。

「林さん、我々は毛沢東主席の指導の下に、この中国を統一するために戦っています。林さんも知ってのとおり、我々の武装は貧弱なものです。国民党がアメリカ製の近代装備で武装されているのに比べれば、我々にあるのは小銃と手榴弾、それに少しの機関銃と迫撃砲くらいです。戦車はありませんし、大砲も少ししかありません。今、国民党軍は瀋陽の近くの錦州にまで主力軍が来ています。たとえ瀋陽の一個師団に勝てるとしても、それと戦っているうちに錦州の主力軍が襲いかかってきます。

それに、ソ連軍と東北民主連軍は友好関係にあります。ソ連はドイツとの戦いで一番苦しいときにアメリカに援助してもらいました。アメリカは蒋介石を援助しています。だからスターリンは、表向きは国民党政府を正統な政府と認め、東北部の主要都市を引き渡すと約束しました。我々はソ連のその約束を尊重しないわけにはいかないのです」

「では、国民党軍が通化にやってくる場合にはどうするのですか？　また撤退するのですか。ここから撤退したらもう朝鮮との国境になってしまうではないですか」

林の質問に、黄は笑顔を変えなかった。

「もしここに国民党軍が攻めてくるとしたら、やはり撤退するでしょうね。なぜかというと、我々にはまだ勝つことができないからです」

「でも、そんなに撤退ばかりしていたら、永久に勝つことはできないのではないですか？」

「林さん、われわれの戦術は、敵が進んでくれば我々は退き、敵がとどまれば我々は悩ませ、敵が疲れれば我々は襲い、敵が退けば我々は追いかけるというものです。この戦術は毛沢東主席が考え出した、遊撃戦術というものです。失礼ですが、我々は日本軍とこの遊撃戦術で戦い、かなりの勝利を得ました」

「日本軍は中国では勝っていたのではないですか？」

自分が聞いていたこととは違うので、林は聞き返した。

「日本軍は鉄道と主要都市を維持していただけでした。その他の多くの農村部は八路軍が支配していました。特に華北では八路軍がそのほとんどの農村部を支配していました。だからこの東北部にもすばやく移動できたのです」

中国ではずっと日本軍が勝っていたという陸軍の情報を信じていた林は、頭を殴られたようなショックを受けた。しかし、たしかにそういうことを聞いたことがあったことを思い出した。それは戦争末期に、北京からベトナムまでを海岸から約五〇〇キロ離れた内陸部でつなぐ、という目的で行われた大陸打通作戦のことである。この作戦は米軍により遮断された海上交通の替わりに、大陸を経由して物資を輸送することと、中国大陸から日本への爆撃を阻止するために行なわれたものであった。しかしその結果は、鉄道といくつかの都市を確保するだけに終わり、日本軍は、攻めては引き、引いたと思うと攻めてくる共産軍に悩まされ続けたと聞いたことがあった。

林がショックを受けたようすを見て、黄はさらに話を続けた。

「林さん、そのうち国民党と共産軍の間に本格的な戦争がはじまりますよ。そして我々はその戦争に必ず勝ちます」

「どうしてですか？　国民党軍の方が軍隊の人員数も多ければ、装備も良いのでしょう。どうしてそこまで言い切れるのですか？」

装備も良く、数も多い軍隊が勝つのが戦争の常識である。林は好奇心からではなく、軍人としての疑問から質問した。

「それは我々の戦術が、兵力を分散させて大衆を動員し、兵力を集中して敵に対処する、というものだからです。具体的には、兵力を分散させて農民を味方につけ、戦うときには兵力を集中させ農民とともに敵を攻撃するのです。

林さんも我々に対する農民の協力を見ましたね。我々は農民を味方にし、農民のために戦っているのです。国民党軍の本質は大きな軍閥にすぎません。彼らは農民や民衆から収奪しています。口先で愛国とか、民族とか言っても、民衆はやっていることでわかります。だから彼らの人数がいかに多く、装備に優れていても我々はこわくはありません。こちらは不利なときには農村に逃げ、彼らが疲れこちらに有利なときに集中して攻撃すれば、国民党軍はそのうち消耗して、最後には我々が勝利するのです。

このような戦術が取れるのは農民が味方についているからです。毛沢東主席の偉大なところは、中国は農民が中心の社会で、その農民には活力があり、彼らを味方にしなければ革命はできないと看破したことです。そのために我々は土地改革をし、農民一人ひとりに土地を分け与えています。共産軍の『三大規律・八項注意』というのを聞いたことがありますか？」

「たしか民衆から物を取ってはならないとか、お金を払わなくてはならないとかいうものだとかいうものですよね。聞いたことはあります」

うろ覚えに覚えていた林は答えた。

「そうです。この三大規律・八項注意は共産軍の兵士ならば誰でも言うことができます。

一　全ての行動は指揮に従うこと。

二　民衆からは糸一筋針一本もとってはならない。

三　敵や地主からとったものは公のものとする。

以上が三大規律です」

黄は三大規律に引き続き、「借りたものはすべて返すこと。こわしたものはすべて弁償すること。買い物は公正に金を払うこと」などの八項注意を説明した。

黄の説明を聞いている林の心は沈んだ。「黄の言っている三大規律などは、みな人間として当たり前のことだ。言われるまでもないことだ」林は、日本軍の軍人勅諭を思い出した。

「一、軍人は忠節を尽すを本分とすべし。一、軍人は礼儀を正しくすべし。一、軍人は武勇を尚ぶべし……」

この言葉の中には、農民や一般大衆に対する配慮というものが感じられなかった。そして日本軍人が中国人に対してとった態度はどれほどひどかったか。

林は瀋陽で総司令官林彪たちから空軍を作ることに協力を求められたあと、鳳凰城に帰るときにトラックの助手席から中国人兵士を「どけ！」と言っておろし、自ら座ったことを思い出した。その中国人兵士は瀋陽軍区司令員だった。戦争のせいであったとはいえ、人間として大切なことを忘れていた。この八路軍というのは、本当に国民党軍に打ち勝つかもしれない、と林は思った。

「我々の軍にはそのような民衆に対する配慮というものがまったくなかった。だからだめだったのかもしれない」

林は声をおとしてつぶやいた。黄は林の沈んだ気持ちが理解できると思った。そして林の率直なことばに、この男は我々共産軍のことを本当に理解しはじめたのではないか、もう少し話を続けてみようと考えた。

「林さん、病人にあまりショックを与えたくはないのですが、毛沢東主席は日中戦争が始まった翌年の一九三八年の五月、日本軍が勝ちに勝っているときに日本の敗北を予測しているのですよ。だから我々は苦しいときにも、最後には絶対に勝利するという希望を失ったことはありませんでしたよ」

　黄のことばに林はもう一度顔をあげた。一九三八年の五月と言えば日中戦争が始まり日本軍が首都南京をおとした翌年、破竹のいきおいで徐州作戦にとりかかっていたころである。日本では国家総動員法が成立しており、だれが見ても中国が勝つなどと思うはずのない時期である。

　黄は林の疑いの表情を読み取り、話を続けた。

「毛沢東主席は当時、延安で日中戦争の見通しについて講演を行ないました。私はそのとき延安の抗日軍政大学というところにいて、その講演を直接聞いたのです。毛沢東主席はそのときこう言ったのです。

『日本は世界有数の強力な帝国主義であり、軍事力、経済力、政治組織力において中国にまさっている。しかし中国の戦争は正義の戦争であり、それゆえ中国全国の団結を呼び起こし、国際的な支援を受けることができる。また中国には長期戦を支える広大な国土と人口がある。これらの条件は日本にはないものである。したがってこの戦争は持久戦となり、最後の勝利は中国のものとなる。今後戦争は次の三つの段階をたどるであろう。

　第一段階。日本軍が侵攻し、わが方は後退しながら防御する。しかし日本軍は国力がないから、ある程度侵攻したところで行きづまる。

　第二段階。日本軍とわが方は対峙する。日本軍は進むことができなくなり、わが方は人民を動員したゲリラ戦で日本軍を消耗させる。日本は国際的にも孤立する。この時期に持久戦を堅持できれば、わが方は攻勢に転ずることができる。

　第三段階。反攻段階。日本軍は戦力を消耗し、戦力を蓄えたわが方は日本軍を駆逐する。そして戦争は終わる』

これは持久戦論といわれるものです。我々はこの見通しを信じていたから、どんな苦しいときでも耐えることができたのです」

林は黄の説明を噛みしめるように聞いた。「中国には戦争をこんなに大局から見る者がいたのだ。日本はどうだ、最初はソ連との戦争の準備をし、何がなんだかよく分からないうちに中国と戦争を始め、さらによく分からないうちに米国と戦争を始めた。日本は小さな国だ。その小さな国が米中という世界でも大きな国と戦争を始めて、勝てると思っていたのだろうか？　我々は軍人だ。軍人はどんな状況下でも勝つための努力をする。だが、そのことと国が戦争をすることとは別ではなかったのか？」

黄は林が眉間にしわを寄せ厳しい顔つきになるのを見て、少し話しすぎたかと思い引き上げることとした。通訳も疲れていた。

「林さん、少し話しすぎたようです。お疲れになったでしょう。今日はもう引き上げます。また明日来ますよ」

黄はそう言うと腰を上げ、部屋を出て行った。

日本人共産党員杉本一夫

年も暮れようとするころ、黄が一人の日本人を連れてきた。名前は杉本一夫、その男は、日本人の八路軍兵士だと名乗った。黄は杉本を紹介すると、他に用事があるからと言って本部に戻った。初対面でいきなり二人きりにされて、林が何を話そうかとまどっていると、杉本が口を開き始めた。

「林さんは大変な事故にあわれたそうですが、足はまだ痛むのですか？」

「いや、もう動かさなければ痛みませんよ。ただ、こんなに石膏で固めてありますから、中のほうがかゆいですけれどね」

「林さんは少佐だったそうですね。私は満鉄の子会社の土建会社の社員でした。軍隊の方は、一七歳のときに海軍を志願したのですが、体をこわして除隊し満州に来ました。親父は京都で友禅染をしています。家業をついでも食っていけそうにないので、食い扶持をへらすために海軍を志願し、満州に来たというわけです」

「そうですか、京都ですか。私は大阪ですよ。大阪の河内郡です。農家の四男坊です」

「林さんは「隼」の飛行士だそうですね。どうですか、八路軍は空軍を作れると思いますか?」

林は、ずいぶん直接的な質問をする青年だなと思ったが、黄が連れてきた人間だから、それなりの者だろうと思い率直に答えた。

「その質問に答えるのは簡単ではないけれどもあえて簡単に答えれば、空軍を作ることはできるでしょう。しかし問題は、その空軍がどれだけ戦えるかです。空を飛ぶだけの空軍なら、日本軍の残骸を利用すればなんとかできるでしょう。けれど国民党軍と戦えるだけの空軍ができるかどうかは、今の段階では分かりません。国民党軍は一流の米国製兵器で装備されています。それと戦う空軍を作るためには、莫大な資金と人材が必要です。今、その見通しは立てられないでしょう。

とにかく瀋陽航空隊の我々日本人の仕事は、その空軍建設のために必要な人材を育成するということです。それが成功するであろうということについては、共産軍の熱意は大変に強いので疑いを抱く余地はありませんね」

林の答えに杉本は納得してうなずいた。林は聞いた。

「杉本さんは八路軍兵士だと黄さんが言っていましたが、日本人なのに正式な八路軍兵士なのですか?」

「そうです。私は、今から六年前に八路軍に参加したのです。二二歳のときでした」

「八路軍で何をしていたのですか？　日本軍と戦っていたのですか？」

「いいえ、戦闘任務についていたわけではありません。そうではなくて、八路軍の捕虜となった日本兵の教育をしていたのです」

「教育ですって？」

林の質問に杉本はほほえみながら答えた。

「そうです。教育です。実は林さん、私は最初、八路軍の捕虜だったのです。海軍を除隊したあとの一九三七年六月、日中戦争の一ヶ月前に私は満州に来て、さきほど言った土建会社に入りました。ところがその翌年の七月、華北で仕事をしているときに八路軍の捕虜になってしまったのです。

捕虜になったときには殺されると思いましたね。ところが、八路軍は捕虜を殺さないと言うんですね。それで困って八路軍の幹部に頼んだのです。殺してもらわなければ困るとね。

なぜか、と理由を聞かれたから言ってやったんです。日本人は『生きて虜囚の辱めを受けず』と教えられている。だから殺してもらわなければ、自害しなければならない。自害は大変だから殺してくれとね。そしたら、日本の大学に留学していたという八路軍の幹部が言うのです。日本語には『死んで花実が咲くものか』という言葉があるではないか。あせらないでゆっくり考えればよいではないかとね。それもそうだと思い、このさい八路軍の実態を把握して日本軍に報告しようと思い、取りあえず死ぬのは止めたわけです。

私は日本軍は正しいことをしていると思っていました。日本軍は中国の民衆が圧政に苦しんでいるのを見かねて助けに来た。その助けに来た日本に反対する中国人はけしからん。日本は天皇をいただいた世界一よい国で、それに反対する日本の『赤』はソ連かぶれで悪いやつだと思っていました。それに、日本軍が中国人を虐待したり殺したりしているというのは、共匪の宣伝だという軍の言うことを信じていました。でも、私は実際に日本軍が攻撃した村を見たことがあります。そこでは、食糧は略奪されたうえに家は焼かれ、老人も女も子供もみな殺しになっていました。

日本の軍隊にこれほどの目にあわされているのに、日本の捕虜は殺さない。それればかりか、自分たちが粟と野菜だけしか食べていないのに、日本軍の捕虜には白米、白米がなければ小麦粉で作ったマントウに何品かの副食物を食べさせてくれる。私は捕虜になったときに、口の中に拳銃を突っ込まれたことがあります。その時これで死ぬのかと覚悟したことがありました。しかしその拳銃を持った兵隊は、引き金を引くのをこらえて、震える手を引っ込めました。きっと肉親が日本兵に殺されたのでしょう。

私は考えた。同時に勉強しました。この戦争はいったい何のためにやっているのだろうと。そして戦争から利益を得る資本家と、権力を楽しむ軍が手を握ってやっているのだという結論に達しました。無知であった我々は、軍の言うことを信じ、頼まれもしないのに他の国に出かけて戦争をさせられている。大東亜共栄圏なんてものは日本人を兵隊にとるための宣伝でしかない。そんな日本軍よりも、資本家や地主を排除し、平等な国を作ると言い、解放区においてはその通りの政策を行なっている八路軍の言うことの方が正しいと思うようになりました。それで、八路軍に正式に参加し、日本軍の捕虜の教育や、日本兵に投降を呼びかけるという仕事をしているわけです。もっとも今はもう教育だけですが」

林は一気に話す杉本の話に耳を傾けた。八路軍に投降する日本兵がかなりいるという話はうわさで聞いたことがあったが、その代表的な人間が杉本だったのだ。

「そうですか、そんな経緯で八路軍に参加したのですか。それで、日本軍から八路軍に参加した兵は何人ぐらいいたのですか？」

林の質問に杉本は早口で答えた。

「私たち日本兵投降者で八路軍に同調した者は、日本人民解放連盟という組織を作っていましたが、その数は約二百数十名でした」

「こちらではどんな仕事をするのですか?」

「今通化には大勢の日本人が集まっています。通化というのはそれほど大きな街ではありません。もともとの日本人居留民は八〇〇〇人くらいでしかなかったのですが、そこに四万人以上の日本人が避難してきたのです。おそらく今では五万人くらいの日本人がいるでしょう。それだけの日本人を収用する施設もありませんから、旅館などでは畳二枚に四人、五人の日本人が寝泊りしています。その上食糧は不足しており、厳寒の中日本人たちは大変困難な生活をしています。

また、この街には中国の各地で日本軍の捕虜となり、強制労働させられていた中国人が大勢いました。その者たちが日本軍降伏後、にわか八路軍となりました。そのほか朝鮮人民義勇軍グループもいれば、国民党系工作員の中国人もいます。正規の八路軍は来たばかりで、まだ通化市を完全には掌握していません。

延安から送られてきた八路軍は規律も正しく問題はありませんが、にわか八路軍や朝鮮人民義勇軍は日本軍に虐待されていた者たちですから、日本人に対する略奪などを行なっています。正直言って治安の状況もよくありません。そこで、日本人反戦同盟の者が日本人居留民、難民問題の解決に取り組むこととなったのです。日本人の日本送還の仕事もすることになります」

「それでは杉本さんがその責任者になるのですか?」

「いいえ、そちらの方は、反戦同盟の者が担当します。私は航空隊の政治委員になるように言われています。なんでも一月一日には瀋陽航空隊を改編して東北民主連軍航空隊とするとのことです。ただ、航空隊で具体的にどのような仕事をするのかまだよく分かっていないのですが。

ところで林さんは藤田実彦という第一二五師団の参謀長を知っていますか？」

藤田実彦といえば、髭の参謀として有名な一二五師団参謀長である。関東軍総司令部の停戦命令に従わず、師団を単独で離脱し、行方不明となったと聞いたことがあった。その後、林たちも奉集堡の飛行場を離脱したので、藤田大佐がどうなったかは知らなかった。

「ええ、停戦命令が出たときに一二五師団を離脱し、行方不明になったということは聞いたことがあります。その藤田大佐がどうかしたのですか？」

杉本は少し戸惑いの表情をみせながら、語り始めた。

「実はその藤田大佐が反乱を起こすのではないか、という噂が日本人の間で広まっているのです」

「反乱ですって？」

驚いた林の声が大きくなった。

「ええ、今通化の日本人は大変困難な状況にあります。それに乗じて国民党の工作員が、もうすぐ蒋介石の主力軍が瀋陽、そして通化に来る。その時に合わせて反乱を起こせば八路軍は退散し、日本人の状況は改善される。藤田大佐がその反乱の指導者になるのだと言いふらしているのです」

「おろかなことを。今さら大勢は動かないのに。そんなことをして多くの人が命を落とすことになったら、どうしようというのだろうか」

林はつぶやいた。若い杉本は直球の質問を続けた。

「林さんは共産主義についてはどう考えているのですか？」

いやな質問だった。しかしこの若者は八路軍の日本人兵士で、航空隊所属になる予定の者だ。この質問から逃げるわけには行かなかった。

「はっきり言って、まだよく分からないですね。まあ、資本家が労働者や農民を搾取しているという点は、一理あると思いますよ。権力者が民衆から収奪するというのは、世の常ですからね。でも、だからといって直ちに共産主義が正しいとは、私には判断できませんね。なんか、一つの理論としては、キリスト教や他の宗教と同じような気がして」

こう言うと杉本の顔色が変わった。

「それは違いますよ。宗教はあくまでも宗教です。存在しもしない神というものをでっち上げて人間の精神をマヒさせる、いわばアヘンのようなものです。共産主義は科学ですよ。宗教は科学ではありません」

むきになった杉本の顔を見て、林は議論を避けようと思った。

「そうですか、何かを信じるという点では同じではないかと思ったのですが。私はまだ共産主義というものを詳しく学んだことがないので、印象を言っただけです。つい数ヶ月前までは皇軍兵士だったのですからね」

杉本は林の答えを聞いて、初対面なのにいきなりぶしつけな質問をしたことに気づいた。時間もたっていた。

「入院患者を相手にすっかり長い時間話し込んでしまいました。今日はこれで失礼します。また伺いますので、色々教えてください」

と言って辞去した。

杉本が話した日本人の反乱の話は、入院生活の林は気に止めることもなかったが、病院の外では大きな動きとなっていた。そして最終的には林の命を脅かすことになるのであった。

飛行隊員通化事件に関与

通化事件とは、国民党軍の進軍を期待した日本人が反乱を起こし、鎮圧されるという事件であった。一二五師団参謀長であった藤田実彦大佐が主導者となったといわれる。しかし国民党軍の進軍はなく、その情報が伝わらないまま蜂起は行なわれた。その上反乱の情報は事前に八路軍の知るところとなり、包丁、スコップなどで反乱を起こした日本人は待ち受ける八路軍の機関銃の前にほぼ全滅した。反乱鎮圧後一五歳から六五歳までの何千人もの日本人男子と関与の疑いのある女性が検挙され、取調べを受けた。この取調べは厳寒の中過酷に行なわれ、裸で狭い獄中にすし詰めで収用された日本人からは死者が続出した。おかしくなった日本人が獄中で大声を出すと、窓から機関銃の乱射が行なわれたと伝えられる。また、針金で手をつなぎ合わされた者が凍りついた川に連れて行かれ、爆薬であけられた穴に生きたまま放り込まれたともいわれる。正確な死者の数は明らかではないが、三〇〇〇人にのぼるという説もある。

自分の部隊からこの通化事件への関与者がでるとは、林は夢にも思わなかった。しかし、難民生活に悲鳴をあげていた日本人たちは、日の丸の飛行機が通化に飛んできただけで士気を鼓舞され、反乱を起こせばきっと味方してくれると思ったのであった。航空部隊だから当然のことながら武器も持っている。自分たちが包丁、スコップで立ち上がれば、航空部隊は一緒に立ち上がってくれるであろうという前提で蜂起計画は立てられた。このとき通化で八路軍に協力していた日本軍戦車部隊の戦車五両も、当然のことながら蜂起に駆けつけるという前提で計画は立てられた。林の部隊からは二名の将校が反乱計画に関与したが、それ以上の関与はなかった。ところが林はその責任を問われ死刑の命令を受けたのである。しかし黄乃一政治委員が反対し、執行が取りやめられたのであった。詳しい話は反乱の話の時に譲ろう。

第一一章　東北民主連軍航空総隊設立

昼食風景

一九四六年一月一日、零下三〇度の通化中学校グランドで東北民主連軍航空総隊、約六〇〇名の設立式が行われた。瀋陽にいないので瀋陽航空隊の名称が不適当になったことと、航空学校の設立に備え増員したものであった。航空総隊には、教導隊、民航隊、整備補給隊及び修理工場が設けられた。司令員は東北民主連合軍後方司令部司令員朱端(シュ・タン)が兼任し、通化地域委員会書記・後方司令部政治委員呉溉之(ウ・ガイジ)が航空総隊政治委員を兼任した。常乾坤(ジョウ・ケンコン)、白起(ハク・キ)は副総隊長に、林弥一郎は副総隊長兼教導隊隊長に、黄乃一(コウ・ジーイチ)及び顧磊(コ・ラク)は副政治委員に、蔡雲翔(サイ・ウンショウ)は民航隊隊長、劉風(リュウ・フウ)は民航隊政治委員に任命された。このほか航空隊には日本人に対する専門の政治部門、日本人工作科が設けられ、杉本一夫が工作科長となった。航空隊設立の当初から常乾坤とともに奔走した王弼(オウ・ヒツ)は、航空委員会航空局政治委員の職にとどまった。

航空隊が発足して最初の仕事は、学生の選抜であった。年末、山東省から通化に到着した一〇〇〇名の八路軍兵士の中から、約一〇〇名を学生として選抜するのだ。飛行要員と整備要員が半々の内訳であった。試験は林が部下の日本人教官たちに検討させた方法によることとなった。それは学科と適性検査だった。部隊に指示した受験生選抜条件には、一定以上の教育水準というものであったが、送り込まれた兵士の水準は読み書きが少しできる程度であったので、学科試験といっても簡単なものであった。それは、黒板に「三＋七＝　」、「五＋九＝　」というような問題を多数書いておき、試験員が棒で次々と示した問題を受験者がすばやく答えるというものであった。さらに適性検査については、黒板の左側には「どら」を持った者を立たせ、右側には太鼓を持った者を立たせ、どらを打ったときにはすばやく左手と左足を前に出し、太鼓を打ったときには右手と右足を前に出すという動作を行なわせ、適正をみた。受験生の不合格の大半の理由は身体検査であった。それは八路軍の兵士の大半は貧困の出身の上長い戦争で、栄養不十分で病気になっている者が多かったからであった。しかし精密な検査器具がなかったので、発見できないことも多かった。そのうえ受験生はみんな飛行士になることに熱い希望をもっていたので、病気をごまかすのに大変な努力をした。たとえば試験に合格し、後に中国空軍の副司令官になる林虎(リン・コ)は慢性腸炎の上に重い脱肛になっていたが、検査をごまかして合格した。精密な検査器具があったら、彼の朝鮮戦争や台湾空軍との戦いでの活躍もなかったであろう。

こうして抗日軍政山東分校の学生の受験者から一〇九名、通化砲兵学校から五名が試験に合格し、飛行学生として航空隊に入隊した。合格者の記録はないが、一期生として飛行員四三名、整備員四〇名が課程を卒業している。

七三一部隊

学生の選抜が進められる一方、厳寒の中、遺棄機材の収集は精力的に進められていた。常乾坤と王弼がその先頭に立っていた。未だ共産軍が完全に統治しているとはいえない地域において、遺棄機材を見つけて通化に移送するためには、航空機材にくわしい上に政治力ある者が先頭に立って収集にあたる必要があったのである。

航空学校副校長の常乾坤は、実質的な校長であった。常乾坤が航空学校設立のため通化に戻ったあとも、航空局長の王弼は満州東部、北部で遺棄機材の収集にあたっていた。旧暦の正月である春節を王弼らは吉林で迎え、さらに機材収集のため東方面に向かった。ハルビンに到着すると、同市の南約二〇キロの飛行場近くに地下倉庫があるという情報が入った。さっそくそこを訪れると多くの缶が転がっていた。収集班の者たちはこの缶を一つずつ開け、中味を確認して運び出した。中味の確認と言っても、使えないもの以外はとにかく運搬することとしていた。

満州七三一部隊という関東軍の部隊がここで秘密裏に細菌戦の研究を行なっていたことなど、近隣の者や王弼たちに分かるわけがなかった。ある缶を開けたところ、日本人一人と朝鮮族の者が一人死亡し中国人五人と日本人一人が重体となった。中味が細菌兵器関係のものだったのだ。航空学校設立後、整備補給処副所長となる顧光旭（コ・コウギョク）は、命を取り留めた一人だった。顧は命は取り留めたものの吃音となり、顔はあばただらけになった。彼らは命と引き換えに、ハルビン近くの飛行場に遺棄された飛行機、機材を多数発見し、航空隊に送った。

ここで七三一部隊について少し説明しなくてはならないであろう。七三一部隊とは、その隊長石井四郎陸軍軍医中将の名前をとって、別名石井部隊とも呼ばれた細菌戦研究の部隊であった。この部隊で日本軍は、「丸太」と呼ばれる死刑囚や捕虜を用いて細菌戦の人体実験を行なっていたのである。死体はすべて電気炉で焼き尽くし、証拠が残らないようにしていた。その犠牲となった者の数は三〇〇〇名ともいわれる。

当時ドイツによるユダヤ人大虐殺が露見して、国際的な非難が行なわれていた。この七三一部隊の人体実験が露見すれば大問題になる。ソ連軍の満州侵攻が始まるや、大本営作戦課の参謀朝枝繁春中佐は長春に飛び、過去の研究ならびに研究の成果、施設等一切を完全に抹殺するよう指示した。施設は完全に破壊し尽くされ、施設にいた何百人もの「丸太」は全員が毒ガスで殺された上焼かれ、灰は川に流されたといわれる。そして石井ら七三一部隊幹部は他の者に先がけて特別列車で日本に逃げ帰った。

機材収集活動

ハルビンの事故はあったものの、八路軍は日本の遺棄機材の収集に全力をそそいだ。満州における日本軍の飛行場は二〇〇以上あったが、国民党軍が進出していない北部と東部の飛行場を、航空隊の者が中心となり片っぱしから捜索した。十分な食料もなく、捜索隊が飢えることもあった。そんなときにはソ連軍にかけあい、片言のロシア語で食糧をくれと交渉した。友軍ともいうべきソ連軍は彼らのあまりの悲惨な姿をあわれみ、列車一本分のパンをくれたこともあった。

捜索の道々に、日本人の死体が雪の中に放置されているのを見ることも多かった。変わり果てた女の子の死体を見かけても、凍りついた凍土に埋める手段はなく、日本人航空隊員はただ雪をかぶせて手を合わせることしかできなかった。また町に着くと、かろうじて生きながらえた日本人婦人が、老人と子供を連れて乞食となっているのを見ることがあった。涙を流して見つめる日本人隊員を見て、補給担当の者は黙って捜索隊のまずしい食糧を日本人隊員の手に渡した。日本人隊員は頭を下げてその食べ物を受け取ると、麻袋から頭と手を出して道に座っている痩せこけた婦人に渡した。婦人は力ない作り笑顔で「謝謝(シエシエ)」と言い受け取った。八路軍兵士からもらったと思ったに違いない。渡した隊員は一言も語らずに隊列にもどり、涙をぬぐいながらまた歩き始めた。

ソ連沿海州に近い満州東部には、対ソ戦に備えて日本軍がもっとも多くの飛行場を作った地域である。沿海州から東京までは約一〇〇〇キロ、爆撃機で簡単に往復できる距離である。日本がおそれたのは、沿海州から東京を爆撃されることであった。だから対ソ戦となった場合には、沿海州に近い満州東部からソ連軍航空基地を攻撃するとともに、シベリア鉄道を遮断してウラジオストックへの補給を断ち、優勢な海軍と陸上部隊によりウラジオストックを占領することを考えていた。満州東部に飛行場が集中していたのは、そのためであった。

ハルビンの東約三〇〇キロ、牡丹江(ボタンコウ)市の東郊外に海浪(カイロウ)という飛行場がある。ここから満ソ国境までは約一五〇キロ、ウラジオストックまでは約二〇〇キロ、ウラジオストックを攻撃する関東軍の主要飛行場であった。ここに機材収集隊が到着すると、ソ連軍が銃を持って包囲した。共産党の八路軍であることを説明すると、敵意はただちに歓迎となり、自分たちはもうすぐ撤退するので、飛行場の管理を任せたいと申し出てきた。飛行場の日本軍機はほとんどが破壊されてはいたが、滑走路は日本軍により舗装されていたうえにソ連製の通信設備があった。このころには国民党軍の進軍が進み、すでに通化さえ危なくなっていたので、牡丹江への航空隊移転が検討されていた。海浪飛行場が航空隊の重要な基地となることは明らかであった。機材収集隊は喜んでソ連軍の管理移管の申し出を受け入れた。するとソ連軍はまだ日も高いというのに、ウオッカで乾杯を始めたのであった。八路軍兵士はソ連軍の規律の大らかさに驚いた。

時には山賊に襲われ、時には国民党軍に追い上げられ、さらに輸送の不便を乗りこえて、機材収集隊は五〇以上の日本軍飛行場を捜索した。そして一九四五年一〇月から一九四六年五月までの間に、各種飛行機の残骸一二〇機分以上、航空機エンジン二〇〇台以上、航空機燃料ドラム缶二〇〇本以上、航空機計器二〇〇箱以上、各種装備品類二八〇〇馬車分を収集したのであった。もちろん、飛べる状態の飛行機は一機もなく修理を必要としたが、これらの機材が中国空軍の基礎となった。敵軍の機材により空軍を作り上げるということは、世界にも例を見ないことであった。

第一二章　通化事件

ユングマン初等練習機

通化（ツウカ）では多くの日本人が、かつて日本の圧政を受けていた中国人、朝鮮人から報復的な仕打ちを受けていた。正規の八路軍が通化に到着し、実質的な統治を行なうまでの間、これらの者はいずれも八路軍の名称を使い、略奪、暴行を繰り返し、日本人の不満は高まっていた。この日本人の不満と旧軍人の徹底抗戦の思想を利用しようとしたのが、国民党の工作組織であった。国民党の正規軍がもうすぐ通化に来る、そのときに合わせて反乱を起こし、八路軍を追い出せば日本人の待遇もよくなると宣伝した。その宣伝工作に多くの日本人が同調し、元関東軍一二五師団参謀の藤田実彦大佐を指導者として、作戦計画がねられた。

藤田実彦大佐とは日本降伏時に、関東軍司令部草地作戦班長から停戦命令の連絡を受けた時、「おれの師団は軍命令に従わぬ」と答えた人物である。草地大佐が、「軍命令を聞かないとあれば、すぐにも逮捕命令を出します」と言うと、「命令を師団長に伝えるだけは伝える」と言い、師団から姿を消した。

蜂起は藤田実彦大佐が作戦主任となり、旧軍人を中心に国民党工作員と連絡をとりつつ計画が立てられたと言われる。計画は約五〇〇名の者が八路軍司令部、工兵学校、砲兵学校、監獄、変電所などの一二の攻撃目標を手分けして攻撃するというものであった。攻撃は二月三日、旧暦の正月、春節の午前四時に行なうこととされた。しかし、この攻撃計画は事前に察知され、攻撃が行なわれたときには各攻撃目標では八路軍側の機関銃が待ち受けていた。この事件に林の航空隊も巻き込まれたのであった。

林を処刑せよ

八路軍の通化後方支援部隊に、機械部長の沈殿鎧（チン・デンカイ）という者がいた。この者が国民党の工作員である親族から日本人蜂起の計画書を入手した。沈は東北民主連軍後方補給部の政治委員呉溉之（ウ・ガイジ）にこの文書を渡し、蜂起計画を報告した。夜の七時過ぎのことであった。呉溉之はことの重大さを直ちに理解し、通化支隊司令員劉東元（リュウ・トウゲン）と相談した。二人は蜂起を徹底的に鎮圧することを決め、通化全市に戒厳令を敷き、部隊には戦闘準備態勢をとるように指示した。作戦計画にある攻撃目標には機関銃部隊が配置された。そして国民党工作員を逮捕し尋問すると同時に、暴動の頭目、藤田実彦と国民党通化県党部書記長孫耕暁（ソン・コウギョウ）を逮捕する命令を出した。蜂起は中止されることなく午前四時に実行されたが、瀋陽からの国民党軍の進軍はなかった。蜂起の悲惨な結末についてはすでに述べたので、ここでは飛行隊のことについて記述する。

政治委員呉溉之は作戦計画書を航空総隊の日本工作科長杉本一夫に訳させた。計画では飛行総隊の日本人二〇〇名が飛行場を占領し、飛行機により地上の攻撃を爆撃支援することになっていた。航空総隊の反乱鎮圧と数十機の飛行機を守るために、約六〇人の兵が航空隊に向かった。

一九四六年二月二日、春節前夜の大晦日の夕食後、機材収集のため通化から離れていた常乾坤（ジョウ・ケンコン）は呉溉之から日本人蜂起計画の連絡を受けた。驚いた常乾坤は航空総隊司令部の劉風（リュウ・フウ）に電話し、ただちに飛行場に行くように指示した。航空総隊司令部は市内の裁判所にあったが、劉風はそこから飛行場に行き、日本人の多くが居住する飛行場の警備責任者となった。

劉風が学生を使って日本人宿舎を捜索すると、飛行機搭載用の爆弾、刀などの武器が発見された。小林という日本人飛行士が逮捕され、尋問された。彼は最初何を聞いても口を割らなかったが、深夜、「責任者は誰か？」という質問に、「責任者は林だ」と答えた。小林が答えた意味は、航空隊の日本人の責任者という意味であったが、尋問した方は暴動の責任者という意味にとらえた。この時市内では全ての電灯が三回点滅した。蜂起開始の合図であった。西北の鳳凰山では三つの大火が起こった。

航空総隊政治委員を兼務する呉溉之は小林の尋問の結果を聞き、直ちに林を処刑せよと命令した。杉本は呉溉之の命令に驚いた。林は一二月半ばに飛行機が墜落して両ももを骨折し、一ヶ月ほどの入院の後退院して、松葉杖でやっと歩ける程度である。蜂起の計画が作られたとしたら、林が入院している間であるが、もし林が首謀者なら、しょっちゅう病院を訪れていた杉本一夫や航空総隊副政治委員の黄乃一（コウ・ジーイチ）が気づかないはずがない。これは何かの間違いだと思った杉本は、呉溉之に同意できないと言うと同時に、その場で黄乃一に緊急電話を入れた。杉本から呉溉之が林の処刑命令を出したと聞いた黄乃一は、呉溉之に電話をかわってもらった。

黄乃一は、林が日本人暴動のことを報告してきたこと、彼はこの暴動にかかわっていないこと、他の者の証言によりこのことを立証できることを説明した。

「暴動の早期終結を図るためには、首謀者を速やかに処刑しその芽を根絶することにある。林については暴動関与者の直接の証言があるのだ。君は林がかかわっていないということを立証できると言うが、もし立証できなかったらどうするのか。なぜそこまで林をかばうのか」

呉溉之は黄に詰め寄った。政治委員としては呉溉之の方が黄乃一より格が上なのは言うまでもない。黄は三〇歳、呉は四六歳、共産党加入も呉の方が一〇年も早い。しかし呉は航空総隊政治委員を兼ねてはいるが、航空隊のことについてはあまり知らない。

「呉同志、私たち航空総隊の者は、中国共産党の空軍を作るために命をかけて働いています。我々の空軍を作るためには、航空技術を持った日本人の協力が欠かせません。操縦にせよ整備にせよ、我々中国人だけでは何もできないのです。我々はたった三ヶ月ですが彼らの技術を目の当たりに見ています。彼らはこわれた飛行機の残骸から飛べる飛行機を何機も作り上げました。林は命をかけて飛行機を操縦し、墜落事故で両ももを骨折したのです。林が処刑されれば日本人は協力しなくなるでしょう。それだけ林の指揮官としての統率力は優れたものなのです。

私は林が一月中旬まで入院している間、ほとんど毎日彼を訪ねました。杉本もほとんど毎日林と会って航空学校設立の調整をしてきました。不審な点はまったくありませんでした。その上、林は昨日の昼ころ、日本人の間に不穏な動きがある。航空総隊の日本人が関与している疑いがあるので一切関与するなと命令をしたと、杉本に報告をしてきています。もし林が首謀者ならそんな報告をするわけがないでしょう。

呉同志、もし私が間違っていたらどうするかとおっしゃいましたね？　私は二つの命によりそれを償います」

呉は黄の命をかけて償うという言葉におどろいた。なぜ一人の日本人のためにそこまで言うのか？　呉は聞いた。

「黄同志、二つの命とは何なのかね？」

「一つはこの体の命で、もう一つは私の政治生命です。もし林が暴動に関与していたら、私を党から除名し、処刑してください」

黄のきっぱりとした答えに呉は絶句した。黄は一七歳で革命運動に参加し、一八歳で入党している。共産党員であることは黄にとって人生そのものである。それをもし間違っていたら除名し、処刑してかまわないと言っているのだ。黄同様人生を革命運動に捧げている呉には、黄の発言の重さが痛いほどよく分かった。

しばらくの沈黙の後、呉は口を開いた。

「わかった。君がそこまで言うのなら即時銃殺だけは撤回しよう。しかし命令する。林を拘束し、即時に尋問を始めよ。尋問は君と、航空総隊副政治委員の顧磊(コ・ラク)の二人が立ち会って行ないたまえ」

「呉同志、分かりました。直ちに林を拘束し、顧副政治委員とともに尋問を行ないます。尋問の結果はすみやかに報告します。

吴同志、感謝します」

黄はそう言って電話を切った。このようなやりとりが行われている間、林は自分の命が危ないことなど想像すらしていなかった。林がこのことを知ったのは日本に帰ってからずっと後、中国を訪問し黄に再会したときのことであった。

航空総隊副政治委員の黄乃一と顧磊は、松葉杖をついて歩く林を裁判所の一室に招きいれ、日本酒と缶詰を勧めつつ尋問を行った。酒とつまみは林の名誉を尊重するという姿勢を示すためだった。質問は主として顧磊が行なった。吴溉之に報告書を提出するときのことを考えると、黄が質問したのでは林をかばっていると思われるからである。

「あなたは今回の暴動を事前に知っていたか?」

その日、林たち日本陸軍の軍服を脱ぎ、東北民主連軍の制服に着替える式典を行ったばかりであった。制服の胸には民主連軍の徽章が着いていた。林は落ち着いて答えた。

「事前に聞いていた。但し私が事前に聞いていたのは共産軍に対する暴動ということではなく、共産党に協力する日本人を殺すという事だった。私はこのことを司令部の杉本氏に報告した」

杉本から報告を受けた黄は、この情報を航空総隊司令官朱端(シュ・タン)に報告していた。この点に疑いはなかった。

「あなたの部下に、暴動に参加した者はいなかったか?」

「そのことについては、私は知らない。さきほど言ったように事前に報告してきた部下がいたが、私はその時、このことには誰も関与するなと命じた」

「実際に暴動に参加した部下がいるが、そのことを知らないのか?」

航空総隊の日本人から、鈴木中尉、小林中尉をはじめとして両中尉率いる少数の下士官たちが蜂起に参加しようとしたが、劉風ら学生に取り押さえられていた。

「知らない」

林はきっぱりと答えた。

「参加した者がいたとしても、それはその者の個人的な問題だ。航空総隊の部隊としての問題ではない。関与した者は当然法に基づいて処罰されるべきだ。私には調べる権限がないので、あなた方が詳細に調べることを望む」

うそはないようだ。そう考えると顧磊は、

「分かりました」

と言って立ち上がった。そして林の腰の拳銃を指差し、

「申し訳ないが、あなたのその腰につけている拳銃を渡してもらいたい」

と言った。

林は大変な屈辱感を覚えた。彼にとっては最初八路軍に降伏し、武器を手渡した時よりもずっと大きな屈辱であった。それは明らかに林が被疑者として扱われていることを意味したからであった。

「この拳銃は、東北民主連軍参謀長が贈ってくれたものだ」

顧には林の感じている屈辱感が理解できた。同席している黄にも林の屈辱感がひしひしと伝わった。しかし黄には顧が拳銃を渡せと言う意図がよく分かった。政治委員呉溉之に報告する際に林の拳銃を没収したと書けば、尋問が林を被疑者として取り扱い、厳正に行なわれたことを強調できるのである。でも、そのことを林に言うわけにはいかなかった。顧はわざと声高に言った。

「誰からの贈り物にしても、私が一時保管する。渡したまえ」

林は憮然と立ち上がり、拳銃をベルトと一緒に渡した。

この尋問の後、林は小さな小屋に軟禁された。何らやましいところのない彼の心は平穏で、いずれ調査が進むにしたがって真相が明らかになると信じていた。彼はこの静かな時間を利用して、飛行教育が開始された場合の飛行操縦の教育綱領を書き上げた。


通化事件、ことの真相は今もって不明な点が多い。首謀者と伝えられる藤田実彦は逮捕され、三月一〇日、市内の百貨店で三日間さらしものにされた。藤田は風邪を患っており、同月一五日、肺炎で死んだと伝えられる。航空総隊から参加しようとして拘束された者のてん末については、何も伝わっていない。

鎮圧部隊の指揮をとった通化支隊司令員の劉東元（劉東元の本名は劉西元という。このときは変名を使っていた）はその後朝鮮戦争で中国義勇軍四個軍の一つ、第三八軍の政治委員となって戦功を上げ、一九五五年には三八歳で解放軍最年少の中将となった。航空総隊政治委員の呉溉之は、中国建国後最高人民法院副院長に就任した。その後文化大革命で迫害され、一九六八年に死亡する。

第一三章　航空学校設立

航空学校設立時写真

蜂起失敗の後、処刑、拷問死、凍死、病死などの数千の死体は、凍りついた川の上に山のように放置された。夏になっても川のとどまりの中に腐乱した死体が浮いていたと伝えられる。また、通化事件は航空総隊内の日本人と中国人の間にも大きなみぞを作り出した。学生が教官となる日本人から武器を取り上げ拘束したのである。学生は日本人隊員から加担者が出たことを怒り、無実の日本人隊員は故なき拘束をいきどおった。このような中にあっても航空学校は三月一日に設立すべく準備が急がれた。

一方、国民党軍の進撃は続き、通化から二〇〇キロほどの瀋陽、遼陽、鉄嶺が占領され、更に進軍しつつあった。通化もいずれは占領されると思われた。

三月一日午前一〇時、春とはいえ未だ厳寒の通化第二中学校の校庭で、東北民主連軍航空学校の設立式が行なわれた。さいわい晴れわたった日ざしが寒さを和らげていた。航空学校として運営可能な最低限の飛行機、機材、教官、学生が整ったのである。飛行機、機材、教官、学生のどの一つをとっても、困難と苦労の物語であった。しかし、ついに東北航空学校が発足したのであった。

学校長常乾坤（ジョウ・ケンコン）、政治委員呉溉之（ウ・ガイジ）、副校長白起（ハク・キ）、副政治委員黄乃一（コウ・ジーイチ）及び顧磊（コ・ラク）、教育長蔡雲翔（サイ・ウンショウ）であり、林は参議兼飛行主任教官となった。通化事件の影響で林は人事権を失い、杉本一夫が日本人の人事管理を行なうこととなった。もっとも林からすれば面倒な人事管理が杉本に移行することにより、飛行教育に専念することができることになったわけである。学生大隊長は劉風（リュウ・フウ）で、全校の学生、教官、職員の合計は六三一人であった。共産軍の通称は設立の日にちなみ、三一部隊とされた。東北民主連軍航空学校、すなわち東北航空学校が発足したのである。

学校設立の情報は国民党軍に伝わり、通化の飛行場に対する爆撃が開始された。東北民主連軍総司令部は王弼（オウ・ヒツ）の意見を採用し、航空学校を通化の北東約四〇〇キロ、ハルビンの東方約二〇〇キロの牡丹江（ボタンコウ）に移すことを決めた。牡丹江には訓練に適した飛行場のほか、交通、宿舎などの条件が揃っていた。

牡丹江への移転は四月中旬から開始されたが、このとき飛行可能な飛行機を誰が操縦するのかが問題となった。通化から朝鮮国境まではわずか五〇キロ、平壌までは三〇〇キロ、飛行機で逃げようと思えば、簡単に逃走することが可能であった。しかし校長の常乾坤と政治委員の黄乃一は、何のためらいもなく日本人飛行員が操縦することを決定した。このことは林以下の日本人飛行士をはじめ、日本人隊員全員の感動をよんだ。日本人に対する信頼の厚さを示すものとして、通化事件以来残っていた日本人のわだかまりを雲散霧消させてしまった。

四月二一日、移転作業が進められているとき、通化飛行場は国民党軍爆撃機一五機の爆撃を受けた。航空学校側に打つ手はなく、数十分にわたる爆撃の結果、飛行可能な飛行機七機が破壊され六人が重軽傷を負った。苦労に苦労を重ねてやっと飛行可能となった飛行機が、一瞬のうちに七機も爆撃炎上する姿を目の当たりに見て、日本人も中国人も涙を流した。涙とともにこぶしを握りしめ、きっといつか自分たちの飛行機で国民党軍の飛行機を撃墜してやると心に誓った。

五月一五日には王弼が呉溉之に替わり航空学校政治委員となった。

通化から牡丹江への収集した大量の機材の移動は困難を極めた。汽車は正常な運行をしておらず、やっと見つけた機関車に無理をして多数の貨車をつなぎ大量の機材を積んだために、汽車は上り坂では力不足となり、乗っていた兵士は全員おりて汽車を押した。畑の農民は飛行機が汽車に積まれ、兵に押されていく奇妙な光景を見て、目を丸くした。

北朝鮮を通って機材輸送

牡丹江への機材の輸送が終わらないうちに、通化から牡丹江への鉄道経由地点である梅河口（バイガコウ）の町が国民党軍の手に落ちてしまった。通化には未だ二八機分の航空機材が残されたままであった。これを牡丹江に運ばなくては航空学校の運営に重大な支障が出る。なんとかして牡丹江に輸送せよとの命令が、牡丹江への移動を完了していた欧陽翼（オウ・ヨウヨク）の小分隊に出された。欧陽翼の率いる二一名の小分隊のうち一七名は日本人であった。命令が出されたとき、欧陽翼は日本軍の細菌兵器により感染した回帰熱のために高熱を発していたが、直ちに病床から分隊に戻り、通化に向けて出発した。分隊は森で野宿しながら徒歩で雪深い長白山地を越え通化に着いた。欧陽翼は通化に着くと航空機の残骸を人海作戦で列車に乗せ、南に向かうように指示した。南に向かって黄海に面する安東市まで行き、そこから国際鉄道を使って朝鮮に入り、朝鮮を抜けて満州北部に入るという計画であった。安東に着くまでの間も、国民党軍の爆撃機が列車をねらって爆撃を加えてきたので、列車は夜走った。しかしもっと大きな問題があった。それは、軍用物資は国際鉄道を通過できないということであった。もちろん無線もなければ事前調整の時間もない、ぶっつけ本番の列車運行であった。

朝鮮との国境である安東市につくと、案の定ソ連軍は列車の朝鮮行きを認めなかった。そこで欧陽翼は一計を思いつき、一〇数匹の豚と酒、タバコをたくさん持って安東のソ連軍司令部を慰問した。慰問して一緒に酒を飲んでいる間に、安東駐屯のソ連軍司令官と参謀長は欧陽翼と意気投合し、国境通過の頼みを引き受けた。次の日列車は、一五人のソ連軍人に護衛されて国境の鴨緑江をわたることができた。

北朝鮮の領域内に入ると、今度は列車の運行には金日成主席の許可がなければならなかった。そこで欧陽翼は軍事委員会に行き、金日成主席への面会を申し込んだ。しかし窓口の大尉は、至急なのですぐに会いたいという要求を拒否し、一週間ほどかかると説明するだけであった。欧陽翼はあきらめず、今度は中共と朝鮮の間の渉外事務を取り扱う黎明会社という会社の社長と副社長をたずねた。社長の朱理智（シュ・リチ）は大使相当で、副社長の李士敬（リ・シケイ）は副大使相当である。李福社長が早朝五時半に金日成に電話を入れると、七時半に会うので来てもらいたいという返事だった。欧陽翼が社長たちと軍事委員会を訪れると、金日成が入り口で待ち受けていた。窓口の大尉は欧陽翼の姿を見つけると、となりの者に欧陽翼を指差しながら、「あの男はたいしたものだ。ここに来てからたった数時間で金日成主席に会うことになった」とささやいた。

金日成は事情を聞くと、軍事物資の国際鉄道輸送は難しい面があるので、欧陽翼の輸送している物資は、朝鮮航空学校の物資として運ぼうということになった。欧陽翼は金日成に感謝しながら話を続けた。

「金元帥は私たち航空学校の劉風と、長白山の森の中で遊撃戦を戦っていたと聞いたことがありますが？」

金日成はなつかしそうな目になった。

「そうです。私と劉風は同じ連（一〇〇人くらいの部隊）で、劉風が隊長、私が指導員（政治指導員相当）をしていました。抗日戦で一緒に苦労をした戦友です。

そうですか、劉風は今航空学校にいるのですか。帰ったら彼によろしく伝えてください。そうそう欧さん、あなたの列車は準備ができ次第、今晩にでも出発してけっこうですよ」

上機嫌で語る金日成に欧陽翼たち三人は、金日成と朝鮮のために乾杯の杯をあげた。

欧陽翼の列車は北朝鮮の国内を北へ、北へ走り、ついに中国との国境の町、南陽市にたどりついた。ここから豆満江にかかる鉄橋をわたれば中国の図們（トモン）市だ。ここまで来たところでソ連軍の護衛一五名は任務を終了し、列車を去った。ところが、ここで最後の難関が待っていた。それは南陽市駐在のソ連軍司令官が欧陽翼を逮捕したのである。理由は、ソ連軍の許可なしに軍事物資を運んだというのである。欧陽翼は、物資の輸送は金日成元帥の許可を得たものであるから迅速に確認してもらいたいと言って、手洗いに立った。

手洗いで欧陽翼は中国領図們市の共産軍警備司令員あてに、「我々は逮捕されている、早く釈放してもらいたい」という手紙を書き、中国人に託した。図們市の警備司令員は南陽市ソ連軍司令官に電話を入れ、欧陽翼らの身分を保証し、釈放するように要求した。また、このソ連軍司令官が朝鮮軍事委員会に連絡をとったところ、欧陽翼らの一行はたしかに金日成元帥の許可を得ていることが確認された。そこでソ連軍司令官は後で責任問題となることを恐れ、全部隊を整列させて欧陽翼らの列車を見送ったのであった。こうして欧陽翼らは無事に国境を渡り、牡丹江に航空機材を持ち帰った。

この北朝鮮経由の輸送中、北朝鮮のある町で一七人の日本人隊員が日本人の一群に出会った。日本人同士の親しさからお互いの身の上話をすると、その者たちは日本に帰る列車を待っているのだと言う。そして林部隊の隊員たちに、ここで中共の者と別れ彼らと一緒に日本に帰ろうと言うのであった。隊員の脳裏に日本の風景が浮かんだ。なつかしい日本だった。お互い顔を見合わせた。福島県出身の立花がつぶやいた。

「おい、日本だと」

一番若い一九歳になったばかりの芹沢が、

「帰りたいな」

と小さな声でいった。そしてみな黙った。

しばらくして一番年長の石田が言った。

「俺たちは航空学校を作ることに協力すると決めたんだ。ここで飛行機の残骸を放り出して消えるわけにはかないよ。林隊長やその他の仲間にどれだけの迷惑をかけるか分からない。それに欧陽翼たち中国人は、我々を一〇〇パーセント信頼している。だからこうして我々だけを残して朝鮮側と交渉している。その信頼を裏切ることはできないだろう。

俺も日本に帰りたい。日本には両親に妻、それに子供たちも待っている。でも、ここで信義に背くことはできない。心配するな。俺たちもいずれ帰る。

さあ、この話はもうやめよう。列車に引き上げるぞ。

じゃあ、みなさんここでお別れです。きっと無事に日本に帰ってください。幸運をお祈りしています」

石田はそういうと立ち上がって列車に戻り始めた。仲間の一六人もみな別れを告げ石田に続いた。

この欧陽翼の小分隊は牡丹江に無事機材を運び終わると、今度は長春近郊の飛行場の機材収集を命じられた。五月二〇日を過ぎたころであった。長春には国民党軍が接近しつつあった。長春郊外に到着したところで一七名の日本人隊員は近郊の農家に分宿し、欧陽翼ら中国人隊員は長春市内に連絡のため入った。このとき国民党軍の長春侵入が開始された。共産軍には直ちに長春から撤退する命令が出た。車もなければ電話もない。日本人隊員が滞在している郊外の村に連絡する手段はなかった。欧陽翼らは彼らなら何とか対処できると信じ、そのまま牡丹江に引き上げた。共産軍の反撃はほとんどなく、長春は五月二三日に国民党軍により占領された。取り残された日本人は機敏に郊外の森の中に逃げ、牡丹江までの約六〇〇キロの道のりを何十日も歩き、ボロボロになって戻ってきた。欧陽翼は彼らを学校の入り口まで走って出迎え、涙を流して無事の帰還を喜んだ。それを見ていた航空学校の中国人たちから大きな拍手が湧きあがった。彼らを心の底から信頼に値する者たちだと称賛する拍手であった。

教育開始

機材収集やら移転のために学生の教育は遅れ、航空学校で教育が始められたのは一九四六年六月一日になってからであった。このとき東北航空学校の通称「三・一部隊」は「六・一部隊」に改められた。それは

「三・一」という数字が、朝鮮半島における「三・一運動」と呼ばれる独立運動と同じ数字であるので、変えてもらいたいとの申し出が朝鮮人から出されたためであった。「三・一運動」とは万歳事件とも呼ばれる朝鮮の独立運動で、一九一九年三月一日に朝鮮全土で何百万人もの朝鮮人が起こしたものであった。この運動は日本の官憲により弾圧され、死亡した朝鮮人は一万人近く、負傷者も一万五〇〇〇人にのぼったといわれる。「三・一」とは、朝鮮人にとっては祖国の悲劇を思い起こす文字だったのである。学校当局はこの申し出を受け入れ、以後航空学校は六・一部隊と通称されるようになった。

教育は飛行要員三個班、整備要員一個班に分けて行なわれた。飛行要員の三個班とは幹部班、甲班、乙班であり、幹部班は年齢三〇歳から四〇歳の中佐、大佐、少将の飛行経験のある者二〇人が学生となり、高級幹部となる指導者の育成を行なった。甲班は二三歳以上の者一五人、乙班は二三歳未満の学生二〇人であった。後の中国空軍の指導者の多くがこの甲班、乙班出身であった。

さて、教育が開始されたといっても机もなければ椅子もない。学生は自分たちの背嚢(はいのう)を腰かけ代わりにして座り、膝を机として納屋のような部屋で授業を受けた。しかし問題は物理的な環境だけではなかった。もっと深刻な問題は、学生の教育レベルであった。学生は字こそ書けるもののそれ以外の知識はほとんどなかった。

林弥一郎は最初の講義のときに学生のレベルを知るため、黒板に「一五×二六＝」と書き、この答えを出せと言った。四〇人の学生のうち問題を解くために鉛筆をとったのはたった数人で、ほとんどの者は目を丸くして黒板を見ているだけであった。林は一瞬ショックを受けたが、思い直して言った。

「君たちの講義は足し算、引き算、掛け算、割り算から始める。これができなければ飛行機の勉強もできない。いいか、できる限り早く四則計算を身に付けるのだ」

そしてまずは九・九の暗記から始めさせた。教育こそ受けていないとはいえ、もともと学生の資質は高い上に向上心、政治的信念そしてどうしても飛行士になりたいという気持ちは強い。かれらは寝る時間を惜しんで学び、すぐに四則計算ができるようになった。

実物教育

ソ連の航空学院で飛行理論を学んだ常乾坤は校長であったが、直接学生に飛行理論の講義を行った。まずは飛行機がなぜ空を飛ぶことができるか、そのことから教えなくてはならない。そう考えた常乾坤は、最初に学生に飛行機が揚力により空に浮き上がるということを教えようとした。これは航空力学のもっとも基本の原理であり、ベルヌーイの揚力の法則といわれるものである。中国語では「伯努利定律（バイヌーリー）」という。彼は黒板に足し算、掛け算、分数からなる公式を書き、時間をかけて説明した。そして説明を終わると学生に「分かったか？」と聞いた。四〇人の学生全員が首を横に振った。常乾坤は学生のほとんどが小学校を終わっていないことを忘れて講義したことを反省し、今度はゆっくりと分かりやすく説明した。そしてもう一度聞いた。「分かったか？」学生は正直に首を横に振った。講義の時間は終わり、常乾坤は失意のうちに小屋を去っていった。「伯努利（バイヌーリー）」の法則をまったく理解できなかった学生たちは、「白努力（バイヌーリー）」（白は効果がないことを意味する。すなわち無駄な努力であったという意味。）であったと自嘲しつつも、やはりがっかりした。

プロペラの推進力の原理を日本人教官が説明した時、不自由な言葉と図でいくら説明しても、学生たちは首をかしげるばかりだった。翌日教官は竹とんぼを作り、学生の前で飛ばした。学生たちは空高く舞い上がる竹とんぼを見て、プロペラの推進力の原理を即座に理解した。

またある時は、燃料が気化したあとエンジンの中にどのように送り込まれるか、という機械構造の講義が行なわれた。学生たちは教官が図を書いて懸命に説明したが理解できなかった。言葉の問題もあったが、いくら説明しても学生が分からないので、教官はそれではと、気化装置の実物を持ってきて、たばこの煙を吹き込んだ。すると各シリンダーにつながっている数本の管から、白い煙が流れ出てきた。学生たちは「なーんだ」とうなずいた。

このように、不自由な言葉で説明するよりも実物を使って説明した方が理解がはやいので、実物を使っての講義が奨励された。

寄せ集めで組み立てた九九式高練

講義の開始とともに修復整備された飛行機による教育も開始された。しかし完全な飛行機は一機もなく、右の翼はある機から、左の翼は別の機から、垂直翼はさらに別の機からというように、すべて寄せ集めで作った飛行機だ。飛行ゴーグルは度の入っていない普通のメガネで代用し、飛行服と帽子は学生が自分で縫った。落下傘はなく、安全は飛行機の調子にたよるだけという始末であった。

一番不足したのはプロペラで、先の曲がったものはハンマーで叩いて直して使ったが、直せないものは先端を均等に切り取って使った。それでも数が足りないので、一機が降りてきたらすぐに外して、次に飛び立つ機に取り付けて使った。また飛行機のタイヤも不足がちで、プロペラと同じように着陸した機から急いで外し、飛び立つ機に付け替えて使った。さらにはタイヤの空気入れもなかったので、自転車の空気入れを使った。飛行機のタイヤに自転車の空気入れで空気を一杯にするには一時間以上かかり、とても一人ではできない。そこで四、五人が輪になって順番に空気入れを押した。この作業は厳寒の中で行なってても汗だくになった。

不足した部品は、遺棄航空機から使えそうなものを見つけ代用した。鋲が無いのでネジで補修したり、ジュラルミンの板がない時には薄い鉄板を枠で補強したりして使った。エンジンも、分解手入れを何回も繰り返して使った。従って性能は次第に落ち、飛行速度は最初二〇〇キロくらい出ていたが、そのうち一八〇キロくらいにまで落ちた。

車輪の不足は他機種の高圧タイヤを使用した。ところがクッションが悪く衝撃が大きいので、飛行士は訓練終了後、胃痛、腰痛を訴えた。特に舗装していない滑走路での離着陸の後には、みんな青い顔をして操縦席から降りてきた。また安全ベルトには最初麻縄を使っていたが、さすがにこれでは危険だということで、幅広い布製のベルトに替えた。

九九式高練は、学生数が増加すると教育所要を満たすために残存機材を寄せ集めて何機も作られたが、新しく作られたものほど寄せ集めのポンコツになった。操縦席の前面は何とか従来の樹脂ガラスであったが、側面には普通ガラスの厚めのものをはめ込んだ。後部の教官席はひどいもので、上の部分はジュラルミンを張り視界はゼロ、側面はガラス節約のためにアルミ板で三〇センチ程の小さな窓を作り、そこにガラスをはめ込んだだけのものもあった。全て寄せ集め、間に合わせであった。

このようなポンコツ同然の飛行機ではあったが、九九式高練はそれでも飛んだ。その後何年も使われたが飛び続け、中国空軍の卵を育て続けたのであった。

言葉の問題

教育でもっとも困ったのは言葉の問題であった。そこで日本語習得のために天津に留学したことがあると自称する中国人を雇い入れた。しかし彼には航空や機械工学に関する知識がなく、プロペラを「大扇子」

（正しくは「螺旋桨」）、操縦桿を「駕駛管」（正しくは「操纵杆」）、プラグを「電子」（正しくは「电嘴」）、操縦席を「飛行座籠」（正しくは「飞机座舱」）などと翻訳し、かえって学生や教官を混乱させた。

あるとき教官が操縦席の機内照明灯の説明をした。これは操縦席の右側手元にあるちいさな電気スタンドであったが、笠の形がねずみに似ているので、「ねずみ」と俗称されていた。教官は、「九九式の操縦席にねずみがある」と言い、それから照明灯の使い方を説明しようとした。ところが、通訳がその説明を待たずに、「操縦席にねずみがいる」（中国語では「ある」も「いる」も同じ「有」で表す）と言ったから大騒ぎになった。学生たちは操縦席にもぐりこんでねずみを探した。教官はなぜ大騒ぎをしているのか理解できない。しばらくして、学生が「教官、ねずみはいません」と報告してから誤解の理由が分かり、大笑いになった。

こんな笑い話ですめば問題はないのだが、飛行教育における間違った通訳は学生の命にかかわることがある。

学生が単独飛行訓練を始めたころ、林が学生の着陸を見ていると、ドシンと着地してからまた少し跳ね上がり、またドンと着地したあともう一度跳ね上がり三度目で着地滑走をしている。ヘタで危険な着陸である。着陸の理想は、着地の前に少し失速状態になり機首をわずかに上げた状態で、主翼の二つの車輪と尾輪の三つが一緒にスーと接地することである。これを「三点着陸」という。学生という学生が皆同じような間違いをしているので、林は担当教官を呼んで、

「君は学生にカエルとびの着陸を教えているのか？」

と詰問した。

「冗談ではありません。私はそんな教育はしていません。私にも理由が分かりません。すぐに原因を調べます」

教官は学生から事情を聞いた。学生は教本を示しつつ言った。

「教官、ここに着陸は三点着陸と書いてあるではないですか。我々は三点着陸の意味を通訳に確認しました。通訳が言いました。三点とは三回滑走路を突くことだと。三回目の接地で着陸するということでしょ。だから二回はねているのですよ」

たしかに中国語では「点」には突くという意味がある。教官は返す言葉もなく、通訳にくわしく三点着陸の意味を説明し、この問題も解決した。

航空機事故

学校での教育が始められてから航空機事故が相ついで二件起きた。一件目は飛行教育が始められた翌日の六月七日のことであった。初等練習機ユングマンが離陸後高度一〇〇メートルで、突然エンジンから火を噴き墜落したのだ。ユングマンとは日本陸軍では四式基本練習機といわれた複葉複座の小型飛行機で、ドイツ製のものをライセンス生産したものである。一〇〇馬力エンジンの使いやすい初等練習機であった。操縦していたのは中国人教官の吉翔（キチ・ショウ）と飛行学生の許景煌（キョ・ケイコウ）。吉翔は出火後、そのまままっすぐ不時着すると前方の鉄橋にぶつかり飛行機を壊す恐れがあると考え、一八〇度旋回し飛行場に戻ろうとした。飛行機はそれほど貴重なものであった。しかしすでにエンジンの停止したユングマンは失速し墜落してしまった。吉翔は即死。許景煌は顔を風防に強くぶつけ意識不明となったが、同期生魏堅（ギ・ケン）と日本人教官黒田の妻が病院で三日三晩看病し、命を取り留めた。吉翔は蔡雲翔と同じ時期に汪兆銘政府軍から投降参加した飛行士であった。

二件目の事故はこの事故から一週間後、教育長の蔡雲翔が操縦する飛行機であった。蔡は双発高等練習機で、通化市から東北幣という当時東北部で使われていた通貨を輸送してくるときに事故死した。この任務に出発するため蔡雲翔が牡丹江から離陸するときに、車輪が落下するという事故が発生した。このときは蔡雲翔の技量により無事不時着したが、そのあとで墜落、死亡してしまったのである。整備はすべて日本人整備士が行なっていた。

この二件の事故により中国人側に、日本人整備士が仕組んだ事故ではないかという疑念が湧いた。その疑念を放っておいたのでは日本人整備士が整備する飛行機で教育はできない。常乾坤校長と王弼政治委員が乗り出して徹底的な調査を行い、全職員、学生を集めてその報告を行なった。

常乾坤は六〇〇名以上の職員、学生を目の前に声を張り上げた。

「諸君、悲しいことに相ついだ事故のために我々は二名の重要な同志を失った。

一人は教育長蔡雲翔、もう一人は教官吉翔である。彼らを失ったことはいくら悔やんでも悔やみきれない。しかし彼らの事故の原因が日本人整備士の仲間のせいではないかという話がもっともらしく、公然とささやかれている。そのような疑念がある以上、この学校での飛行教育を続けることはできない。そこで私と王弼政治委員は徹底的な調査を行なった。今日はその結果を説明する。

まず、蔡雲翔教育長の事故から説明する。蔡同志は、東北民主連軍総司令部からの緊急の要請で、通化市から北満まで東北通貨を運ぶために通化に向かった。通化には燃料がないのではないかと思った蔡同志は、途中の敦化(トンカ)市で燃料を積み込むために着陸した。このとき蔡同志は航空燃料のドラム缶を数本積み込んだ。ドラム缶一本は一五〇キロくらいある。この結果飛行機は超過積載状態となり、離陸はしたものの高度を上げることができず、長白山の森の中に突っ込み、蔡同志は死亡した。この事故については整備上の問題ではないことは明らかだ。

蔡同志が最初に離陸したときに車輪が外れた事故と、吉翔同志のエンジンから出火した事故については、意図的に仕組まれた事故なのか、それともよくある偶発的な整備不良のための事故のどちらであるのかについては、技術的な判断はできない。日本人整備員により意図的に仕組まれたものであるかどうかについては、彼らの思想面から審査しなくてはならないだろう」

常乾坤校長の言葉に王弼政治委員はうなずきながら立ち上がった。思想面となると、政治委員である彼の責任である。

「同志諸君、航空学校の日本人の思想面が問題となった。私は彼らの思想面については、常日頃からおこたりなく注意を払ってきている。日本人の破壊活動については、たしかに二・三事件（通化事件）の際にごく一部の日本人が参加したことがあった。しかし、あの事件のとき日本人の責任者である林保毅（リン・バオチー）（林弥一郎の変名）は、動くなと指示すると同時に上級者に連絡してきた。その結果大多数の日本人隊員は暴動に加担しなかった。

奉集堡飛行場から通化飛行場に移動するときに、雪の中方向を見失い不時着した佐藤飛行員のことは、学生諸君は知らないだろうが、その他の中国人隊員は覚えているだろう。かれは不時着後雪の中を何日も飲まず食わず歩いて通化まで戻り、戻るとすぐに隊員を不時着の場所まで案内し、自分で操縦して帰ってきた。長春に置き去りにされた機材収集の日本人たちが、一〇〇〇里（六〇〇キロ）の道を徒歩で歩いて戻ったのはついこの間のことだ。ボロボロになって戻った彼らの姿をみなも覚えているだろう。私は責任をもって言う。日本人隊員の思想面に問題はない。

事故は整備上の何らかの問題である可能性が高い。日本人整備員もその点については認めるだろう。しかし同志諸君、我々六・一部隊とはどんな部隊だ？　国民党軍のように、完全な最新のアメリカ製飛行機を使っている部隊か？　そうではないだろう。日本軍が遺棄した各地の飛行機の残骸を集めて、組み立てて使っているのではないか？　もちろんその整備には万全をつくしてもらわなくてはならない。しかし彼らが国に帰るのを引き止めて、その残骸を組み立ててもらっていることを忘れてはならないのではないか？　もう一度言う。この学校の政治委員として責任を持って言う。この学校の日本人隊員に思想上の問題は発見できない」

王弼の説明を聞いていた日本人は、顔を下げて静かに泣いた。校長と政治委員がここまで彼らを信頼してくれていたことを知ると、涙を止めることはできなかった。中国人隊員は静まり返っていた。再び常乾坤校長が立ち上がった。

「同志諸君の中で、日本人の航空機に攻撃されたことがある者は手を挙げてくれ」

数名が手を挙げた。

「では、国民党軍の航空機に攻撃されたことがある者は手を挙げてくれ」

ほとんどの者が手を挙げた。

「諸君、日本人よりも同じ中国人に攻撃されたものの方が多いのだよ。諸君の日本帝国主義の中国に対する侵略への憎しみは理解できる。もっともなことだ。しかし日本帝国主義に対する憎しみが、ここにいる日本人に対する憎しみになってはならない。かれらは我々と同じ最下層の農民、商人、職人の子弟で、彼らも日本軍国主義の犠牲者なのだ。彼らは軍国主義の教育を受け、今、それから抜け出るために学びつつある。彼らの学習を支援しようではないか。

同志諸君、我々にとって今一番重要なことは何か？　国民党軍によって、中国のこの東北部の一角にまで追いやられてきた我々にとって重要なことは何か？　それは一日も早く航空学校の教育をレールに乗せ、一日も早く一人前の飛行員、整備員を育成することではないか。そして一日も早く我々の空軍を作り上げることではないか。日本人を憎むエネルギーがあるのなら、それを我々が技術を習得することに振り向けようではないか」

校長と政治委員の説明により、墜落事故に対するわだかまりは解消した。中国を侵略した日本軍兵士と抗日戦争を八年間戦った共産軍兵士、文字通りの呉越同舟であった。わだかまりが完全になくなるにはまだまだ時間がかかった。

蔡雲翔の思い出

集会が終わってから林は事務室に戻った。事務室といっても小さな部屋に五、六個の机と椅子を置いただけの部屋であった。机と椅子は日本人が住んでいた家から持ってきたものである。ほかに事務所に戻る者はいなかった。林はタバコに火をつけて蔡雲翔のことを思い出した。それは事故の一週間ほど前の夜だった。林と蔡はこの部屋で事務の整理をしていた。仕事に疲れた蔡は林に、

「林さん、休みませんか？　実はいいものがあるんですよ」

蔡は机の下の紙袋からビンを取り出した。白酒（バイジウ）だった。

「酒が手に入ったのです。一杯やりましょう」

林も酒はきらいではなかった。よろこんで蔡の申し出に応じた。林の中国語はかなり上達してはいたが、まだ身振り手振り、筆談を交えてのものだった。

飲み始めてからしばらくすると蔡が聞いた。

「林さん、実は前からお聞きしたいと思っていたことがあるのです。それはB-29についてです。B-29はアメリカがほこる『超空の要塞』と呼ばれる爆撃機だったのでしょう。日本軍は歯が立たなかったのではない

ですか?」

蔡はもともと中型爆撃機の操縦士である。日本軍の戦闘機がどのようにB-29と戦ったのか興味があったし、教官として参考にしたいと思っての質問だった。林は強い白酒を少し口に含むと率直に答えた。白酒が胃の中で燃えるようにきいてきた。

「まあ、歯が立たなかったといえばそう言えるかもしれないが、それでもけっこう撃墜しているよ」

「林さんもB-29と戦ったことがあるのですか?」

「いや、私の飛行隊は訓練部隊だったので、私自身はB-29と戦ったことはない。飛行士としては一度戦いたかったけれどね。だが、B-29をどう攻撃するかという訓練は行なったよ」

「林さんは爆撃機を撃墜したことはあるのですか?」

「B-17やB-24ならあるよ」

「隼で、ですか?」

「そうだよ」

このとき蔡の目は輝いた。優秀な飛行士を見る尊敬の目つきであった。

「隼でB-29を落す方法があるのですか?」

せっつくように聞く蔡に、林は笑って説明した。

「B-29は本当にすごい爆撃機だ。武装もすごければ防弾もすごい。でも、どんな爆撃機も戦闘機も完全ではない。現に日本の戦闘機はB-29をけっこう撃墜している。隼に限らず日本の戦闘機のB-29の攻撃方法は大体一緒だ。それは前方下方から主翼と胴体の接合部分を狙うということだったよ。日本の戦闘機は後ろから近づくだけの速度は出なかったし、また、上から狙うだけの高空にいくことは難しかった。真正面の前方から操縦席を狙うという手はけっこう有効ではあったが、B-29の防弾風防はかなり厚かったので成功率が高いとはいえなかった。前方下方からの攻撃が、一番効果があったようだ」

「それで実際に満州でもB-29を撃墜したのですか?」

「B-29はしばしば鞍山(アンザン)の製鉄工場を爆撃にやってきた。満州の工業の中心だったからね。ついでに瀋陽に爆撃に来たこともある。私の部隊は迎撃任務が与えられていなかったために、残念ながら飛び上がったことはないけれども、日本陸軍の二式戦『鍾馗』や、四式戦『疾風』が迎撃したよ。一九四四年の九月に鞍山製鉄所が約七〇機のB-29に爆撃されたときには、鍾馗七機が迎撃したが、そのときには二機を撃墜したよ。その後も何回か爆撃に来たが、同じような戦果だった。まあ、戦果大とは言えないが、かといってまったく手が出なかったわけでもないよ」

「日本軍はB-29と特攻で戦ったと聞いたことがありますが、本当ですか?」

「本当だよ。何人もの者が体当たりでB-29を撃墜した。彼らの多くは事前に特攻任務を付与されていて、その訓練もしていたよ」

蔡はおどろいた顔をして林を見た。心の中で、その特攻をした者たちと林は同じ日本軍人なんだと思っていることが、林にも分かった。林自身一年前の自分が骨の髄まで皇軍軍人であったことが信じられなかった。あの当時、林も必要とあらば特攻したであろう。ほかに手段がなかったのだ。

日本軍は約四〇〇〇機生産されたB-29のうち、約五〇〇機を撃墜した。その少なからぬ戦果は特攻によるものであった。

今度は林が蔡に質問した。

「蔡さんはもともと国民党軍の飛行士だったと聞いているけれども、どういういきさつで共産軍に参加したの？」

蔡は酔いが回ったせいか、少し饒舌に語り始めた。共産軍投降の経緯は次のようなものであった。

蔡雲翔投降参加の経緯

蔡雲翔は一九一二年生まれ、林より一歳年下で共産軍に来て改名する前の元の名を周致和（シュウ・チワ）といった。もともとは国民党軍に属し、一九三九年に国民党航空学校一〇期の卒業生であった。林がどちらかというと無骨な武人というイメージなのに対し、蔡雲翔はスマートな都会人というイメージであった。蔡は卒業後、国民党軍爆撃機の飛行士として日本軍を敵として戦っていた。ところがある日作戦中に被弾、不時着し日本軍の捕虜となった。これに汪兆銘政府が目をつけて、汪兆銘政府軍の飛行士にした。しかし蔡雲翔の心は、汪兆銘政府のために働くことにいつも悩んでいた。脱走して国民党軍に戻るか、しかし蒋介石政府は暴政をしいている。延安へ行こう、延安の共産軍に合流しよう。空軍のない共産軍に飛行機で投降し、その技術を使って空軍創設に寄与すれば大手柄ではないか。しかし時を待たなくてはならない。腹を固めたのは一九四五年三月頃、その頃蔡雲翔は南京で同じ汪兆銘政府の飛行士であった黄哲夫（コウ・テツフ）に出会った。黄哲夫は少尉であったが、汪兆銘政府を売国政府と発言し、思想不良のため除名されていた。蔡雲翔はこの黄哲夫と共産軍に投降参加することを話し合った。

一九四五年七月、真夏のある日、黄哲夫はひそかに新四軍のある部隊の司令部を訪れ、投降参加の話をした。共産軍部隊の司令員はこの蔡雲翔らの意向を延安に報告したところ、「投降を歓迎する、成功を祈る」旨の返事が来た。この時黄哲夫は于飛（ウ・ヒ）と改名した。延安に飛行場があることを知り、直接延安を目指すことにした。その後同志は増え、周致和（蔡雲翔）、黄哲夫（于飛）、趙乃強（チョウ・ジキョウ）（後に張華（チョウ・カ）に改名）、管序東（カン・ジョトウ）（後に顧青(コ・セイ)に改名)、黄文星(コウ・ブンセイ)(後に田傑(デン・ケツ)に改名)、沈時槐(チン・ジカイ)(後に陳明秋(チン・ミンシュウ)に改名)の六人が投降参加することとなった。

投降の実行は一大冒険物語だった。日本降伏後の八月一九日、南京にいた蔡に、要人輸送のため汪兆銘政府保有の建国号(日本軍の九九式双発爆撃機を輸送用に改装したもの)で揚州へ移動し、そこで待機せよとの命令が出された。揚州は南京の北東約一〇〇キロに位置する。千載一遇のチャンスだ。蔡は黄哲夫に、「明日投降参加のため延安に行く。敵と間違ってうつな」という電報を延安に打たせるとともに、南京にいる管庁東の父親に出してもらった何十万元もの汪兆銘政府通貨を、小さな金塊二個と百箱のタバコに替えた。金塊は工作用、タバコは毛沢東主席と朱徳総司令員へのみやげ用だった。

一九日夜、蔡は汪兆銘政府空軍の副隊長彭鵬来(ホウ・ホウライ)を茶館に招待し話を持ちかけた。

「副隊長殿、実はお願いがあるのです」

揚州で一番高級な茶館に招待するのは、何か頼みごとがあるからに違いない。彭鵬来はだまってうなずいた。蔡雲翔は話を続けた。

「じつは明日、上海で大もうけの取引があるのです。そのためには明日上海に大金をもって行かなくてはならないのです。明日一日建国号を使うことと、給油することを許可していただきたいのです」

彭鵬来は予想以上に大きな頼みごとに少し身を引いた。蔡は話を続けた。

「もちろん、お礼はたっぷりします。もうけは五〇〇〇万元にもなりますから、そのうちの一〇〇〇万元を副隊長に差し上げるということでいかがでしょうか? とりあえずこれは挨拶代わりです」

蔡雲翔は上着の内ポケットからハンカチの包みを取り出し、彭鵬来の目の前で広げた。小さめではあったが、金の塊りが二個まばゆく輝いていた。彭鵬来は副隊長とはいえ、日本が降伏した今は事実上の隊長である。しかし汪兆銘政府の自分にこの先将来のあるはずがない。ことによったら国民党軍によって漢奸として処刑される可能性すらある。一〇〇〇万元という金は半端ではない。贅沢さえしなければ一生くらせる金だ。その金を受け取って逐電するのが一番だ。それにこの目の前の金塊だけでも、一年分くらいの収入に相当する。

「明日出発して明日帰ってくるのだな」

蔡がうなずくのを確認すると、彭鵬来は金塊を受け取りつつ、

「まあ、一日くらいならいいだろう。給油の方にも指示しておく。一〇〇〇万元は明日受け取れるのだな」

「はい、上海から戻り次第すぐにお部屋の方に持参します」

「わかった。では、わしは部隊に帰って給油の指示をしておこう」

彭鵬来は金塊をハンカチにくるんで内ポケットにしまうと、立ち上がって先に茶館を出た。

翌朝午前八時、于飛以外の五人を乗せた建国号は滑走路に向かって移動を始めた。于飛は軍を除名処分となっていたために、出発時から搭乗することはできないので滑走路の端の藪の中に潜んでいた。飛行機が誘導路から滑走路に入るところで、乗員がドアを開け、拳銃を三発発射した。決行の合図だ。藪の中から于飛が走り出て飛行機に飛び乗った。飛行機はエンジンの回転をあげ、勢いよく滑走を開始した。速度が上がったところで離陸。成功を祝す凱歌のようにエンジン音が一段高く鳴り響いた。すべて良好だった。

延安までは直線距離で約一〇〇〇キロ、途中国民党軍の支配地を避けて飛んだために六時間近くかかった。川岸の山の上に立つ目印の宝塔が見えたとき、延安に着いたと確信した。さいわい前日の無電は八路軍に届いており、対空砲火はなかった。土ぼこりをあげて着陸する建国号を八路軍が熱狂のうちに歓迎した。翌日、のちに一緒に航空学校建設の仕事をするようになる常乾坤、王弼、劉風らが彼らを訪問した。その夜は朱徳総司令官が主催して歓迎の祝宴が開かれ、建国号は八・二〇（バー・アールシー）号と命名された。

林は墜落前、笑顔で投降参加したときの様子を語る蔡雲翔を思い浮かべていた。長くなった灰に気づきタバコをもみ消した。その日はもう遅かった。林は居室に戻るため、重い身を引き上げた。

「あの日蔡は、今度は俺の撃墜話を聞かせてくれと言って引き上げていった。あれから蔡の俺に対する態度は親しみがこもったものとなった。その後話す機会がないまま蔡は死んだ。事故死は飛行員にとっては避けられないものだが、悲しいものだ」

林は沈んだ心で居室に戻った。

六月下旬、蔡雲翔の追悼大会が学校前の広場で開催された。事故の前に申請を出していた蔡は正式な党員と認められ、学校長の常乾坤が追悼の辞を読みあげた。副校長の白起は蔡雲翔を中国第一級の飛行員であると讃えた。上海から蔡雲翔と一緒に投降参加した仲間が涙にくれて悼辞を述べた。最後に日本人を代表して林が悼辞を述べた。

出棺は常乾坤校長自らも棺を担いだ。蔡雲翔は牡丹江市朱徳大街の北頭山のふもとに埋葬された。墓の記念碑の上には小さな鉄製の模型飛行機が置かれ、風が吹くとプロペラが回った。吉翔は故郷に埋葬された。

第一四章　高等練習機でいきなり教育

ユングマン初等練習機

吉翔(キチショウ)が墜落死したユングマン初等複葉練習機について、徹底的な安全調査が行なわれた。その結果、ユングマンはもともと木、布の部分が多く、それが長い間風雪の下に放置されていたために、変形、破損部分が大きくて危険であるため放棄されることとなった。航空学校には中等練習機はない。あるのは九九式高等練習機だけである。ないのは練習機ばかりではなかった。通常の航空学校なら必ずある各種の教育用機材もいっさい無かった。そのようななかでどのように教育を行うのか。議論が続いた。議論は時に激論になった。

東北部の軍事情勢

この時期の東北部の軍事情勢について述べておきたい。

五月三日、ソ連軍は東北部からの撤収を終え、その後を追うように国民党軍が北へ北へと向かっていた。五月二三日には長春を占領したことはすでに述べた。その後国民党軍は長春の北約三〇〇キロのハルビンを目指した。共産軍側はこれに備えハルビン南方の防御を強化し、国民党軍側はちょうどハルビンと長春の真ん中あたりを流れる大河、松花江に橋頭堡を築いた。しかしこのころ国民党軍は東北部各地の主要都市を押さえたもののその維持に兵力をとられ、ハルビン侵攻のための兵力がない状態になった。一方共産軍は遊撃戦論に基づき戦いつつ撤退していたが、日本軍の武器と、日本軍が育ててきた漢人、満州族等の旧満州国軍を手に入れ、戦力を増大させつつあった。しかし、まだ国民党軍に対し攻勢戦略を取れるほどにはなっていなかった。蒋介石は北京の北の華北地方で大きな攻勢作戦を開始していた。華北地方の共産軍の勢力拡大に対し、全面的な攻勢に出たのである。この作戦は成功し、国民党軍は華北地方を押さえた。しかし共産軍の戦術は敵が出てくれば退くというものであり、蒋介石の作戦は地域を押さえたという意味では成功したが、敵戦力を叩いたという意味では成功とはいえなかった。

この時期、後の国共内戦の行く末に決定的な影響を与える事態が生じた。それは一九四六年七月二九日、アメリカが国民党軍に対する軍事援助を停止したのであった。アメリカの全権特使であるマーシャル将軍が、蒋介石の華北、満州における攻勢作戦に不快感を示したのである。蒋介石は、勝利の見込みがある華北作戦は継続したが、東北部における作戦については攻勢から防勢に移るよう命令した。

航空学校が物資、燃料の欠乏している時期、共産軍は撤退につぐ撤退で余裕などなかった。常乾坤（ジョウ・ケンコン）や王弼（オウ・ヒツ）は党中央に物資の要求などを出せる時期でないことは、痛いほど分かっていた。そこで自分たちの力で何とかしなくてはならない。しかしどうやって？　ソ連の航空学院でともに学んだ二人は、議論を重ねた。それはときに激論となったが、校長と政治委員が激論をしたのでは学校の空気に悪影響を与える。そこで二人は声が大きくなると、ロシア語で議論をした。

まず決めなくてはならないのは、ユングマン初等練習機を放棄したあと、どのように初等飛行訓練を行なうかであった。林が呼ばれた。

「林さん、ユングマンを放棄してしまったので、我々には初等練習機がなくなってしまいました。初等練習機なしの飛行教育をどのようにしたらよいか王弼政治委員と長時間議論をしましたが、結論がでない。そこであなたの意見を聞きたいのです」

常乾坤校長の話を王弼政委が続けた。

「私たちの議論は次のようなものです。

飛行教育は世界のどの国でも、初等、中等、高等練習機の三段階の練習機を使って教育を行なっています。これは日本陸軍でも同じだと思います。初等では操舵感覚、離着陸を中心に、中等では空中操作、編隊飛行、特殊飛行、航法などを、そして高等では高度な特殊飛行、空戦訓練などを行なうのが通例です。

しかし今、学校にあるのは九九式高等練習機だけです。この高等練習機でいきなり初級の飛行訓練を行なうのは、相当の危険がともないます。学生が九九式のスピードについていけない可能性があるし、世界でもいきなり高等練習機により教育を行うという例は聞いたことがありません」

王政委はここで言葉を切った。こんなことは、林は十分承知していることであろうと王は考えた。

「我々には二つの方法があります。一つはとりあえず座学中心の教育とし、初等練習機が入ってくるのを待つことです。初等練習機が入ってくるとすればソ連からしかないが、現在のところその実現性の見通しはありません。

二つ目は安全性に十分に気を使いながらも、危険を覚悟して九九式で初等教育を行うという方法です。このことについて林さんの意見を聞きたいのです」

林は常校長の説明を聞き、しばらく考え込んだ。そして口を開いた。

「たしかに高等練習機でいきなり初等教育を行うということはあまり聞いたことはありません。戦争末期になると、日本海軍などでは特攻隊員養成のために一年半くらいで急速養成しましたが、やはり初等練習機から教育しました。しかし、まったく例がないかといえばそうではありません」

林のことばに常と王は思わず身をのりだした。

「それはこの満州で日本陸軍が行なったことがあるのです。

日本陸軍は戦争末期になると、空襲のため日本本土での飛行教育が困難になりました。そこで陸軍航空士官学校は、昨年の四月からこの満州で航空士官の飛行教育を行ったのです。そのとき初等練習機が不足していたため、九九式でいきなり初等飛行教育を行ったことがあります。しかしそのために事故率が上がったということは聞いたことはありません。もちろん細心の注意はしたのでしょうが」

常校長と王政委の二人は顔を見合わせた。林はことばを続けた。

「私は、こんなとき蔡雲翔（サイ・ウンショウ）だったらどうするか考えます。彼ならきっとこう言うでしょう。早く空軍を作らなくてはいけない。九九式でやろうと。何もしないでいるよりも、今、目の前にある練習機でやってみようと。

常校長、王政委、危険はあります。しかし危険を避けるための最大の配慮を行なえば、それを少なくすることはできるでしょう。さいわい練習機は複座式で、危なくなったら後席の教官が操縦を替わることもできます。やってできないことはないでしょう」

校長と政治委員の顔が引き締まった。困難な決断をするときの責任者の顔であった。

「我々八路軍はもともと小銃と手りゅう弾、それに迫撃砲くらいの装備だったが、日本軍の大砲を手に入れ、それを実際の戦闘で使いながら使い方を学んできた。それと同じやり方でやればいいのだ。林さん、さっそく九九式での教育課程表を作ってみてください」

こうして、時速二五〇キロの高等練習機で、時速一〇〇キロの初等教育が決断された。

七月下旬、九九式で訓練を行なってきた一期甲班の学生、呉元任（ウ・ゲンニン）が九九式ではじめて単独飛行をすることになった。甲班とは入校前の飛行経験がない二三歳以上の学生で、呉元任の飛行時間は一二時間でしかなかったが、操縦の上達が最も早かった学生であった。林は呉の操縦する九九式の後席に座りその飛行技術を確認したのち、翌日の単独飛行を伝えた。

単独飛行は、飛行場を三周し定められたコースで着陸するという、何の変哲もない飛行である。しかし、学校設立後初めての学生による単独飛行であり、後席に教官は乗っていない。しかも無線もなければ脱出するパラシュートもない。教官たちはただ地上から祈るように見ているしかないのである。当日は常校長をはじめとする教官、学生、整備員らが総出で見守った。呉が操縦する九九式は、皆が固唾をのみ込んで見守る中、爆音をあげて離陸していった。拍手がわき起こった。しかし飛行は始まったばかりこれからが本番だ。皆は飛行機が巡航速度で飛行場を三回旋回するのを静かに見守った。問題はない、安定した飛行だ。やがて九九式は一番危険な着陸態勢に入り、ゆっくり高度を下げてきた。教官が「よし、目測よし、そうだ、ゆっくり引いて」とまるで無線誘導しているようにつぶやいた。飛行機は少しバウンドしたが合格点で着陸した。「好(ハオ)、好(ハオ)」(よくやった、よくやった)と大きな拍手と歓声がわき起こった。成功だ、百点満点の成功だ。駐機場に戻った呉元任のところに人々は興奮して駆けよった。満面に笑みをたたえて操縦席から降りてきた呉は、肩や背中を強く叩かれ祝福された。頭には学生仲間が野花で作った冠がかぶされた。

こうして初級飛行教育を高等練習機で行うという異例の教育方法は成功した。甲班学生一二名が単独飛行までに要した飛行時間は、平均一五時間にすぎなかった。

第一五章　ファシスト式教育方法

教育風景

敬礼拒否問題

航空学校の飛行教官の経歴は、大きく三つに分けられた。一つは日本人教官でありこれが大多数を占めた。残りの二つは、新疆航空隊やソ連で教育を受けた共産党員飛行士と、国民党あるいは汪兆銘政府から投降参加してきた飛行士であった。教官のほとんどが日本人であることと日本の飛行機を使用したこともあって、日本式の教育法がとられた。

林が航空学校の設立への協力を求められたときに最初の条件として出したのが、捕虜として扱わず教官の命令には従ってもらいたい、ということであった。操縦教育は一つ間違うと命にかかわるので、これはゆずれない条件だったのである。日本軍の飛行教育でも、教官を絶対に信頼すること、教官の言うことは一言一句聞き漏らしてはいけないこと、教官の教えは最良の上達手段であることが基本とされた。その上、日本軍特有の上官の命令への絶対服従、権威主義があった。

教育は必然的に日本風のものになった。授業は厳粛な態度で受けるものとされ、教官にたいしては尊敬の念を持つこと、さらには教官には敬礼することが求められた。授業開始、飛行機搭乗の際にも敬礼が求められた。しかし学生は日本軍と戦った共産軍の兵士であり、その中でも優秀な者たちであった。彼らの中には共産党中央指導部の身辺に仕えていた者もいる。その上彼らは勝者であった。なぜ勝者が暴虐な敗者に敬礼しなくてはならないのか？　飛行学生の中には家族を日本軍に殺された者もいる。中には日本人教官の命令に従うことを受け入れられず、学生を辞めていった者もいた。

これに加えて日本人の待遇は中国人学生たちよりもずっと良かった。日本人の食事は白米か小麦粉のパンであるのに対し学生たちはコウリャンの粥で、おかずの数も日本人は中国人より一品多かった。また、日本人教官は一部屋を与えられており、中国人学生は場合によったら廊下に雑魚寝という具合だった。日本人に反発しない方がおかしいといえるだろう。共産軍の指導者層は、日本軍のもつ飛行技術を共産軍の空軍創設に利用する、ということを合理的なこととして理解できたが、現場で日本鬼子（日本人の蔑称）と接する学生たちは反感を押さえることができなかった。

学生たちに日本人教官に敬礼をしないという風潮が出はじめた。話し合って始まったものではなく、なんとなく敬礼をしないという状態が起き始めたのである。形式を重視する日本人教官にとっては、これは見過ごせない事態であった。特に下士官出身の教官は、敬礼しないことを重大視し、林に苦情を言ってきた。林は、自分たちは実質的には捕虜であること、日本軍が中国人に行なったことを学生の立場にたって考えることが必要であることなどを説いたが、中国人教官には敬礼し、日本人教官には敬礼しないことは受け入れ難いことだと彼らは主張した。なかには教育を止めようと口にする者も出始めた。

このまま放っておくわけにはいかない。林は王弼政委を訪ねた。王弼はすでに問題を把握しており、林の話しに耳を傾けると笑いながら、

「この問題は私に任せてください。難しい問題ではありません。さっそく明日にでも学生たちに話しましょう」

と言った。

翌日、王弼はグランドに全学生を集めて座らせ、大きな声で語り始めた。

「同志諸君、今日は諸君に質問がある。どうか私の質問に答えてくれ。

この学校で働く日本人は友人か、友人でないか？」

王弼は笑顔で学生の顔を見回した。学生たちはグランドに膝を抱えて座っていたが、だれ一人として質問に答える者はいなかった。王弼はもう一度大きな声で聞いた。

「難しい質問ではないだろう。もう一度聞く。この学校にいる日本人は友人か、友人ではないか？」

答える学生はいなかった。

「では、私が答えを言おう。この学校にいる日本人は友人だ。

同志諸君、よく考えてくれ。中国人は皆我々の友人か？　違うだろう。国民党軍の中国人は今我々と戦っており、我々の敵ではないか。だが、国民党軍から我々の軍に投降参加した者は友人ではないといえるか？　違う。彼らは友人だ。国民党軍から我が軍に参加し、新しい中国を作るために戦っている彼らは我々の友人だ。

同志諸君、これと同じことではないか。この学校にいる日本人は、我々が戦った軍国主義者の日本人とは違う。彼らは我々が空軍を作ることに協力している。たしかに以前、彼らは我々の敵であった。しかし今は違う。彼らは我々が共産党の空軍を作るために協力してくれている。

同志諸君、我々は自分たちだけで空軍を作れるか？　できないこともないだろう。しかしこの学校に日本人教官がいなかったら、壊れた飛行機を組み立て、整備し、飛ばすのに何年かかると思うか？　日本人教官がいなくとも国民党軍との戦闘に間に合うように空軍を建設できる、と思う者がいたら言ってくれ。

我々は日本人から学んでいるではないか。教えてもらっているではないか。軍隊の中で教えを請う者に敬礼をするのは、当たり前ではないか。同志諸君が中国人教官に敬礼するのは、彼らが中国人だからか？　違うだろう。彼らが諸君を導いてくれるからだろう。

諸君は、教えてもらう者が教える者に敬意を表わさず軽蔑しても、教える者が誠心誠意教えてくれると考えているのか？

さあ同志諸君、よく考えてくれ。我々は何のためにこの航空学校にいるのかを。一日も早く空軍を作らなくてはならないからだろう。何のために長いあいだ戦ってきたのだ。それは新しい中国を作るためだろう。苦しむ人民を一日も早く解放するためだろう。そのためには我々に技術を教えてくれる日本人にどのように対応しなくてはいけないのか、礼をもって対応するべきか、礼をもたずに対応するのか、よく考えてくれ。礼をもたずに対応して本当に損をするのはだれか正しく判断してくれ。

私は同志諸君の聡明さを信じている。過ちがあったら正すことができる諸君の聡明さを信じている」

王弼は最後まで笑顔を絶やさず、諭す様に話した。はじめは膝を抱え地面を見て聞いていた学生たちは、王弼が話を終わるころにはみな潤んだ目で王弼を見上げた。「解散」の号令がかかっても、学生たちはしばらく立つことができなかった。こうして敬礼問題は解決した。

ファシスト的教育方法

機材不足、言葉の問題等色々あったが、教育が一応軌道に乗ったかと思われるころ、大きな問題が生じた。それは日本人教官によるファシスト的教育方法の問題であった。

命令服従、ささいな間違いを理由として部下を怒鳴りつけ、殴る等の体罰は、日本軍隊では日常茶飯事で当たり前のことであった。しかし共産軍では、「話し方は丁寧に」、「人を殴るな、罵るな」と定められ、これらは厳しく禁じられていた。ところが日本人教官は、怒鳴ることと体罰を与える習慣が身にしみ込んでいた。自分たちがそれにより技術を習得したのであるから、それが一番有効な手段と信じ込んでいた。そこで教えたとおりやらない者、できない者を怒鳴り、体罰を与えた。これに中国人学生が黙っているわけはない。

ある日、二三歳未満の飛行乙班の飛行訓練を行なっていた教官が、学生が自分の言うとおりにしなかったので、前席の操縦桿と連動している後席の操縦桿を使って、前席学生の太ももを強くたたいた。ももには青いあざができ、その学生はそのことを仲間の学生に話した。そのあとで、訓練がうまくできなかった別の学生が着陸後教官に大声で怒鳴られ、グランドを駆け足で二周することを命じられた。これを見ていた学生たちの怒りが爆発した。

「日本人は今でも我々の支配者のつもりなのか！　こんな辱めを受けてまで我々は日本人から学ぶ必要はない！　グランドを回る必要などない。東北部が日本人に支配されて一四年、日本人は中国全土で中国人を殺し、家を焼いた。そのことを何と思っているのか！」

学生たちは教官たちに詰め寄り、それ以上の訓練を拒否した。

その晩、王弼政委と林が飛行乙班を訪ねた。林が口を開いた。

「教官から何があったか、彼らが何をしたか聞いた。彼らがしたことはすべて間違いだ。申し訳ない。彼らは日本軍隊で怒鳴られ、殴られて教育されてきた。だからそれが当たり前の教育方法だと思っている。そういう彼らを正しく指導しなかったことは私の責任である。この航空学校では学生の人格を尊重することが基本であり、彼らのやったファシスト的なことは許されないこと、今後二度としてはならないことを、彼らに厳しく命令してきた。今日のこと、これまでのことは申し訳なかった。許してもらいたい」

林はそう言って頭を下げ心から詫びた。王弼が続けた。

「今林主任が言ったとおりだ。日本人教官は軍国主義の中で受けてきた教育方法の悪い点を改めないで、そのままここで適用してきた。日本人教官のファシスト的教育方法を正せなかったのは、政治委員の私の責任でもある。今後日本人教官に対しては、軍国主義的教育方法を改めさせるために杉本一夫同志から政治教育を行うこととする。

林主任と私が言ったことが、日本人教官に対する航空学校の措置である。君たちにはこの措置を受け入れ、明日からの訓練を再開してもらいたい」

学生たちが納得しないわけがなかった。翌日から訓練は再開され、日本人教官たちのファシスト的な行動も正された。

王弼政治委員の誤解

この事件からしばらくの後、王弼政委は朝早く学校内を見回っていた。訓練前の飛行機を見ていると、内田元五教官が訓練を行なう九九式高練の後部操縦席から、長い棒が発見された。王弼は、日本人教官がまだこんな棒で学生をたたきながら教育を行っているのかと腹をたてた。直ちに政治委員室に内田を呼んだ。呼ばれた内田は何の用事だろうと思い出頭した。部屋に入ると、いつもは穏やかな王弼の表情が変わっていた。

「座りたまえ」

内田は事情が分からないまま椅子に腰掛けた。

「内田教官、君の教育には問題がある」

内田は訳が分からなかったが、叱責を座ったまま聞くわけにはいかない。飛び上がるように椅子から立ち上がった。

「問題ですって？　どんな問題があるというのですか」

校長と同格の政治委員から、身にまったく覚えのない厳しい言葉を聞いた内田は聞き返した。

「人を打つのはよくない」

いったい何のことを言っているのか、内田にはまったく分からなかった。

「私は学生を打ったことなどありません」

王弼は例の棒を取り出した。

「それではこの棒は何に使うというのだね」

内田は棒を見ておどろいた。それは内田がいつも後席から前席の学生に、計器類をさし示すために使っている棒であり、学生をたたくための物ではなかった。

「その棒は教育用に使っています」

「そんなことは分かっている。教育用に使っているのだろう。しかし、教育の時にこの棒がどうして必要なのかね」

王弼は教育用という言葉を、教育のために学生を叩くという意味に理解している。内田の中国語のレベルでは、後席から前席の学生に計器類をさし示すために使っている、という説明をすることはできない。しかも王弼は思い込みにより聞く耳を持たない。内田はそのまま王弼の部屋を出ると、宿舎に戻りベッドに横たわってしまった。

王弼は日頃の内田を良く知っていた。長身で穏やかな性格であった。その内田がこんな棒で学生をたたいていると思ったから、頭に血が上ったのだ。しかし内田は学生を叩いたことはないと言っていた。内田はうそを言うような人間ではない。もしや、と思った王弼は飛行機のところに行き、そこにいた内田の学生に棒を示して何に使うのか聞いた。学生は政治委員がどうしてそんなことを聞くのかと思いながら答えた。

「王政委、その棒は後席から前席の計器類をさし示すためのものです。飛行中はエンジンの音がうるさいから教官の声があまり聞こえません。それに計器類はたくさんありますから、教官がどの計器のことを言っているのか分からないのです。そこで私が内田教官に、この棒を使って後席からさし示してくれとあげたものです」

「それではこれは学生を打つためのものではないのかね？」

学生は王政委が何を言っているのか一瞬理解できなかったが、やがて笑い出した。

「王政委、内田教官が学生を打つわけがないですよ」

王弼は棒を持って考え込んだ。

「とんでもない勘違いをした。過ちは早く正さなくてはならない」

王弼は直ちに学生に案内させて内田の宿舎を訪れた。内田はベッドに横になっていた。学生が、

「内田教官！」

と声をかけると、内田は目を閉じたまま、

「今日は飛行中止だ」

とぶっきらぼうに答えた。

「内田教官！」

今度は王弼が声をかけた。内田は目を開けた。すると王弼が横になった内田に手を差し伸べて、

「内田教官、起きてください。学生から聞きました。あの棒は計器を指し示すために使っていたことが分かりました。私の誤解でした。許してください。この学生が飛行を待っています。どうか彼を教えてくれませんか。棒は後席に戻しておきました。本当に私の誤解でした。お詫びします」

と頭を下げた。

王弼は日本の軍隊ならば少将クラスであろう。閣下である。その閣下が大尉の内田に心から詫びているのである。内田は半身を起こして王弼の顔を見つめた。王弼の顔は本当に申し訳ないと詫びている。内田は誤解が解けたことを理解するとともに、自分のとった行動も大人げない、いじけたものだったと思った。こみ

上げる感動が内田を襲い、王弼の顔が涙にゆがんだ。内田は立ち上がって、涙をぬぐうと、

「これから飛行訓練に行きます」

と敬礼し、駆け足で飛行機に戻った。学生が後を追った。

内田は、もともとは第四練成飛行隊の飛行士ではなかった。彼は一九四五年四月、日本陸軍航空学校士官学校学生の飛行教育を満州で行うために、牡丹江近辺の温春飛行場に教育のために来たのだった。日本が降伏したとき、彼は病気であったためにシベリア移送とならなかった。一ヶ月後に病気が治ったとき、彼の周りは東北民主連軍だけであった。そこで彼は林部隊の話を聞き合流したのであった。二〇一一年没。

第一六章　東安移転

航空機材移転

国民党軍は北上を続け、一九四六年夏にはハルビン手前の松花江にまで迫っていた。しかしながら主要都市の防備のために戦力が割かれ、ハルビン進撃の戦力を確保できなかったことと、一九四六年七月末に米国の対中武器援助が停止されたことにより、蒋介石は満州における作戦を防勢に切り替えたことはすでに述べた。

しかしこの時期の蒋介石はまだまだ強気であった。なぜなら国民党軍は、共産軍の兵力八〇万に対して四倍の三二〇万人を擁しており、装備の上でも優勢であったからである。

「敵とわが方の実力を比較すると、我々は全てに絶対的優勢を占めている。軍隊の装備、作戦の技術経験など、いずれも匪軍（共産軍）はわれわれに及ばない。特に空軍、戦車、後方の輸送手段、たとえば汽車、船舶、自動車はわれわれ国軍に劣る。一切の軍需補給、たとえば食糧、弾薬を見てもわれわれは匪軍の一〇倍も豊富である。重要な交通拠点、大都市と工業、鉱業資源もまた完全にわれわれの手に支配されている。どの実力を比べても共産党は絶対にわれわれを打ち破ることはできない」

蒋介石は自信を持って語っていた。

しかし、ほぼ同じ時期の一九四六年九月、毛沢東は党中央政治局会議で「引き続き蒋介石軍の主力を長江以北で殲滅すると共に、全国的な勝利を勝ち取る準備をせよ」と呼びかけていたのである。

長春から牡丹江までは東に四〇〇キロ弱、共産軍の航空学校設立を知った国民党軍は、執拗に牡丹江への航空攻撃を続けた。航空学校に反撃の手段はない。苦労して航空機の残骸から組み立てた訓練機がやられてはかまわない。少しでも安全な地に移ろうと、航空学校は再び牡丹江の北西二〇〇キロの東安（現在の密山市）に移転することとなった。東安はソ連国境から数十キロの辺境の地であった。もし東安で持ちこたえることができなかったら、ソ連領に逃げ込むことは容易であった。

「こんなに逃げてばかりいて、共産軍は本当に勝てるのだろうか？」

奉集堡から通化、牡丹江そして東安、一年に三回の移転である。日本人の多くがそう思った。ある教官がこのことを同僚の中国人教官に話すと、

「勝てるよ、日本軍と戦ったときと同じだ。補給線が延びれば先端の部隊の数は少なくなる。周囲は農村だ。共産軍はその農民を味方につけて勢力を拡大し、やがては反攻に移る。敵来たれば我退く。敵止まれば我乱す。敵疲れれば我撃つ。敵退けば我追う。これが遊撃戦だよ」

退却は恥として最後の一兵まで戦えと命令された日本軍では、考えられない戦術である。

「しかし、農民はそんなに簡単に共産軍の味方をするのかな？」

「するとも。党は支配地における土地改革を進めている。これにより地主の土地が貧農に分け与えられている。農村の九割は貧農だ。彼らはこれまで地主に搾取され続けてきた。その彼らが土地を自分の物としたら、それを守るためにも共産党を支持するよ。もし国民党軍が勝つようなことがあれば、せっかく手に入れた土地は奪われてしまうからね。

我々は日本軍が華北の都市だけを支配していたとき、農村で多くの解放区を作り、土地改革を行なった。農民は八路軍を支持し、八路軍の勢力は増大した。今、我々はこの東北部でも勢力を拡大しているよ」

「それで地主はどうなるのかね？」

「人民裁判にかけられるのだよ」

あるとき、牡丹江の町に外出した日本人教官の一人がその人民裁判を目撃した。街の広場に一五メートル四方の大きな壇台が作られ、その上にとんがり帽子をかぶされた一〇人ほどの農民が座らせられ、手は後ろ手に縛られていた。一五人ほどの党幹部が台の上の椅子に座り、広場には数百人の民衆が集まっていた。裁

判が始まると、農民が入れ替わり立ち代り段に上り、地主を指差して罵声をあびせた。最後に党幹部が一人ひとりの地主を指差し、「有罪か無罪か?」と叫ぶと、民衆は「有罪だ、殺せ」と叫ぶ。一〇人いた地主全員は有罪となり、離れた空き地に連れていかれて処刑された。

中国革命は農民革命といわれるが、その農民のエネルギーは土地改革によってもたらされたのであった。

東北民主連軍は日本軍の武器と支配地における農民の支持により、着々と勢力と戦闘力を増強しつつあった。国民党軍はすでに戦線を拡大しすぎてハルビンには侵攻できそうにない。敵止まれば我乱す。各地で遊撃戦が展開された。

東安での苦労

東安への移転は一九四六年一一月にほぼ完了した。「ほぼ」というのは、装備品や利用可能な航空機の残骸など時間がかかるものはあとから輸送されたからである。学校は壊れた日本軍の建物を補修して使った。日本人教官の住居は優先的に良いものが与えられたが、中国人教官と学生は廊下に寝るなど粗末なものであった。しかしこの時には学生たちも納得していた。

東安の気温は牡丹江とそれほど大きな差はなかったが、施設が貧弱であったので、寒さは身にこたえた。一一月の末には零下二〇度近くまで下がり、真冬には零下四〇度になった。廃墟となっていた日本軍の建物は、修理が済むまでは屋内でも零下二〇度近くまで下がり、廊下に寝る学生たちの息はそのまま布団の上に霜となって積もった。

凍傷には皆注意した。凍傷にかかったときにはなるべく早くさらさらの雪でこすり、体温を回復するという治療法が取られていた。赤くなり、かゆくなった耳たぶや鼻などを、学生仲間が雪でこすり合って治した例も多くあった。やってはならないのは凍傷の部分を熱いお湯で温めることである。これをやると、凍傷部の組織が脱落し、回復不能となる。宣伝隊の少女が厳寒の夜、屋外のトイレで凍傷となった。その少女は患部の太ももを、熱いお湯につけてしまった。ももの肉は脱落し少女は不自由な体になってしまい、同情をさそった。

東安移転後も、寒さの中で飛行訓練が行なわれた。しかし雪が降るようになると、学生、整備員を動員して滑走路の雪を踏み固めなければならなかった。ところが一日踏み固めても、翌日すぐ新しい雪が降る。こんなことでは講義をしている時間もないと、林は冬季の飛行訓練停止を提言し、教育は講義だけとなった。

講義では、学生も教官も教育レベルを上げようと必死だった。毎日八時間、数学、物理、幾何学のほかロシア語などの講義も行われた。教える能力があるものは教官に駆り出された。高校を出ている者は学校ではまれであったので、講義にかりだされた。一八歳の少年がいきなり八路軍のつわものの前に引っ張り出されて、数学などを教えた。時には年上の学生から意地悪な質問を出され、泣き出すこともあった。

たくさんの宿題も出された。学生たちは講義の復習を徹底して行なわなければ次の授業についていけない上に、宿題も行なわなければならなかった。講義が終わると、講義内容の確認が学生同士で行なわれた。日本人教官の不十分な中国語の講義内容を確認するためだった。一人で分からない内容については、理解できるまでお互いに助け合った。教官も学生たちの相互学習に積極的に参加した。

彼らは自由時間も、寝床の中でも、トイレの中でもノートを手元から離さずに勉強した。食事中も数学の公式、物理の公式を唱えつつ食べた。ときには暗記に夢中になって、箸を動かすのを忘れ、皿の中が凍り始めることもあった。覚えなくてはならないことは山ほどあったのだ。学生は一日も早く飛行士になりたい、一人前の整備士になりたい、そして空軍を作りたいと必死に勉強した。学校は勉強ための修行団体のようになり、学生の学力は日に日に、目に見えて向上した。

東安に移転して苦しんだのは食料だった。中国人の食料はコウリャン、トウモロコシだったが、それすら不足がちで食事は一日に二度に減らされた。通常おかずは大根、白菜又は香の物の一種類だけで、これに豆腐がつけば上出来だった。肉などは望むべくもなく、小豆の煮豆でもつけば大変な出来事だった。飢えさいなまれた学生は、わずかな手当で大豆を買い、それを炒っては間食にした。勉強しているときに皆がポリポリ食べるのである。

時には学生たちは銃を持って雪深い山に入り、猟をした。たんぱく質不足を補う重要な手段であった。キバノロという小さな鹿、いのしし、うさぎなど、獲れればその晩の汁には肉が入った。しとめた者はその日の英雄だった。学生たちはしとめた者を讃えながら大喜びで食べた。

勉強の圧力と睡眠不足、寒さ、栄養不足が重なる極限の条件の中、学生たちは痩せた黄色い顔をして学習を続けた。ある夜中、一人の病弱な学生が突然洗面器いっぱいの吐血をして、息を引き取ってしまった。沈うつな悲しみが学生たちを襲ったが、それでも歯をくいしばって勉強を続けた。

日本人の食糧については、航空学校は苦心して白米や小麦粉と肉を調達していた。林彪と林部隊の約束を守っていたのである。もともとは食事に事欠く状態になってもしかたのない捕虜である。中国人同僚の食事の粗末さを知っている日本人たちは、困難な状況にあっても約束を守り続ける共産軍に感動し、教育に力を入れた。

第一七章　帰国熱

航空学校写真

東安に移転してからは、航空学校の建設が急いで進められた。宿舎、教場、事務所などの建物のほとんどは、日本人が残していった工場などの建物を補修して使った。飛行機の残骸は引き続き収集が続けられた。学校の組織も変えられ、飛行班・整備隊の他に、修理工場、機械工場、補給所、衛生隊が設置された。学校というよりも、小さな空軍に近い体制になった。

　また、満州各地からさまざまな日本人の人材が集められた。満州に残っていた日本陸軍の飛行兵・整備員のほか、満州飛行機、満鉄、気象台などの技術者、病院医師、看護婦など、使えそうな人材がどんどん集められ、日本人の人数は約三四〇人となった。これらの人材は、航空学校の技術力を飛躍的に高めた。機械工場、修理工場では、数十機の飛行機を修理し、日本製飛行機九三機、航空機発動機一九三台を保有することとなった。さらに看護婦のほとんどは若い女性であったことから、日本人同士の結婚も認められるようになった。結婚には林の承認が必要とされた。

　学生の学習が軌道に乗り始めると、余った時間を利用してさまざまな体育、文化、娯楽活動が行なわれるようになった。雪だるまを作る大会、綱引き、短距離走、長距離走、野球、劇、歌など色々な大会が行なわれた。また、日本人たちの中国語の勉強も進み、通訳なしで講義のできる日本人の数が増えた。衛生隊の日本人看護婦は合唱団を作った。娘たちの「春が来た」を歌う可憐な声が人々の心を打った。日本人たちは故郷を思い涙し、中国人たちは美しい歌声とやさしい曲の流れに耳を傾けた。「春が来た、春が来た、どこに来た」の歌詞は、「春天来了（チュンティエン・ライラ）、春天来了（チュンティエン・ライラ）、春天来到了（チュンティエン・ライダオラ）」と翻訳され、中国人たちにも歌われるようになった。

　満州北の冬は長かった。日本人も中国人も数多くの困難を一つずつ解決しながら、航空学校を軌道に乗せていった。そんなとき、日本人の帰国が始まり、何十万の日本人が南の葫芦（コロ）島から続々と日本に帰りつつある、という噂が航空学校に流れた。噂はやがて確度の高い情報となって詳細が伝わった。

満州からの日本人帰国開始

終戦時、満州には約一五〇万人の日本人がいたといわれる。これらの数字の中には軍人、軍属は入っていない。この内およそ一八万人が虐殺、病死、凍死、餓死などで死んだ。残った約一三〇万人の多くは、生き地獄の中を生きながらえてきた人々である。彼らの中には、所持品はおろか、衣服も失い、全裸で歩いて南の町に来た者も少なくなかった。これらの多くの者は政府を信じ、その政策により満州に来た者であった。一日も早く日本に帰りたい、そう渇望するのは当然のことであった。

しかし日本政府は、本土の住宅不足、食糧不足からこれらの難民を現地に留まらせる方針であった。満州の日本人がどれだけ悲惨な目にあっているかを知ってか知らずか、政府は満州の日本人の帰国の手はずを整えなかった。そのために満州の日本人難民は、最低限の住居、衣服、食糧もないまま厳しい冬を過ごさなくてはならなかった。

この日本人の窮状を日本政府に訴え、救わなくてはならないと立ち上がった者がいた。鞍山(アンザン)の昭和製鋼所社員の丸山邦雄である。丸山は日本共産党の野坂参三が日本のラジオで、「満州の日本人はソ連軍や中国共産党により無事に保護されている」と話しているのを聴き、満州の悲惨な状況を直接訴えに日本に行かなくてはならないと決意した。これに協力したのが新甫八朗、武蔵正道で、丸山は彼らとともに危険を冒して満州を脱出、日本に向かった。

丸山らは日本で外務大臣吉田茂ら政府要人に会い訴えるが、吉田茂らは、日本は占領中であり主権を喪失しているのでどうすることもできない、と答えるだけであった。丸山らはあきらめずに占領軍司令部を訪れ、満州難民の窮状を訴え続け、ついには最高司令官ダグラス・マッカーサーに直接訴えた。一九四六年四月、マッカーサーは中国渤海湾の葫芦(コロ)島に引揚船を派遣することを決定した。引揚の港として葫芦島が選ばれたのは、旅順や大連の使用をソ連軍が拒否したからであった。

葫芦島は、錦州の南約五〇キロの国民党軍の支配地域にある小さな港であった。米軍はここでＬＳＴ（戦車揚陸艦）などを使い、次のような三角輸送を行った。

① 中国南方から国民党軍の兵士と物資を満州に運ぶ。

② 満州の日本人を日本に運ぶ。

③ 日本の中国人、朝鮮人を朝鮮、中国に運ぶ。

一九四六年五月七日、最初の引揚船二隻が二四八九人の日本人を乗せて日本に向かった。これ以降葫芦島から、一九四六年中に約一〇二万人が、一九四八年までに合計約一〇五万人が日本に引き揚げた。またその後、大連からの日本引き揚げも開始され、大連からは約二〇万人が帰国している。

航空学校の帰国熱問題

東安の航空学校に日本人帰国の話が伝わったのは、一九四六年の秋であった。このまま航空学校にいては日本に帰れなくなるのではないか、という不安が航空学校の日本人を襲った。「他の部隊では日本への帰国が認められている、航空部隊の者だけ認めないのはおかしい」という声が公然と起こり始めた。その声は特に地上勤務員の中に多かった。飛行士たちには、「日本に帰ったら空を飛ぶことはできなくなる。それよりもここで空を飛びたい」という気持ちもあり、帰国を口にするものはあまりいなかった。

この帰国熱騒ぎを学校当局も放置しておけなくなった。学校は全校集会を開催した。寒くはあったが晴れて風のない日、広場に集まった全校職員、学生に対し、校長常乾坤が壇上から語りかけた。

「諸君、今日は日本人隊員のあいだで起こっている帰国熱の問題のために集まってもらった。

今、葫芦島から続々とこの東北部にいた日本人の本国移送が進められている。この町周辺の日本人も、帰国のために葫芦島に向かっている。そしてこの航空学校の中にも、日本に帰りたい、日本に帰らせろという声が起きている。

現在の戦況は諸君も知っているだろう。国民党軍はハルビン手前の松花江まで迫っている。しかし、国民党軍には松花江を渡る力はすでにない。これまで我々は撤退につぐ撤退を行い、ここ東安にまでやってきた。この間の日本人隊員諸君の努力、苦労、忍耐には心から感謝している。今、我々はここでやっと腰をすえて教育に取りかかることができた。

自分の故郷に帰りたいという気持ちは、自然なものであり当然のものである。この学校で働く日本人にとっても、当然なものであることを私は認める。我々は当初から日本の友人に、日本に帰ることに協力すると約束している。その約束は今でも変わりはない。

しかし、日本の友人たちよ、少し考えてもらいたい。諸君はここで航空学校建設に協力することを約束し、我々もそのために諸君を捕虜として待遇しないこと、生活条件も十分に考慮することを約束し、これまでお互いに約束を守ってきた。諸君は今その約束を破り、航空学校建設を放り出して帰国したいと言うのか？考えてくれ、諸君の持っている技術がどれだけ我々にとって重要かを。正直に言う。諸君の知識、技術はこの航空学校にとってはなくてはならないものだ。

それからもう一点、あえて言いたい。諸君は日本帝国主義が中国で何をしたか忘れたのか？　言うまでもないだろう、日本軍は中国で多くの中国人を殺し、傷つけ、家を焼き、財産を略奪した。その罪は計り知れず、日本軍は中国に対して血の負債がある。日本軍の空軍も同罪である。その空軍に所属していた諸君も同罪である。諸君は日本軍と無関係な民間人ではない。我々は罪のある日本軍人を戦犯として処刑もしている。しかし我々は諸君を友人として認め、処遇している。それは諸君が我々の空軍建設に協力しているからである。中国には、『功を立てて罪を償う』という言葉がある。諸君、よく考えてもらいたい。航空学校を建設することは大きな功績である。私は諸君に、その罪を償うために大きな功績を立ててもらいたい」

常校長の声は、寒気の中に響き渡った。「功を立てて罪を償う」、「約束を守ってもらいたい」この言葉は日本人の帰国熱に冷水を浴びせかけた。そして帰国熱はすっと引いていった。

帰国熱が引いた後、帰国熱をあおっていた者数名が異動で姿を消した。どこに異動したか、その後どうなったかは誰も知ることはなかった。

第一八章　春節

東北航空学校授業風景

長い冬の夜、学習や勤務の疲れをいやす娯楽として、毎晩演芸会が開かれた。出し物は各部署が持ち回りで考えた。前に述べた衛生隊の看護婦合唱団など、各部隊は音楽、演劇など工夫をこらした。どこの部隊にも知恵者がいて、演劇などのシナリオを面白おかしく作り出していた。ある部隊が作った、日本人教官と中国人学生の不自由な言葉から生ずる誤解の喜劇は、満場の爆笑をかった。そのほとんどは実話に基づいて作られたもので、次のような場面もあった。

日本人教官：「いいか、私は中国語がよく話せない。だから分からないことがあったら、何でも私のやるとおりにしなさい」
学　　生：（飛行機点検等、なんでも教官のまねをする）
日本人教官：（腹を押さえて、あわてて走り出す）
学　　生：（全員で教官の後を追いかける）
日本人教官：（教官、振り向いて）「なんで後についてくるのだ」
学　　生：「教官のする通りにしています」
日本人教官：「おれは腹が痛いから便所にいくのだ。便所までは来なくてよろしい」と言ってあわてて便所に入る。
学　　生：（ポカンと見送る）

ある晩、被服廠の出番になった。会場は屋内とはいえ凍えそうな寒さである。部隊の日本人女性が「ジャワのマンゴ売り」を合唱し始めた。昭和一七年秋に日本で流行した、南国情緒あふれる歌である。歌が始まると舞台に上半身裸の女性が腰をくねらせながら踊り出てきた。

数秒後、王弼政治委員が苦笑しながら立ち上がり、

「風紀上よくないので、止めなさい」

と手を振り、中止を指示した。そこで踊り子は舞台から姿を消し、歌だけが歌われた。観客は女性の裸にも驚いたが、それよりも屋内でも氷点下近い寒さの中で裸になったことのほうに驚いた。

歌劇「白毛女」

中国の正月である春節の際には、皆最も力を入れて演芸会の準備をした。その出し物の一つに、歌劇「白毛女」があった。観客の多くは歌劇というものを見たことがない兵隊だった。

皆が待ちに待つ中、歌劇は始まった。場面はある村の貧農の美しい娘、趙喜児（チョウ・キジ）と同じ村の若者、王大春（オウ・ダイシュン）の恋の場面に始まった。幕が開くと、「趙喜児役の、あの大きな眼の美しい娘は管理班の娘ではないか、恋人役の若者は整備班の張だぞ」というささやきが聞こえた。結婚を誓い合った二人が愛をささやきあう場面に、観客はうっとりと見とれた。ところが娘を自分のものにしようとする悪徳地主の陰謀により、喜児の文盲の父親はにせ証文に拇印を押してしまう。そして借金の返済を迫られ、自殺してしまった。会場は静まり返り、父親の遺体にすがって泣く娘の演技に、会場からもすすり泣きが聞こえた。娘はにせ借金のカタに地主の家に女中奉公に出るが、地主に強姦され身ごもってしまう。また、娘を救い出すことに失敗した恋人は、村を追われてしまった。悪徳地主の演技は秀でていた。誰もが彼を憎んだ。それに輪をかけて秀でていたのが悪徳地主の母親の演技だった。

悪徳地主は金持ちの娘と結婚することになった。身ごもった女中がいたのでは結婚の邪魔である。悪徳地主の母親は、婚姻の日娘を呼んで家を出ていくように言う。実は女郎屋に売りつける計画であった。悪徳地主の母親はいやがる娘の意識を失わせようと、阿片を吸うキセルを娘の口に押し込もうとした。

ここまで劇が進んだときに、怒りをこらえて見ていた観客の一人が、「殺せ、あの母親を殺せ」とつぶやいた。会場の観客が一気に立ち上がり叫び始めた。「そうだ殺せ！　その母親を殺せ！」、ある者は物を投げ、何人かは舞台に駆け上がって母親役を引きずりおろそうとした。会場は騒然となった。日本人の観客はぼう然とこの騒ぎを見ていた。

あわてて常校長と王政委が舞台に駆け上がった。二人は手を広げて叫んだ。

「みんな、落ち着くんだ。これは劇ではないか！　これは本当の出来事ではない。これは劇だ！　母親役は同志だ。糧食班の金さんだ。よく見るんだ」

二人の静止に皆やっと我に帰った。常校長と王政委の二人は汗を拭きながら席に戻ると、会場が静かになるのを待って劇の続行を合図した。劇が再開されると、二人は顔を見合わせてため息をついた。笑いごとではなかった。

劇は続けられた。娘は親切な女中の助けで逃走に成功、山奥に入ってほら穴に住みつき、そこで子供を産むが殺してしまう。飢えと悲しみで娘の頭髪はまっ白に変り、山には「白毛女」という仙女が住むという噂が村にひろがった。三年後、日本軍を撃つため八路軍が村にやってきた。その中には娘の恋人、王大春の姿もあった。地主は八路軍を妨害するために、八路軍に協力すると白毛女のたたりがあると言いふらす。大春は白毛女の正体を暴こうと山のほら穴に向かい、白毛女が恋人、喜児であることを発見する。大春は喜児から地主の悪徳行為を聞き、軍を村に進めて地主と母親を倒す。喜児と大春は結婚し、喜児の髪に黒さが蘇った。
一時間半ほどの劇が終わると、観衆が大拍手をしたことは言うまでもない。実のところ中国人の多くは、この劇と同じような体験をしていたのである。学生の多くも、子供のときに村を出て八路軍に参加していた。劇を見たこともなく、その上劇があまりに上手だったので、自分の体験と区別がつかなくなり興奮してしまったのであった。

航空学校の白毛女の劇のうわさを、東安市長がどこからか聞きつけて学校にやって来た。田舎で娯楽のない東安市である。それほど上手なら市民にも見せてくれと頼みに来たのである。地域住民に協力するのは八路軍の義務でもある。しかし住民の中で劇を見たことがある者は、航空学校と同じくらい少ないであろう。学校での騒動もあることから、王弼らは慎重になった。一方市長の熱意は高く是非にと懇願するので、王弼は三日間の公演を受け入れた。しかし次のような条件を付けた。

① 公演に当たって、これは劇であることを十分説明すること。
② 悪役の地主とその母親は本物ではなく、八路軍兵士であることを説明すること。
③ 決して舞台に上がってはいけないこと。
④ 決して物を投げてはいけないこと。
⑤ 入場時には持ち物検査を徹底し、武器は一切持ち込まないこと。

市長は笑いながらこの条件を受け入れ、事前説明と持ち物検査を徹底すると約束した。

しかし、結果は航空学校と同じだった。悪徳地主の母親がいやがる娘の口に阿片のキセルを押し込もうとすると、観客は立ち上がって「殺せ！　母親を殺せ！」と叫び、物を投げ、舞台に駆け上がろうとした。市幹部が舞台に駆け上がり、「これは劇だ、本当のことではない、みんな舞台に上がってはならない、早く降りなさい、物を投げてはいけない」と叫ばなくてはならなかった。

第一九章　新しい人々の到来

機材移動

一九四七年の春節が終わると、二つの新しいグループやってきた。

一つは国民党軍から投降参加した劉善本（リュウ・ゼンホン）たちであった。劉善本の投降参加は、冒険の物語であった。

劉善本は一九一五年、山東省の農民の子として生まれた。北京大学の付属中学校に入学するほどの秀才であったが、日本軍の満州侵略にいきどおり飛行士となって国を救うため、一九三五年杭州の国民党航空学校に入った。爆撃機の操縦士として日本軍と戦っていたが、一九四三年米国に派遣され、一九四五年春B-24爆撃機の操縦士となって帰国した。帰国後日本軍と戦いたいという希望に反して、インドのカラチに駐在を命じられた。カラチは中国に戦略物資を送る航空輸送部隊の基地であった。そして戦争終了後、上海に戻り国民党軍の任務に就いていたのである。

一九四六年六月初旬、劉善本は、日本の東京で開かれる会議に代表団を送った帰り、ラジオで国民党が内戦に突入することを知った。劉善本はもともと日本軍と戦うために爆撃機の飛行士となったのである。それが今度は、自分の国で同胞を爆撃しなければならなくなる。このことは劉善本の良心をさいなんだ。劉善本は悩んだあげく、国民党では中国は救えない、共産党だけが中国を救うことができるとの結論に達した。

「延安に行こう」劉善本は共産党の本拠地延安に行くことを決意し、機会をうかがっていた。

一九四六年六月下旬、機会がやってきた。輸送任務のために成都に行くと、通信学校の友人の陳が待っていた。陳は昆明に行くので部下と一緒に乗せてくれと言う。「チャンスだ！」劉は決行を決意した。

翌日、劉善本の飛行機は陳ら一行を乗せて、成都から南の昆明に向けて離陸した。劉は離陸して少しすると自動操縦装置をセットし、機体後部の陳のところに行った。そして形相を変えて、

「大変なことになった。操縦室にいる者が、内戦に反対するために延安に行くといっている」

と話した。陳らは銃を持って立ち上がり、操縦席を鎮圧しようとした。

「だめだ、彼らはもし妨害するなら手りゅう弾を爆発させて飛行機を墜落させると言っている。みんな死ぬぞ。ここは彼らの言うことを聞くしかない。俺もこうなったら、なるようになるしかないと思う」

と言って止めた。陳らがあきらめて座るのを見届けると、

「いいか、操縦席には絶対に入るなよ」

と言い残し操縦席に戻った。そして操縦席に戻るや否や劉は大声を出し、

「なんてこった、どうしたらいいんだ。大変なことになった」

と、頭をかかえて座った。副操縦士と機関士は、

「いったいどうしたんだ！　何があったというんだ！」

と尋ねた。劉は恐怖に引きつった顔で、

「後部に乗っている者はみんな八路軍だ、拳銃と手榴弾で脅し、延安に行けと要求している。そうしないと機体もろとも爆破すると言っている」

と説明した。劉は彼らが絶句し、顔色を変えたのを見ると、困り切った表情で、

「友人の陳はなんと共産党員だった。まったく気づかなかった。どうしたらいいんだろう？」

と言った。すると副操縦士の張受益（チョウ・ジュエキ）は、

「俺が彼らに、馬鹿なことをするなと説得してくる」

と言い、操縦席を立とうとした。劉は、

「だめだ、やめろ！　彼らは興奮しきっている。彼らは失敗するよりも命を捨てることを選ぶだろう。共産主義者ってのはそんなもんだ。下手なことをするとみんな死ぬぞ！」

と言って引き止めた。張受益はため息をついでへたっと座り込むと、

「なるようになれ！　行くなら行くしかない。延安といっても外国ではないからな」

と言った。

「そうだ、延安は外国ではない。我々は八年間の抗日戦でも死ななかった。今回も死にはしないだろう。とにかく彼らを送ってしまおう」

劉は心の中で、「やった！」と叫んだ。

劉善本のB-24が延安に着陸すると、八路軍の兵士が機体を取り囲んだ。劉は両手をあげて機から出ると、叫んだ。

「撃つな！　我々は八路軍に合流するために来た！」

劉が大声で叫ぶのを聞いて、後から降りてきた者たちはあっけにとられ顔を見合わせた。「騙された！」と気づいたときは、あとの祭りであった。今さら引き返すことはできない。飛行機に乗っていた者はとりあえず、皆で相談して延安に来たと作り笑顔で説明した。

その晩、延安は劉善本らの歓迎会を開いた。会場の講堂では入り口で毛沢東が「延安にようこそ！」と出迎え、八路軍総司令官朱徳の挨拶で夕食会が開かれた。

劉善本らの投降参加のあと、共産党は国民党軍空軍兵士に投降参加を呼びかけ、それに応じた者を破格の待遇で処した。劉善本も翌年二月には航空学校副校長となって東安に着任する。一九四九年六月までに二〇機、五四人が国民党軍から共産党軍に投降参加した。

劉善本には、母親、妻、弟、妹、小さな娘がいた。上海にいた彼らは国民党の厳重な監視下に置かれたが、共産党地下組織に救出され、四川省の故郷に帰ることができた。彼らが劉善本と再会したのは、一九五〇年一月になってからのことであった。また、このときB-24に乗っていた一〇名のうち四名は投降参加を希望しなかったので、旅費を支給され自由な身となった。

劉善本、中国空軍建設にたずさわり少将に昇進するが、文化大革命で迫害され、一九六八年三月、五三歳で逝去した。

新疆航空隊のその後

中国共産党が一九三〇年代後半に、新疆の航空学校に学生を送った話については、前に触れた。その後独ソ戦争の進展、蒋介石の勢力拡張にともない、この学生たちは皆監獄に入れられたことについても説明したが、これらの者は日本が降伏した後も監獄に入れられていた。共産党と国民党の停戦交渉中、毛沢東と周恩来は再三にわたって蒋介石に彼らの釈放を働きかけるとともに、共産党軍に迪化市（テキカ）包囲の態勢を整えさせた。こうした中、蒋介石は一九四六年六月になってやっと彼らを釈放した。

陽のあたらない牢獄で、四年間かび臭いコウリャンの粥とわずかな塩漬けの野菜だけで命を永らえている間に、八人が片目を失い、五人が不自由な足となっていた。指導者三人は早い段階で殺害されていた。しかし獄中で生きて延安に帰ることだけを心の支えとしてきた隊員は、むしろ堅固な共産主義者となっていた。彼らは釈放されるとすぐにトラック一〇台に分乗して延安を目指した。山、谷、川、砂漠の荒れた道路を、乾燥、暴風、大雨という障害を乗り越えて西安にたどりつき、さらに北に三〇〇キロの延安に向かった。三〇〇〇キロ以上にわたる困難な行程であったが、四年間の不屈の戦いをした者たちにとっては問題ではなかった。彼らが延安に到着したのは、一ヶ月後の七月一一日であった。

到着時には市民が歓呼で出迎えた。皆が彼らの困難を知っており、その忍耐を讃えた。数日後、毛沢東、朱徳、劉少奇が夕食会を開いた。朱徳は彼らの忍耐と堅忍不抜の精神を讃えたあとで、次のように述べた。

「同志諸君、我々には今は飛行機も飛行場もある。しかし、君たちのような飛行士が不足している。我々はすでに東北部に航空学校を設立した。君たちはこれまで党が心血を注いで作り上げた最初の航空隊である。君たちは東北部へ行き、そこで幹部となって我々の空軍の種をまいてほしい」

八月二九日、新疆航空隊は、八路軍総司令部航空隊と改名された。方子翼（ホウ・シヨク）が航空隊長に、厳振剛（ゲン・シンコウ）が政治指導員となった。新疆からの帰還組と劉善本らの投降参加組は東北航空学校に合流することとなり、九月二〇日、延安を出発した。劉善本が乗ってきたB－24は国民党軍の爆撃で破壊されてしまっていた。また、この時期は国民党軍が華北地方において攻勢作戦に出ていたので、鉄道や車を使うことはできず、歩いての移動となった。それも、国民党軍の目を避けるために大半は夜間歩いた。再び三〇〇〇キロの大移動であった。

一行は渤海湾に突き出した山東半島の先端の町、烟台（エンタイ）市の港から海路、ソ連軍が支配する大連に渡り、大連から北朝鮮経由で東安に行くルートを選んだ。中国国内の移動はほとんどが徒歩、烟台から大連までの海路一五〇キロは漁船を探し出し、荒天の中を出港した。出港してしばらくすると、国民党軍の軍艦が探照灯を照らしつつ近づいてきた。皆はこれまでかと思ったが、船長が方向転換し全速力で港に戻るふりをしたため逃れることができた。しかし再び大連を目指し進路を変えたところで機関から出火し、船は漂流状態となった。荒れる海を救命ボートで大連に向かうのかと、船酔いの一同の顔色が変わった。しかし船長がなんとか機関を修理し、無事に大連に到着することができた。

大連から汽車で安東に向かい、北朝鮮領を経由して一行が東安に着いたのは、一九四七年二月上旬だった。劉善本は航空学校副校長に、方子翼は大隊の政治委員となった。彼らの到着により航空学校に勤務する者は新疆航空隊組、ソ連留学組、延安理工学校組、国民党航空学校出身者、山東抗日大学出身者、汪兆銘南京政府からの投降参加組、国民党からの投降参加組、留用日本人、現地採用通訳等の九種類の人員に分類することができた。

第二〇章　本格的な飛行教育の開始

自転車の空気入れで空気入れ

新しいメンバーが航空学校に来たことにより、春からの飛行教育では航空機が不足することが明らかであった。そこで学校は、整備隊、修理廠に対して生産競争と呼ばれる訓練用飛行機の組み立て競争を始めさせた。飛行機の残骸収集をさらに推進するとともに、収集された飛行機の残骸から新たな訓練機を製造する競争である。部品不足については、使えるものは何でも代用してとにかく飛行機を作り上げた。各地から壊れた飛行機、自動車などが、例によって牛車、馬車で集められた。

この結果、見たこともない飛行機が次々と作られた。異なる機体から右と左の翼をそれぞれ持ち寄って取り付けたので、左右で翼の色が違う飛行機や、胴体前部と後部をジュラルミンの板でつないだ飛行機、麻の布がないので方向舵、昇降舵は木綿布にペンキを塗って代用した飛行機が作られたりした。ゆるんでブヨブヨした尾翼をつついて、「これで大丈夫かなー」と口にする教官がいたが、作っている者は大真面目で、とにかく飛行機の数が足りないのだから作るしかない。他の班に負けるわけにはいかないのである。

生産競争の結果、一〇機近い九九式高練が組み立てられた。その完成機の試験飛行を林と大澄国一教官が行なったときのことである。初めに林が飛び、次に大澄が飛んだ。絶好の天気であった。ブヨブヨの昇降舵、方向舵は機能に問題はなく上出来だった。それぞれが基本機能のテストを繰り返したが、オンボロ飛行機は青空に爆音を上げて立派な飛行を続けた。合格である。うれしくなった林は大澄のテストしている飛行機を、前方上空から撃墜する態勢をとった。もちろん銃弾は入っていない。大澄は林が模擬戦を仕掛けてきたのがすぐに分かった。「林さんもオンボロ飛行機が立派に飛ぶので嬉しくなったな。やる気だな、よし!」と、挑戦を受け、攻撃を急降下で避け、クルリと急速反転し、林の機の後ろにつけようとした。しかし、空中戦で林にかなうわけはない。林は大澄の機の後方にぴったりついたまま離れなかった。

二人が悦に入って模擬戦を楽しんでいる間、地上で試験飛行を見ていた学校幹部は冷や汗を流していた。

「何を考えているのだろう、飛ぶか飛ばないかを調べる試験飛行で空中戦をやるとは。いったい飛行機が空中分解でもしたらどうするつもりだろう、落下傘も積んでいないというのに……」

二人が整備隊、修理廠の者たちの拍手する中、笑顔で飛行機から降りてくると、校長の常乾坤は離れたところに林を呼び、苦りきった顔で言った。

「林教官、困ります」

林は最初、校長が何のことを言っているのか分からなかった。

「林教官、今日の試験飛行は生産競争で作られた飛行機の安全性を確認するためのものです。あんな模擬戦をして、もし飛行機が空中分解でもしたらどうするのですか？　あなたが嬉しくなった気持ちは分からないでもないですが、パラシュートもつけていないのですよ。これから本格的な教育を開始しようというときに、あなた方に何かあったらどうするのです。試験飛行ではもう二度とあのようなことはしないで下さい」

林は常校長の言葉に一言もなく、ただ、「申し訳ありませんでした」と詫びた。


四月になると学校の体制が見直された。それは、学校に新疆航空隊と劉善本（リュウ・ゼンホン）ら投降参加組の二つのグループが来たことによるものであった。

新疆航空隊のメンバーは革命の正統派であり、四年に及ぶ獄中生活にも耐えたことから、一番優越感を持っていた。一方、国民党軍や汪兆銘南京政府軍からの投降出身者は航空理論、飛行教育では先生であったが、思想面では学生であった。新疆航空隊幹部は、どことなく一段高い立場で接していたために、尊敬されてはいたものの、そのうちに各所属で色々な意見を言い始め、混乱が生じた。そのため王弼（オウ・ヒツ）等学校幹部と新疆航空隊の者が話し合いを行ない、飛行隊大隊を作り、編制変えを行なうことになった。

飛行大隊は二個飛行隊で構成され、第一飛行隊は教官の部隊となり飛行教員訓練班と名づけられた。この飛行教員訓練班は飛行教官と一四名の新疆航空隊の者で構成され、東安市郊外の五道崗飛行場で訓練を行なった。第二飛行隊は飛行大隊幹部と一二名の第一期甲班学生により構成され飛行一期甲班とされ、東安から北に二〇〇キロほど離れた千振飛行場に駐屯した。二三歳未満の飛行乙班は、最初は東安で地上準備教育を受け、その後千振飛行場に移転し訓練を行なうこととされた。それぞれの飛行隊には整備班が編成された。また劉善本は、教官が高度飛行技術を訓練する班を設けることを建言した。これに基づき、二五名からなる領航班が編成され、班長には劉善本がなった。

各飛行場における訓練は、日本人教官一人と中国人学生三、四人が組を作って行なわれた。あい変らず不自由な中国語での教育だったが、とにかく実地で教育するしかなく、学生は教育が終わると教わった内容を確認しあった。

慣熟飛行　林虎

五月七日、千振飛行場に移転してきた乙班の学生の慣熟飛行が行われることとなった。慣熟飛行とは飛行機に搭乗し、飛行を体験するだけのものである。しかし、貧農に生まれ、飛行士になることを夢見て、多くの仲間の中から選抜され、困難な旅をし、毎日夜遅くまで勉強し、やっとここまで来た彼らにとっては、ただ「飛行を体験するだけのもの」ではなかった。彼らは遠足の前の小学生のように興奮し、多くの者は眠ることができなかった。

乙班で最初の慣熟飛行を行ったのは、林虎だった。林虎は一九二七年、山東省からハルビンに来た中国人の父親と、ロシア人の母親の間に生まれた。姉一人、弟一人の三人兄弟であった。弟が生まれてまもなく父親は冬の屋外での労働中に凍死し、それからしばらくして母親と弟がコレラで死んだ。姉は人にもらわれ、林虎は孤児院に入れられた。その後林虎は、林という名の者に養子としてもらわれ、姓もその時に林となった。養子としてかわいがられたわけがない。一一歳のときに家を飛び出し、一九三八年に八路軍に参加した。林虎はこのような恵まれない環境で育ったが、それを感じさせない少しひょうきんな、機転のきく若者であった。理解力、記憶力も良く、人一倍の努力により、慣熟飛行第一号に選ばれた。

最初に選ばれた林虎、韓明陽（カン・ミンヨウ）、王洪智（オウ・コウチ）、劉玉堤（リュウ・ギョクテイ）の四人の教官は木暮重雄であった。木暮重雄はもともとの日本名を筒井重雄といい、一九二〇年一〇月、群馬県の貧農の三男として生まれた。陸軍航空隊に入った長男の影響で航空隊に入り、隼の飛行士となった。一九四五年一月、双発高等練習機で南京を離陸後、エンジンの故障のため八路軍支配地域に不時着し捕虜となった。日本軍人らしく死のうと自決を図るものの八路軍により止められた。八路軍兵士と一緒にいる間に中国との戦争は侵略戦争であるとさとり、八路軍に参加した。一九四六年九月、東北航空学校に教官として赴任した。

当日、学生は三時に起床、食事、四時にトラックで飛行場に向かった。朝食はいつもコウリャンとトウモロコシの粥だったが、この日は小麦のマントウに肉の入ったスープであった。糧食班の祝いの気持ちが学生たちを喜ばせた。

筒井はまず林虎を前席に乗せて九九高練を離陸させた。高度をとった後で試しに操縦させてみると、林虎は地上教育で教えられたとおり落ち着いてゆっくりと、上昇、降下、右転、左転等色々試した。筒井はさすが八路軍と内心舌を巻いた。林虎、朝鮮戦争、台湾との戦闘で活躍、後に空軍中将、空軍副司令官となる。

慣熟飛行　韓明陽

次の韓明陽は背が低かったので、自分で作った座布団を準備して操縦席に敷いた。ところが韓の針仕事はなっておらず、離陸とともに座布団の中に入れた藁や土が操縦席の中で舞い始めた。ほこりが一段落するまで韓はせきと涙で苦しむが、涙が止まったところで操縦かんを握らされると、地上で学習した「動作は娘の刺繍のようにゆっくり繊細に」ということを全て忘れて、乱暴な操縦をした。筒井は着陸すると、「韓学生、飛行士の動作は大胆にして決め細やかでなければならない。勇敢でなくてはならないが、やさしく、そっとやらなければダメだ。粗雑な動作は絶対禁止だ！」

と厳しく注意した。

韓明陽はその後順調に訓練を行い技量も上達した。しかし単独飛行に入る前に壁に突き当たった。それは着陸直前になると高度が不安定になるのであった。教官の筒井が、着陸直前は高度一メートルで水平飛行をし、その後機首を少し上げて着陸するのだと何度注意しても直らなかった。聡明で勇敢な韓明陽がなぜこのことだけうまくできないのか？　筒井は林に相談した。林が同乗して確認すると、やはり着陸直前の高度が不安定になる。その原因は林にも分からなかった。林は同僚の教官黒田正義、糸川正弘にそれぞれ韓に同乗飛行してもらい、原因を話し合った。その結果、着陸直前の高度を判断するときには五〇メートルほど前方を見て判断するのが良いのだが、韓の目線は飛行機の直前を見ており、そのために高度感覚がつかめていないという結論に達した。これに基づき、韓を再指導したところ韓の着陸は見事なものとなった。

韓明陽、一九二八年生まれ、朝鮮戦争で爆撃部隊大隊長として活躍、後に北京軍区空軍副参謀長となった。

慣熟飛行　王洪智

三人目の王洪智の慣熟飛行は、林虎同様問題なく終わった。

王洪智は一九二六年生まれ、後に輸送機の操縦士となる。一九五〇年、中国軍がチベットに侵攻した際に侵攻部隊は補給難となり、兵は飢え、草、ねずみを食べなくてはならなくなった。「このままでは部隊が餓死、全滅する、なんとか食糧を補給しなくては」という悲痛な声が上がった。この時、地図もない地区に、C-46で空輸任務に就いたのが王洪智率いる輸送機部隊であった。王の部隊は気象情報、地図なしで食糧を空輸し、部隊を救った。この物語は映画化され、王洪智は空軍英雄となり、戦闘英雄の称号を受けた。

王はその後順調に昇進を続け航空師団長になったが、一九七一年九月に起こった林彪の毛沢東暗殺未遂、ソ連亡命失敗事件に巻き込まれた。王自身には何の罪もなかったが、林彪らが逃走に使った輸送機が飛行禁止措置に反して飛行したことの責任を問われ、降格処分を受けた。この事件がなければ、林虎同様空軍副司令官になったであろうと言われた。一九九八年没。

慣熟飛行　劉玉堤

四人目の劉玉堤は一九二三年の河北省生まれ、一五歳の時に八路軍に参加した。一九四一年、一七歳のときには能力を買われ、旅団偵察隊の参謀をしていた。何度も日本軍機の攻撃を受けて戦友を失い、いつかは日本軍に空で復讐してやると思っていた時に、延安の飛行士養成の課程に推薦された。延安の教育が独ソ戦開始で中断された後、劉玉堤は木工となって家具などを作っていた。

日本が降伏し、常乾坤（ジョウ・ケンコン）が航空学校設立の準備のために東北部に行くと聞きつけた劉玉堤は、常乾坤に直訴し、一九四五年一〇月、第三陣として延安を出発した。途中、国民党軍との戦闘地域を通過できず、劉玉堤は華北で飛行場の管理の手伝いをしていたが、一九四六年六月、常乾坤から航空学校ができたので来るようにとの連絡を受け、牡丹江に向かった。しかし再び国民党支配地域にぶつかり、前に進むことができなくなった。仲間は前進をあきらめたが、劉玉堤はこれ以上遅れると飛行士になることができなくなると、大きくソ連国境近くまで北に迂回し、ボロボロになって牡丹江に到着した。学校長の常乾坤に会った時、劉玉堤は言葉を発することができず、ただ涙を流した。

劉玉堤が航空学校についた時には、すでに飛行甲班は飛行訓練を開始し、飛行乙班も講義が進められていたので、劉玉堤は整備班に入れられた。しかし空を飛びたいという劉はこれに納得できず、再三再四、当局に飛行班への編入替えを申請、直訴した。常乾坤は劉の不屈の決心と熱意を知るとともに、もし認めなければ自殺するのではないかと考え、劉の飛行乙班への編入を認めた。血圧の高かった劉は身体検査の前日、あり金をはたいて針師に針をうってもらった。その結果血圧は一時的に下がり合格した。

これほどまでの情熱をもって飛行士を目指していた劉玉堤である。慣熟飛行の前に興奮したことは言うまでもない。しかし、不運なことに劉は慣熟飛行の数日前に風邪にかかり、前日には高熱を発していた。医者に行こうかとも思ったが、逆に飛行を止められるかもしれないと考え、高熱を押して慣熟飛行に臨んだ。しかし立っているのがやっとという劉は、飛行機によじ登りはしたものの、機体をまたいで操縦席に入ろうとしたところで目の前が真っ暗になり、頭から操縦席に転がり込んでしまった。学生たちは大騒ぎで身長一八〇センチもある劉を操縦席から引っ張り出すと、そのまま衛生室に運び込んだ。

医者から絶対安静を言い渡された劉玉堤は訓練の遅れを心配し、すぐに衛生室を抜け出したがまた倒れた。病院に強制入院させて検査したところ急性肺炎で、もし病院に来るのがあと数日遅ければ命が危ないところだったと判明した。十数日後、少し回復した劉玉堤はどうしても学校に帰らなくてはならないと医者に懇願し、肉体労働、飛行訓練は絶対禁止という条件で学校に戻った。同期の学生から一ヶ月訓練の遅れた劉玉堤は、この条件を隠して訓練に戻った。

一ヶ月遅れた劉玉堤は、その後慣熟飛行を終え、飛行訓練に入った。もともと機敏な劉玉堤は糸川正弘教官の指導の下着実に腕を上げたが、ある日の飛行訓練で大きな問題を起こした。それは着陸時にフラップを出すのを忘れたのである。劉玉堤は着陸のため操縦桿を押した。後方座席の糸川教官はフラップが出ていないことに気づき、高度を上げようとして操縦桿を引っ張った。後席で教官が操縦桿を引いているとは気づかない劉玉堤は、同期生から着陸の時の操縦桿はとても重いと聞いていたので、力いっぱい押した。飛行機は滑走路上空を過ぎ、そのまま滑走路端の建物に衝突しそうになった。糸川は日本語で叫んだ。

「手を離せ、操縦桿から手を離せ！」

おどろいた劉玉堤が手を離すと、飛行機は急上昇を始めた。燃料管のチョークを開けようとあわてた劉玉堤は、間違ってチョークを絞ってしまった。エンジンは出力を失い、失速して墜落しそうになった。糸川はなんとか無事に着陸させ、飛行機が停止するや否やカンカンになって機を降りようとした。ところがその時、エンジンを停止する前には最後にチョークを開くと聞いていた劉玉堤は、チョークを全開させた。エンジンはフル回転となり、飛行機を降りようとしていた教官はプロペラの風に吹き飛ばされて、機体から転げ落ちた。糸川は爆発した。

「この学生はだめだ！　動作があらすぎる。飛行には向いていない！」

大声でどなった糸川は劉玉堤の教育を拒否した。飛行大隊長の劉風が何度も劉玉堤の指導を頼みに来たが、糸川教官は意見を変えなかった。一歩間違えたら墜落、という危険な状況だったのである。無理もないことであった。しかし、劉玉堤の生い立ちやこれまでの苦労をよく知っていた筒井は、劉玉堤はうまく指導すれば見込みがあるし、ここで飛行士をあきらめさせるのは気の毒だと思い、担当を申し出た。劉玉堤はその後筒井の学生となり、単独飛行にまでこぎつけた。

劉玉堤、朝鮮戦争などで六機を撃墜し、戦闘英雄の称号を受ける。のちに空軍中将、北京軍区空軍司令官となる。

単独飛行

こうして飛行一期乙班の学生はそれぞれ飛行訓練に入った。次は単独飛行が目標であった。最初に単独飛行を行ったのは、李漢（リ・カン）である。乙班は、教員訓練班や甲班の者と異なり、この航空学校でゼロから教育を受けた者である。その最初の単独飛行である。学校中が注目したことは言うまでもない。無線がないから一度離陸したら降りてくるまで連絡はとれない。単独飛行は、離陸後飛行場を三度回り着陸するというものである。訓練は十分に行っているとはいえ、誰もが興奮と不安の混ざったまなざしで李漢の飛行を見守った。

教官も学生も李漢の離陸を手に汗を握って見守った。離陸、完璧だ。一周目、旋回飛行の角度、位置ともに申し分ない。二周目、三周目、第一号に選ばれただけのことはある、飛行機は安定している。そしていよいよ最後の難関の着陸だ。「ゆっくり、ゆっくり」教官たちは心の中でつぶやいた。飛行機は次第に高度を下げ、滑走路に進入した。よし、そこで機首を少し上げてエンジンをしぼる。「そうだ、それでいい」教官たちのつぶやきが聞こえるかのように李漢の機は動く。接地。飛行機は小さくバウンドして滑走路を滑った。

「やったー！　いいぞ！」

学生たちは駐機場に戻った李漢の飛行機にかけよった。飛行教官たちはほっとし、整備員や中国人たちは涙で目をうるませた。苦労してこの東北部にやってきて、酷寒のなか機材を集め、知恵をしぼって飛行機を組み立てた。それが今日の前で、いわば自前の飛行機が自前の学生によって飛んだのである。日本人も中国人も心の中で叫んだ。

「老航空学校万歳！」（「老」とは親しい者につける愛称）

李漢は後に朝鮮戦争にミグ―15ジェット戦闘機で出撃、一九五一年一月二九日にアメリカ軍ジェット戦闘機F―84を撃墜、中国人パイロットとして最初の撃墜を記録した。その後航空師団副師団長となる。

飛行一期乙班の学生は三一人、そのいずれもが後の中国空軍の重要な幹部となった。この飛行一期乙班の一人に、張積慧（チョウ・セキケイ）がいた。張積慧は勉学、飛行ともに誰もが認める優秀な学生であった。学生たちは最初の単独飛行に選ばれるのは張積慧ではないかとささやきあったが、主任教官の林が承認しなかった。それればかりではなく他の学生が単独飛行に続々と飛び立っても、林は張積慧の単独飛行を認めなかった。そのうちに張積慧の優秀な成績を知っている学校幹部が皆、張積慧の単独飛行を認めるべきだと言い始めた。林はそれでも認めず、日本人教官の同僚は、これ以上学校指導部と対立するのは良くないのではないかと助言した。林はそれでも、張積慧の動作は粗雑で技術も不十分として、張積慧の訓練時間を延長した。張は他の者にかなり遅れて単独飛行にこぎつけることとなった。

張積慧はその後朝鮮戦争に出陣し、アメリカ軍のエース・パイロットを撃墜し、戦闘英雄の称号を受けた。三〇年後、林が中国を訪問して中国空軍副司令官である張積慧に会った時に、張は林に語った。

「林先生、私はあの時じつは不満でした」

「どうしてもっと早く言わなかったのですか？」

「あとになって分かったのです。先生はあのとき私を、本当の意味で責任をもって指導してくれていました。そうでなければ、私の飛行技術はその後あれほど早く進歩しなかったでしょう。そのことに気づいてからずっと、私は先生に心からありがとうと言いたいと思っていました」

第二一章　国民党機来襲

襲撃され大破した九九式高練

一九四六年から一九四七年にかけてが、中国共産党にとって最も困難な時期であったといえよう。国民党軍は米国製兵器で装備され、また、兵員数も圧倒的であった。米国の支援が停止されたとはいえ、蔣介石が持っているものは共産党が持っているものに比べたらはるかに多かった。蔣介石がなぜ国共内戦に負けたのかについては多くの分析があろうが、少なくとも毛沢東の、「農村により都市を包囲する」という戦略が大きな要因であったことは間違いがないであろう。日本軍もこの戦略には勝てなかった。蔣介石はなぜそのことを学ばなかったのか？　それは蔣介石の周りに、軍事について深い洞察をする者がいなかったということであろう。

蔣介石は一九四六年夏、攻勢作戦に入り進軍を続けたが、農村地帯すべてを抑えることの困難さを知り、一九四七年三月には「全面侵攻」から「重点攻撃」へと方針を転換した。その対象地域には共産党軍の根拠地である延安が含まれており、毛沢東は三月二八日、延安を撤退した。毛沢東にとって延安という地点は死守すべき場所ではなかったが、蔣介石は延安に象徴的な意味を持たせた。日本軍が首都南京を落とせば勝利すると思って南京をめざし、さらに南京から移った首都重慶をめざしたのと同じ過ちをおかした。毛沢東は山岳地域に国民党軍を誘導し、個別に国民党軍を殲滅しはじめた。

一九四七年五月、毛沢東は「蔣介石政府はいまや全人民の包囲の中にある」と宣言し、東北部において二ヶ月間にわたる夏季攻勢を行い、各地で勝利を重ねた。降伏した国民党軍部隊は、そのほとんどがそのまま共産党軍となった。やがて東北部における共産党軍の兵力数は国民党軍を上回るようになった。一九四七年七月には、中国全土における共産党員の数は四六年の一三六万から二七六万に急増し、兵力も一二〇万から一九五万へと増大した。これに対し国民党軍の兵力は四三〇万から三七三万へと減少した。夏季攻勢に引き続き、東北部では秋季攻勢（九月～一一月）、冬季攻勢（一二月～四八年三月）が行なわれ、冬季攻勢の結果、国民党軍が確保するのは長春、藩陽、錦州などの大都市と、それをつなぐ鉄道沿線の都市だけになった。形勢は逆転しつつあった。

国民党機による銃撃

共産党軍が東安で航空学校を設立し、本格的な飛行教育を始めたことは国民党軍も知っていた。国民党軍から見れば、残骸を寄せ集めて作った航空機なぞは相手ではなかったが、将来の脅威は芽のうちに摘まなくてはならない。国民党軍は瀋陽周辺の航空基地から発進し、東安周辺への航空攻撃を開始した。

一九四七年八月一日の午後、飛行教員訓練班の呂黎平(ロ・レイヘイ)と教官筒井が九九式高練で、方華(ホウ・カ)が隼で離陸して飛行訓練をしていたとき、国民党軍のP−51四機が襲来し、そのうちの一機が呂黎平の高練を正面から銃撃した。航空学校には高射砲も機関銃もない。襲撃への対抗手段はなかった。滑走路にはまだ五機の飛行機があった。

P−51の曳光弾は九九式高練の右翼をかすめた。この時高度一五〇メートル、筒井は「着陸だ！　おれがやる！」と叫び、操縦かんをとり緊急着陸した。呂と筒井は滑走路中央に止まった機から飛び降りて避難した。そこをP−51が機銃掃射、弾は尾翼部に命中し、九九式は炎をあげて燃え出した。「火を消さなくては！」呂と筒井は駆け戻り、上着を脱いで火を消し始めた。近くに隠れていた日本人、中国人整備員も駆け寄り、一緒に火を消し始めた。これを見たP−51は再度機銃掃射の態勢をとろうとしたが、方華の隼が後方の撃墜の好位置につけたため、銃撃をあきらめて退散した。しかし、この時方華の隼には弾が入っていなかった。反撃を受けたら撃墜される危険があった。方華はそれを知りつつハッタリで撃墜の態勢をとり、敵を驚かせて退散させたのであった。これにより滑走路上にあった五機の飛行機は被害なし、撃たれた九九式高練は機体後部が焼けたところで火を消し止めることができた。

尾翼部分が焼け落ちた九九式高練は無残であった。呂黎平はこれを見て滑走路上で男泣きに泣いた。筒井も、駆け寄った日本人と中国人の整備員も皆同じように泣いた。くやしさだけで泣いたのではない。飛行機は苦労して組み立て、困難を乗り越えて飛ばしているものである。大空を飛ぶ飛行機は皆が生きていることの象徴であった。中国人整備員たちは筒井に、「教官、この九九式高練は我々が絶対に直して、また飛べるようにしてみせます。絶対にまた訓練ができるようにしてみせます」と泣きながら言った。筒井は「頼む、頼む」と言いながら、日本人と中国人が同じ心になったと感じた。

この時以来、航空学校の四箇所の飛行場には毎日敵の空襲が来るようになった。

国民党機迎撃の検討

林は常乾坤（ジョウ・ケンコン）校長と王弼（オウ・ヒツ）政治委員に呼ばれた。校長室には他の主要な幹部が集まっていた。

「林さん、実は国民党軍機への対応について皆で話し合っていたところです。我々の学校には対空砲火は何もない。そこで隼に実弾を積んで国民党軍機に対応したらどうかという意見が出た。これについてのあなたの意見を聞きたい」

実戦になれば当然戦死者が出る。常乾坤らの顔は真剣そのものであった。林は少し考え、小さく息を吸ってから言った。

「これまでの襲撃を見ると、国民党空軍の装備はP－51などの最新鋭機ですが技量は大したことはありません。

今の我々にある実戦機は隼二型です。この隼二型は速力、武装、高高度の能力はP－51には劣りますが、低空での加速性能、旋回性能は負けません。つまり、飛行場を守るという防空戦闘なら、練度の高い日本人飛行士と中国人飛行士で戦えば、負けないと思います。もちろん敵が高速度で逃げれば勝つことはできませんが、飛行場防空という目的を達することはできます。それに、当然のことながら、迎撃に出る飛行士には落下傘をつけさせることが必須です」

落下傘は今までは無かったが、日本軍の残していったものを少しずつ補修し、ある程度の数を保有していた。

常校長と王弼政委は顔を見合わせた。

「我々の意見も大体林さんと同じだった。しかしP‐51と隼の性能について今少し自信が持てなかったのです。隼でP‐51を落とすことは可能なのですか?」

常校長が再確認をした。

「可能です。しかし、もちろん一〇〇パーセントというわけにはいきません。P‐51はすべてに優れた戦闘機です。最高速度は時速七〇〇キロ以上、武装は一二・七ミリ機関砲六丁です。これに対して隼二型は五三〇キロ、一二・七ミリ機関砲二丁です。P‐51が一撃離脱の戦法をとれば隼の勝ち目はありません。しかし、この学校の練度の高い者の技量をもってすれば、P‐51の一撃離脱から逃れることはできます。

敵がもし飛行場攻撃のために低空での格闘戦に入ってきたら、隼の低空での格闘戦性能はP‐51に負けませんし、技量はこちらのほうが上です。中低空での格闘戦で隼がP‐51を落としたという例がたくさんあります。したがって隼で飛行場防衛という任務を達成することはできると思います」

実戦経験に豊富な林の意見を聞いて、常校長、王弼政委ら学校幹部は納得し、東北民主連軍総司令部に、隼を武装し飛行場防衛を行なうという意見具申をした。しかし、総司令部の回答は否定的であった。その理由は簡単であった。

「航空学校の実力を国民党軍の前に暴露することは、時期尚早である。さらに、現在東北民主連軍は航空学校の戦力を必要とはしていない。航空学校の任務は空軍幹部の養成であり、この任務を継続することである」

航空学校の戦力を必要としていないと言うとおり、東北民主連軍は八月から行なわれた秋季攻勢と、一一月から行なわれた冬季攻勢により、合わせて二二万の国民党軍を撃破した。

訓練飛行を早朝と夕方に

戦うこともできなければ、隠れることもできない。どうしたらいいのか？　敵は瀋陽からやって来る。飛行機は、夜間は飛ぶことができない。瀋陽から東安までは飛行時間二時間。そこで夜明けから二時間と日没前二時間の間に訓練を行なうこととした。これは地上作業を複雑にした。整備員らは午前二時から訓練準備にかかり、整備、航空機燃料及び潤滑油の給油、飛行前点検、エンジン始動を夜明け前に終了させた。訓練は夜明けと同時に開始し、午前八時に終了すると飛行機を大急ぎで隠した。その際、万が一攻撃の弾が当たっても、発火しないように燃料を抜き取っておかなくてはならない。

ある日、一機のP－51が牡丹江近くの海浪飛行場を襲撃した。低空飛行で飛行場に近づいたため発見が遅れた。P－51が突然姿を現したとき、滑走路には一〇機の九九式高練が並んでいた。万事休す、打つ手がない。機銃掃射でみなやられると覚悟した。そのとき日本人運転手の佐渡忠義が「俺がおとりになるから、その間に飛行機を片付けろ！」と叫ぶと、エンジン起動車を運転して滑走路を全速で走り始めたのだ。起動車が走るということは離陸する飛行機に向かっているということだ。離陸したら撃墜は面倒だ。まず起動車からやっつけようと考えたP-51は、攻撃目標を変え、起動車を追跡した。戦闘機から地上の自動車を狙うのは簡単なことだ。起動車は被弾し滑走路の上で止まり、佐渡がころげるように脱出した。起動車をしとめたP-51は旋回して、ゆっくり滑走路上の九九式高練を始末しようとした。しかしこのほんの少しの時間に、九九式高練の姿は滑走路から姿を消していた。もちろん皆が全力で、空中から発見されない偽装掩体に隠したのであった。飛行場上空をしばらく飛び回ったP-51は、仕方なく学校のオンボロ建物を銃撃して帰って行った。

調べると、銃弾は機動車のガソリンタンクから一〇センチ少しの所に命中していた。ガソリンタンクに命中していたら、佐渡の命もなかったであろう。佐渡の命がけの奇策が飛行機を救ったのであった。中国人同僚は、日本人が自分たちと同じ気持ちで、あるいは自分たち以上の気持ちで仕事に取り組んでいることを心に焼き付けた。

一九四七年夏に航空学校の訓練飛行場は東安(トウアン)、千振(チブリ)、湯源(トウゲン)、海浪(カイロウ)の四箇所に再整理された。この頃から隼を使って、東安から北西に二〇〇キロほどの湯源飛行場で学生の訓練が始められた。湯源飛行場には、粗末な宿舎と警衛隊の建物があるだけだったので、多くの者は近くの民主屯という村の地主の家に宿泊した。劉亜楼の指示に基づき、隼の訓練班はすべて新疆航空隊出身者であった。民主屯は飛行場から三キロくらい離れていたので、皆は毎朝暗いうちに起きて、歩いて飛行場に通った。隼は練習機がないために、単独飛行の前には滑走路を何度も滑走して慣れてから飛行した。また、爆撃訓練などは九九式襲撃機を使用して訓練した。九九式襲撃機は単発、複座式の対地攻撃機で、隼よりも一回り大きかった。

航空攻撃の危険性はあったが、訓練は順調に進められ、学生の練度も着実に上がっていった。しかし訓練機にはあい変らず無線機がないため、安全確認には支障が生じていた。例えば、教官大澄国一が学生を乗せて離陸した時、タイヤが破れ中のゴムチューブが出てしまった。知らずに着陸したら大事故になりかねない。下で見ていた者たちは大慌てでこれを飛行機に伝えなくてはならないと思ったが、打つ手はない。すぐにもう一機の九九式が飛び立ち、空中で接近し飛行機の模型を使って、身振り手振りでタイヤが破れた旨を伝えた。なんとか問題を理解した大澄は慎重に対応し、事故をまぬかれた。

第二三章　白酒（バイジウ）で飛行機を飛ばす

白酒を燃料とする実験

このころ学校を悩ませていた大きな問題があった。それは燃料不足であった。九九式が一時間ほど飛ぶだけでドラム缶一本、二〇〇リットルの燃料が必要だ。隼の燃料タンクを満タンにするだけでドラム缶三本近くが必要だった。四〇人の学生を一日一時間ずつ教育すると、ドラム缶四〇本が必要となる。日本軍の遺棄したドラム缶を相当集めたものの、このころになると底をつき始めていた。一方、訓練飛行時間の所用は増え続けている。

林は常乾坤（ジョウ・ケンコン）と王弼（オウ・ヒツ）に呼ばれた。校長の部屋には副校長の白起（ハク・キ）も呼ばれていた。王弼が状況を説明した。

「林さん、燃料の状況については知っていますね」

知らないはずがない。林はうなずいた。

「この燃料不足を解決するために、航空学校は日本軍の遺棄燃料を探すと同時に、ソ連から調達することを民主連軍総司令部に要請していたのだが、その両方ともだめでした。総司令部は、航空燃料がないのであれば学校活動を停止するしかないと通告してきています。そこで頭を悩ましていたところ、白副校長が二〇年前フランスに留学していたころ、アルコール燃料で飛行機を飛ばしているということを聞いたことがあると言うのです。林さんはアルコールで飛行機を飛ばすということを聞いたことがありますか？」

林はニヤッと笑って答えた。

「ありますよ。実は燃料不足には関東軍も悩みました。そこで思いついたのがアルコール燃料で飛行機を飛ばすということでした。実験したところガソリンのような性能は出せず、実戦機には使えませんでしたが、練習機や連絡機の飛行には使えると判断され、白酒（バイジウ）とガソリンをまぜた燃料を使ったことがありました。たしか、白酒八〇パーセント、ガソリン二〇パーセントの割合でまぜていたと思います。しかし性能の低下が大きく、その後事故が相ついだことから使用を中止しました」

ニヤッと笑ったのは、兵隊がその白酒を横流ししては飲んでいたからであった。もちろん林も飲んだことがあった。

常校長と王政委が身を乗り出して聞いた。

「それでどのくらいのアルコール度の白酒だったのですか?」

「いやそこまでのことは知りませんが、とにかく強いものだったと思います」

林の知らない、との答えにも常校長は失望しなかった。

「やってみよう。日本軍は途中で止めたということだが、我々に今残されたのはこの方法だけだ。とにかく実験してみよう。白副校長、さっそくとりかかってくれ」

常校長の指示でさっそく実験が開始された。まず、大量の白酒が購入された。白酒とは高粱などから作られたアルコール度の高い酒である。戦争後の混乱から抜け出ていない東北部で大量の白酒を調達することは容易ではなかったが、東北民主連軍の情報力を駆使してなんとか所要の白酒を手に入れた。次にこの白酒が純度一〇〇パーセント近くに精製された。その精製された白酒でエンジンを回したところ、エンジンは回ることは回ったが回転数が低く実用には向きそうになかった。アルコールの熱効率は航空燃料に比べて低く、エンジンを改良しなければ回転数は上がらないのだ。整備部門は研究と改造を続け、燃料の噴射口の口径を拡大し、また点火プラグの位置を調整することなどによって、回転数毎分二〇三〇回転まで高めることに成功した。これは九九式の航空用燃料を使っての最大回転数二三〇〇回転には及ばなかったが、離陸、上昇時に必要な回転数に十分達していた。また、アルコール燃料だけでエンジンを始動することは困難だったので、小さな補助の燃料タンクを取り付け、始動の時には通常の航空燃料を使うこととした。こうして航空学校はアルコール燃料の実用化にめどをつけることができた。

問題は、どうやって大量の純度の高いアルコールを作るかであった。航空燃料とするためにはできる限り一〇〇パーセントに近いアルコール濃度としなければならない。戦争で疲弊した民間の酒造産業には期待できないので、自分たちで作るしかない。そのためには莫大な資金が必要である。そこで王弼は共産党中央東北局書記兼財務委員会主任の陳雲（チン・ウン）を訪ね、資金の提供を陳情した。陳雲は中共八大元老の一人で、貧農の家庭に育ち印刷植字工となった後、一九二五年に共産党に入党した。中華人民共和国建国後、最初の政務院副総理兼財政経済委員会主任となったが、文化大革命で失脚、下放された。毛沢東死後、鄧小平とともに復権、国務院副総理を勤めた。

　陳雲は王弼に聞いた。

「いったいどのくらいの資金があれば、君の望むアルコール燃料が手に入るのかね？」

　王弼は自分たちの積算を説明した。

「大量のアルコールを生産するためには、大きな酒造工場二つを買収する必要があります。候補は探してありますが、醸造装置が破壊されているので修理しなくてはなりません。さらには原料のコウリャン、トウモロコシを大量に仕入れるとともに、精製に必要な練炭も調達しなくてはなりません。また、工場で働く労働者の手配も必要です」

　王弼が予算の見積もりの詳細な説明に入ろうとすると、陳雲がさえぎった。

「王弼同志、君は私が君たちの見積もりに納得し、同意しないと許してくれないのかね。私は、空軍は絶対に必要であり航空学校を何としても成功させなくてはいけないということは十分に分かっているのだよ。さっきの君の説明で飛行機はアルコール燃料で飛ぶことができることは理解したよ。醸造工場も必要だと分かった。だから言ってくれたまえ、いくら必要なのかね？」

そこで王弼は、積算資料の最後の合計の数字を言った。その数字は実のところ要求者の常として余裕を見込んだ数字であった。

「一〇〇万元です」

陳雲はしばらく空を見つめ、つぶやいた。

「一〇〇万元か」

そして王弼の顔に目をやった。

「分かった。大金を大海原にばら撒くという気概でやろう。だから君たちもぜひ成功させてくれたまえ」

こうして陳雲は一〇〇万元の東北紙幣を用意し、航空用アルコールを作る工場を作らせた。航空学校は何度かの失敗の後、最後には純度九五パーセントのアルコールを作ることに成功した。航空学校はこの最初の航空燃料用アルコールを陳雲に送った。アルコールが入った小ビンを東北民主連軍後方部長の葉季壮(ヨウ・キソウ)が陳雲に手渡すと、陳雲は笑顔で小ビンに見入った。葉部長は言った。

「陳主任、一〇〇万元の大金は海に沈まず、金庫に戻りましたね」

葉は製造が成功したことを、大金が金庫に戻ったと表現したのだ。

「そうだ。金は海に沈まず金庫に戻った。彼らはたいしたものだ。この情熱があれば航空学校はきっと成功するだろう」

当時、国民党軍との戦闘は重要な段階であり、航空学校に大金を割くことは簡単なことではなかった。その資金投入が成功したことを陳雲は心から喜んだ。

九月の初秋のある日、このアルコール燃料を使用した飛行実験が日本人教官黒江の操縦により行なわれた。飛行機は通常の航空燃料と変わらない爆音をあげて空に舞い上がり、旋回飛行等の問題もなかった。航空燃料の問題が解決したのである。

その後、航空学校で奇妙な現象が見られた。それは施設内での狐や狸の事故死が多く見られるようになったことだった。高圧電線に感電死したり、車に引かれたりする狐狸が多数見られるようになった。警備部隊が原因を調査してその原因を突き止めた。それはアルコール燃料を保管してある樽に小さな穴が開いていて、そこからアルコールがもれ、雨水とともに流れ出していたのである。そのにおいが狐狸を誘い、飲んだ狐狸が酔っ払って事故を起こしていたのであった。狐狸ばかりではなかった。規律に厳しい共産軍の中でも、燃料アルコールに手を出した者がいた。それらの者には二週間の政治教育が行なわれた。

第二三章　航空学校での出来事

厳寒の中の九九式高練

満州の冬は早い。一〇月の下旬には氷が張り、雪が降り始める。氷点下を下回ると飛行機のエンジンはかかりにくくなり、ドラム缶に入れた炭火でエンジンを下から暖めて始動させる。オイルも前日抜いておき、暖めてからエンジンに入れて始動する。引火する危険性があったが、他に方法はなかった。飛行機が降下中に温度が下がりすぎて、エンジンが停止することもあった。幸い大きな事故は起きていなかった。

積雪で滑走路使用はそろそろ困難かと思われ始めたある日、大きな事故が起きた。

山本教官が張訓益（チョウ・クンエキ）学生を九九式高練に乗せて掩体から滑走路に向かおうとしたところ、草地で車輪が雪に埋まり動かなくなった。山本が地上に降りて雪を取り除いていたとき、後ろでバサッと音がした。振り向くと学生の張訓益が倒れ、あたりの雪は真っ赤に染まっていた。即死だった。張は雪を取り除くのを手伝おうとして、誤って回転しているプロペラに触れ、頭を叩き割られたのであった。張をかわいがっていた山本は、しばらく雪にひざまずいたまま動くことができなくなった。不審に思った整備員が近寄ってきて事故に気づいたが、どうすることもできなかった。これを契機に冬の訓練は中止となった。

二日後行われた飛行大隊葬は雪の舞う中で行われた。駐機場に並べられた九九式高練と隊員が敬礼で見送る中、馬車に乗った張の棺は墓地に向かった。棺の後に涙を流す同期生が、さらにその後ろに唇をかみしめる山本教官が続いた。葬儀の後、飛行機は燃料、オイルを抜かれ、分散して掩体壕の中に格納された。

冬の間は室内における講義と、翌年の飛行訓練に備えた教材の作成、整備教育など、前年にくらべると教官も学生も多忙となった。また、余暇を利用してのスポーツも盛んとなった。中国人にはあまり運動の習慣がなかったが、厳寒の中で野球に熱中する日本人をまねて、野球をする者が出た。さらには零下三〇度の中でジョギングする日本人をあきれて見ていた中国人も、そのうち参加するようになったりした。食生活も前年に比べると、安定したものとなった。

さらに精神的な余裕が出始めたのか、このころから日本人隊員と看護婦との恋愛や結婚が出はじめた。日本人看護婦の多くは若い年頃の女性であったことから、若い隊員と年頃の日本人女性の結婚話をすすめる世話焼きさんが出て、林の承認を経て何組かの結婚が成立した。

国共内戦動向と航空学校

一九四七年三月、二〇万を超える国民党軍の大軍が延安を攻撃した。毛沢東、周恩来以下の中共首脳は、わずか四個中隊、一〇〇〇名ほどの兵力に守られて延安を去った。しかしこれは毛沢東の遊撃戦論では想定済みの退却であった。国民党軍をできるだけ薄く、広く展開させ、その後で敵を消耗させてから全面的に反攻するという作戦は、そのまま実施された。毛沢東は一九四七年九月一日、「解放戦争第二年目の戦略方針」で、全党員に次のように述べた。

「第一年目の作戦で敵は二一八個旅団、一六〇余万人と一〇〇万に近い海軍、空軍の部隊などでわが解放区に大挙侵攻してきた。我が軍は戦略的防御の作戦をとり、三〇余万の死傷者を出し、一度は敵に広大な土地を占領されたものの、主導的な立場に立ち一一二万の敵を殲滅し、戦略的反攻に出て占領された土地を奪回し、さらに新たな占領地を開放した」

殲滅という言葉には「敵を捕虜として共産軍とする」という意味も含まれている。したがって一一二万の敵を殲滅したということは、そのうちの多くは共産党軍に投降参加したということである。

毛沢東はさらにこの戦略方針の中で、解放戦争第二年目は戦略的反攻の段階に入ると指示した。すでに林彪の率いる東北民主連軍は一九四七年五月から七月にかけての夏季攻勢で八万の国民党軍を殲滅、多くの都市を奪回した。中国全土でも同じように共産軍が攻勢に入っていた。解放区では土地改革や新しい政治が進められ共産党に対する支持が高まっていくのに対して、国民党は略奪、暴行を含む圧政のうえに、破局的なインフレが進行して国民の支持を失っていった。

一九四七年一〇月一〇日、毛沢東は「人民解放宣言」を発表した。その内容は、蒋介石政府の打倒、民主連合新政府の樹立、汚職の一掃と清廉な政治の実現、戦犯の財産と買弁資本の没収、封建的搾取制度の廃止などを明らかにするものであった。この宣言により兵士の志気は高揚し、共産党軍志願者も増大した。

一九四八年一月、東北民主連軍は東北人民解放軍と改称された。人民解放宣言に鼓舞された東北人民解放軍は、一九四七年九月から一一月にかけての秋季攻勢で国民党軍約七万を殲滅、一五の都市を占領、一二月から翌年三月にかけての冬季攻勢では最新鋭米国装備の二個軍を含む九個師団、一五万六千人を殲滅、一八の都市を奪回した。人民解放軍は東北以外の中国各地でも全面的に反攻に入り、二年目には合計一五二万人の国民党軍を殲滅し、一九四八年春には、国民党軍三六五万人に対して解放軍二八〇万人の勢力となり、戦略決戦の段階を迎えようとしていた。

しかし空軍力ゼロの解放軍は、空の作戦では国民党空軍のなすがままであった。このため一九四七年一二月、党中央軍事委員会は党中央東北局に東北航空学校の現状報告を求めた。東北局は次のような報告を行った。

「現在の飛行学生は六九人、そのうち戦闘機による単独飛行可能は七人。

一九四八年六月には、一二人が双発軽爆撃機の単独飛行可能となり、その他は九九式高等練習機にて単独飛行可能、そのほか二五人の教官在籍（注：日本人教官は入っていない）。整備士学生一六〇人、内一七人は単独にて整備業務可能、その他は来年、一九四八年卒業予定。

一九四九年末には単独飛行可能な飛行士は一二〇人、教官三五人、整備士二四〇人から三〇〇人の計画」

空軍を作るためには一二〇人の飛行士では不十分なことは言うまでもない。そもそも空軍は、飛行機の三倍のパイロット、パイロットの三倍の整備士が必要と言われる。一二〇人の飛行士では、四〇機くらいの飛行機しかないということになる。これでは空軍とは言えない。一〇〇機の作戦機の空軍を持つためには三〇〇人のパイロット、一〇〇〇人の整備士が必要となる。そのほか教育のための訓練機、教官の所用もあれば、連絡機、司令部などの飛行士の所要もある。その分の飛行士、整備士も養成しなければならない。

王海

一九四八年四月、春を迎え飛行訓練が再開された。九九式の訓練を終えた者は、戦闘機、輸送機に区分され実用機での教育が行われた。新たに飛行二期が編成されることとなり、その要員は四月に教育を終了する機械班一期生と二期生、約一〇〇人の中から選考されることとなった。このことが機械班に伝わると、学生たちは大騒ぎになった。機械班の多くは飛行士の希望をかなえられなかった者であり、飛行士の夢を捨て切れずにいた者が多かった。結果は機械班一期生と二期生からほぼ半数ずつ、計一二名が飛行二期生として教育されることとなった。

機械一期生から飛行二期生になった者の中に、王海(オウ・カイ)という学生がいた。王海は一九四五年末山東省の威海中学校在学中に、一〇数名の仲間の少年とともに約一〇〇〇キロを歩いて延安の人民革命大学に入学した。大学での成績優秀者はさらに教育を受けるために東北部に派遣された。一九四六年六月、国民党支配地を避けて安東にたどり着いた彼らは、地方工作、戦車学校、航空学校の三班に分けられ、王海は希望通り航空学校に入学した。王海は子供の頃、威海(イカイ)で英国の水上飛行機が海面を離着陸するのを見たことがあった。一機が長い布切れをひっぱり、もう一機がそれを銃で撃つという空中戦の訓練である。あるときそのうちの一機が墜落した。駆け寄って見ると、木と布でできていた。どうしてこれが空を飛ぶのだろう？　王海は不思議に思うと同時に、いつかは自分も空を飛びたいと思った。

航空学校入学を命ぜられた王海ら六人は、丹東から汽車で瀋陽、長春を経てハルビンに着いた。ハルビンからは徒歩となり、昼夜五日間歩き続けて牡丹江に着いた。王海らは他の者に遅れて到着したこともあり、全員機械班に入れられたが、王海の空を飛びたいという夢は止まなかった。したがって機械班終了の者の中から飛行二期生を選抜すると聞いた時、王海の胸は躍った。あきらめかけていた飛行士の夢が実現するかもしれないのである。成績優秀な上に順応力があり、しかも誰にも好かれる性格の王海は多数の希望者の中から選ばれ、飛行二期生となった。

王海、朝鮮戦争で四機撃墜、五機撃破の撃墜王となる。一九八五年から一九九二年まで中国空軍司令官を務めた。

中国人整備士だけによる組み立て修理

飛行訓練が開始されると、学生数が増えたため機械班はますます忙しくなった。四月からは日本人整備士の他に、教育を終わった機械一期生、二期生が実際の整備に参加してきた。技術がかなり上達したので、教育終了生だけで遺棄された九九式高練の組み立て修理を行なうこととなった。選ばれたのは機械一期生の五名で、飛行機は大分ガタガタで大幅な修理が必要な九九式高練であった。日本人整備士はあまり修理の難しくない飛行機を選ぶことを主張したが、学校指導部は、「やるならば、他の者がやらないことをやるのが八路軍のやり方だ」だと言って、あえて難しい飛行機を選んだ。卒業生たちは毎日寝る間も惜しみ、ガタガタの飛行機の溶接、板金、鋲打ち、エンジンの分解修理などを油まみれになって行ない、とうとう組み立て修理を終えた。

組み立て修理を終わった飛行機は一旦修理工場で分解され、試験飛行のために離れた飛行場の整備工場に馬車で運ばれ、そこで再度組み立てられた。試験飛行は林が行なうことになり、後席には修理を行なった機械一期生が同乗した。皆はまるで初めての単独飛行を見守るような気持ちで飛行を見守った。林は手加減せず、ほかの飛行機と同じ旋回、急降下などの激しい試験飛行を行なったのちに着陸した。修理を行なった機械一期生たちは林が飛行機から降りてくるのを凝視した。林が首を横に振るのか、それとも笑顔で降りてくるのか？　林は満面の笑顔で滑走路上に立つと、親指を立てて右腕を突きだした。「万歳！」皆は整備を担当した機械一期生の頭や背中をたたいて、「万歳」を繰り返した。日本人の手を借りずに、中国人だけで初めて行なった組み立て修理が成功したのだ。中国人だけでもできることが立派に実証されたのだ。万歳の声はしばらく続いた。

整備士　落合末男

飛行教育が進められているとき、整備関係の日本人と中国人の関係も親密なものとなっていった。同じ目的のためには、日本人も中国人もなくなった。

張永良（チョウ・エイリョウ）という学生がいた。彼は華北の解放軍部隊から航空学校に派遣されてきたが、学校に来てかつての敵である日本人の多さに驚いてしまった。その上食堂では、日本人は白米、小麦粉のパン、肉を食べ、中国人はコウリャン、トウモロコシに大根を食べている。彼は、

「やめた、ばかばかしい！　俺は部隊に帰る！」

と言って、荷物をまとめ始めた。指導員が来て、丁寧に説明した。二年前、日本人が航空学校建設に協力

することになった経緯、過去にも日本人との間の食事の差が問題になったが皆納得したこと、空軍をつくることが共産党にとっていかに重要であるかなどについての説明を聞き、張永良は航空学校に留まることにした。

張永良はエンジン修理班に配属され、最初は長野早司の下でエンジン整備を勉強した。張は中国語がかなりできる長野から日本語を学び、ある程度話せるようになった。その後張は、整備検査員の落合末男の下で部品検査を学ぶこととなった。落合は中国語があまり話せなかったので、張は落合と相談し、「三回話し、一回書く」という学習法を考えた。それはまず落合が日本語で説明し、その内容を張が日本語で落合に復唱する。落合はその足りないところを更に説明し、それでも分からないときは、漢字で書くというものであった。さらに二人は、まず落合がやり方を示し次に張がそれを再現する。その不十分なところを落合が直すという、三段階教育法を考え出した。これらの方法により張永良の技術は確実に、しかも早く上達した。

ある日、学生たちがエンジンを分解検査して組み立てなおしているときに、学生の手元がくるって精密測定器のノギスが落ち、エンジン部品にあたって割れてしまった。エンジンを組み立てなおした後でノギスを復元したところ、小さな部分が欠けたままであった。学生たちは、小さな破片だからどこかに転がってなくなってしまったのだろうと思った。しかし落合はもう一度エンジンを分解し、ノギスの破片が入っていないことを確認するよう指示した。エンジンの分解、再組み立てには丸一日かかる。学生たちが不服そうな表情を見せると、落合は言った。

「エンジンは高速度で回転するものだ。もし、エンジンの中に異物が入っていたら、人の命にかかわる大事故となる。だから、絶対に間違いがないと確信をもてない限り、エンジンを合格させてはならない。ましてや、異物が混入した可能性がある以上、ないということを確認するまでは飛行機に載せてはならないのだ。

もし、そんなことをするならば、それは職務怠慢である」

　学生たちは落合の言葉に、しぶしぶとエンジンの再分解検査を行った。するとノギスの破片がエンジン内部から見つかった。学生たちは落合の仕事に対する真剣さに深く感銘し、寡黙で職人気質の落合を尊敬するようになった。

計器班　深谷岩光

　修理廠の計器班の責任者は、深谷岩光といった。深谷は一九四四年に一九歳で林の飛行隊所属となった二二歳の若者であった。彼も自分の責任を黙々と果たす職人気質の技術者であった。彼は遺棄機材から飛行機が再製され、飛行機の機数が増え始めたとき、毎日遅くまで計器類の整備に追われた。栄養事情も悪く、睡眠時間も十分でなかったある朝、彼は体が熱っぽくなって起き上がることができなかった。それでも職場に出るため起きようとしていると、とうとう気を失ってしまった。数日後彼が意識を取りもどすと、目の前に曹徳山（ソウ・トクサン）と石慶豊（セキ・ケイホウ）の二人の学生が心配そうに看病をしていた。二人とも一六歳であった。

「先生、意識が戻ってよかった。私たちが分かりますか？」

　深谷がうなずくと、

「先生、無理のしすぎですよ、あまり寝ていないでしょ。それに栄養も足りないです。仕事のことは心配しないでゆっくり休んでください。そして、これを食べて早く良くなってください」

　と言って、果物、餅、菓子を差し出した。深谷は驚いた。それは彼らのすずめの涙のような月々の手当ての数ヶ月分にもあたるようなものであった。学生がどれだけ空腹に耐えて勉強を続けているか、ときどき少ない手当で大豆を買い、それを炒って空腹を満たすことだけが彼らの楽しみであり、こんなごちそうは正月でも食べていないことを深谷はよく知っていた。

「これは君たちが食べなくては。君たちは今育ち盛りだ。君たちこそこれを食べなくては」

深谷が声をつまらせて言うと、二人は悲しい表情で、

「先生、これは僕たち二人で、先生に早く良くなってもらいたいと思って買ってきたものです。先生、僕たちの気持ちを無視してはいけません。お願いですからこれを食べて、早く良くなって下さい」

と答えた。深谷はもう涙をこらえることができなかった。

「私は君たちの国を侵略した日本軍の軍人だ。日本軍はとんでもないことを中国人にした。君たちはどうして私にこんなに温かくしてくれるのだ？」

深谷が涙を流しながら言うと、

「先生、日本の軍国主義は一部の指導者の責任です。日本軍兵士のほとんどは我々と同じ軍国主義の犠牲者です。先生も同じです。しかも先生は今、僕たちの中国の空軍を作ることに協力してくれています。先生に早くよくなってもらわなくては、僕たちが困るのです。

だから先生、この果物やお菓子を食べて早く良くなって、また僕たちに色々教えてください」

深谷はもう言葉も出せなくなり、ただ何度も首を振ってうなずいた。

その深谷の計器班に四人の女子学生が配属された。化粧もなく、衣服も男子学生と同じものであったが、それでも一七歳の女子学生がいる計器班は華やいだ。そのうちの一人の女子学生・李秀英（リ・シュウエイ）は、朴訥な職人気質の深谷を兄のように慕った。

深谷はふだん無口であったが、職人気質のものにはよく見られるように、時々癇癪をおこした。ある日、学生の一人が教えたとおりに計器を取り扱わなかったために壊してしまった。深谷は爆発した。

「お前は何を聞いていたのだ。計器を壊してしまったではないか！　こんなことができなくて一人前の整備士になれるか！　俺の言うとおりにできないのならここで教えることはない！」

大声で学生をののしっていると、李秀英がそっと近づいて、深谷のシャツを小さく引っ張った。深谷は言葉を止めた。李秀英がささやいた。

「先生、ここは解放軍だよ。日本軍ではないよ。そんなに大声を出して怒鳴ってはだめだよ。あとで問題になるよ」

深谷は我に返った。そうだ、ここは解放軍だ、日本軍ではない。深谷はしばらく黙った。学生たちはどうしたのだろうと深谷を見つめた。大きく息を吸い込むと深谷は、

「申し訳なかった。思わず頭に血が上って大きな声を出してしまった。教官としてふさわしくない態度だった。許してもらいたい。今後、日本軍時代の悪い行動がでないように注意するとともに、深く反省する」

と言って、学生に頭を下げた。どなられた学生は、

「先生、悪かったのは僕です。先生の教えた通りにしなかったのですから、謝らなければいけないのは僕の方です」

と言って、深谷の謝罪を受け入れた。

整備士　橋谷功の死

再製飛行機であるため修理の仕事量は多く、中国人整備士がまだ育っていないことから、日本人整備士の負担は過酷といってよいほど重いものであった。日本軍時代の方が、予備物品や補給品もあり仕事は楽だったくらいだ。その上、食糧事情がよくないこともあり、多くの者は体調を崩した。

一九四八年七月頃、気化器修理班長の橋谷功は、体調を崩し顔色が次第に悪くなったが、遅くまで残業を続けた。学生が、

「先生、顔色がよくないですよ。どうしたのですか?」

と聞くと、

「多分、何かの病気にかかったのだろう。でも、そのうち治るよ」

と答えて、仕事を休まなかった。顔色は悪くなる一方だったので、学生たちは橋谷を無理やりに学校衛生隊に連れて行き、医師の診察を受けさせた。

結核だった。それもかなり進行していた。橋谷はそのまま入院するようにと告げる医師に、

「私は入院したくありません。仕事をしばらく休んで薬を飲めば、きっとよくなります」

と言って、薬だけ貰って一週間ほど宿舎で横になり、再び職場に戻った。しかし結核が自然に良くなるわけがない。橋本はその年の一二月に死亡した。中国人の学生たちは、橋本の命をかけた仕事への取り組みに深く感動し、橋本を手厚く葬った。

小関(シャオカン)は無事か

後のことになるが、一九五一年一月、千振の飛行場で機械班の者たちがタンク車から航空燃料をドラム缶に移す作業をしていた。底にたまった燃料はタンクの中に入って、バケツで汲み出さなくてはならない。機械員新海弘はこの一番危険な作業を自分で行なっていた。

零下三〇度以下の酷寒の中での作業であったので、体が凍えると倉庫の中の石炭ストーブで暖をとった。航空燃料は綿入れの作業衣にしみ込んでおり、焚き火で暖まるなど危険極まりない。しかし、分かっていて

も酷寒の中では止むを得ないのだ。気をつけながら暖をとっては作業をしていた。

　この作業班に小関（シャオカン）と呼ばれる少年がいた。「小」は目下のものにつける愛称である。小関は石炭の灰を落そうと、火かき棒で石炭をたたいた。火の粉が小関の服に舞い、あっという間に火が上がった。小関は「ギャッ」と悲鳴を上げた。新海はすぐに小関の手を引っ張って倉庫の外に連れ出すと、押し倒して自分の体で小関の火をもみ消した。しかし火は新海の衣服に燃え移った。たっぷりと燃料のしみ込んだ衣服の火はもみ消すことはできず、新海は全身大やけどとなって病院に運ばれた。

　重度のやけどで自家中毒症状を起こした新海は、うわごとを繰り返した。

「小関は無事か？　燃料は移し終えたか？」

　同僚が、

「小関は無事だ、燃料も移し終えた、何も心配はいらない」

と教えると、新海は小さくうなずいて息を引き取った。二二歳であった。

　中国空軍建設に協力している間に、多くの日本人が命を落とした。牡丹江の烈士陵園には、「故日本人友人墓」という記念碑がある。そこには新中国の建設に協力して亡くなった三三名の日本人の名前が刻まれている。

第二四章　解放軍反攻

整備教育風景

東北人民解放軍は、一九四七年一二月一五日から一九四八年三月一五日にかけて冬季作戦を行なった。この作戦により東北部面積の九七パーセント、人口の八六パーセントは解放軍の支配するところとなった。国民党軍の押さえているのは、錦州、瀋陽、長春など鉄道と幹線道路だけによって結ばれる大都市だけになった。この大都市を死守すべく、蒋介石は近代装備の大軍を駐屯させた。

農村によって都市を包囲し、殲滅させるという毛沢東の戦略が成功していることを蒋介石はどう考えていたのであろうか？　一九四七年、ジリジリと農村を支配され、都市の支配を失っていたにもかかわらず、蒋介石は今までのやり方で共産軍に勝てると思っていたのであろうか？　勝てないのであれば、戦線の縮小を図って東北部の大軍を南に撤退させ、万里の長城以南の防衛に使うということは考えなかったのであろうか？　その答えは分からないが、蒋介石は大都市防御という戦略を変えずに、これらの都市に大軍を配置し続けた。解放軍は一九四八年三月九日、吉林省の大都市吉林を落とした。蒋介石はこれ以上の敗北は東北部の陥落を意味すると考え、錦州、瀋陽、長春など、鉄道で結ばれる残された大都市の死守を命じた。これらの都市への補給は、遼西回廊といわれる北京や天津から錦州につながる鉄道と道路により維持されていた。北京から錦州までは約四〇〇キロ、錦州から瀋陽までは約二〇〇キロ、瀋陽から長春までは約三〇〇キロである。国民党軍は解放軍の包囲の中で、この点と線だけを維持していた。

三大戦役

日本敗北後最初に長春を支配したのは共産党軍であった。しかし、一九四六年春には近代的装備の国民党軍が進出し、共産党軍は撤退した。一九四八年春、優勢となった共産党軍は再び長春を包囲した。ここで共産党軍がとった戦略は、長春、瀋陽では決戦せずに、一番南の錦州を先に落とすというものであった。錦州を落とし、瀋陽、長春への補給を断てば、これらは自然に落ちるという作戦である。長春には厳しい包囲網が敷かれ、脱出しようとする市民も追い返された。市民が脱出すれば国民党軍の食糧事情が良くなるという理由からであった。長春包囲戦と呼ばれる戦いである。日本人がいなくなった長春には五〇万人の住民がいたが、脱出者は射殺するという一五〇日間に及ぶ徹底した包囲作戦の結果、住民の餓死者は三三万人に及んだと言われる。一九四八年一〇月一四日に錦州が落ちると、一〇月一九日、長春の国民党軍は解放軍に投降した。解放軍が長春市内に入ると、街は餓死者の死体の山であったという。

錦州、長春が落ちると、瀋陽も一一月二日に陥落した。この遼瀋(リョウシン)戦役と呼ばれる東北部における勝利により、解放軍は全東北部を解放し、総計四七万人の国民党軍を殲滅した。そのほとんどが解放軍に投降参加した。

一九四八年は全中国における決戦の時であった。三大戦役と呼ばれる決戦が行なわれた。そのうちの一つが今述べた遼瀋戦役であり、残りの二つは平津(ヘイシン)戦役、淮海(ワイカイ)戦役と呼ばれるものである。

平津戦役は遼瀋戦役で勝利した東北人民解放軍が、華北の人民解放軍と共同で行なったもので、平とは北平(ペイピン)、すなわち北京を表し、津とは天津を表す。一二月上旬から翌年一月にかけて行なわれたこの戦いの勝利により、解放軍は北京を中心とする華北地方を支配するに至り、計五二万人の国民党軍を殲滅した。

淮海戦役は北京の南方約六〇〇キロ、黄河の南の徐州を中心とする地域の攻防戦であった。淮は淮河(ワイガ)を表し、海は東海市を表す。一九四八年一一月六日から翌年一月一〇日にかけて行なわれた戦いで、解放軍は五五万の国民党軍を殲滅し、南京にせまる地域を確保した。国民党軍は南に敗退し、二月三日、北京は無血開城し、三月二五日毛沢東は共産党中央委員会及び解放軍司令部を北京に移した。

一九四八年春には解放軍二八〇万、国民党軍三六五万の兵力であったのが、一九四九年春には解放軍四〇〇万、国民党軍一四九万となっていた。解放軍の勝利は誰の目にも明らかになった。

国民党軍の資材

国民党軍の投降は、資材不足で困っていた航空学校に宝の山をもたらした。遼瀋戦役が終わると航空学校はすぐに資材収集隊を瀋陽に派遣した。

瀋陽周辺の国民党軍の飛行場、航空機修理工場、倉庫などから、航空機エンジン、航空機座席、航空無線機、電波発信地測定器、航空機燃料ドラム缶などの他、航空技術者一三〇〇人以上が確保された。しかし、飛行機はほとんど南に逃げてしまい、大破したC-46輸送機四機を錦州で捕獲しただけであった。そのうち一機が修理され、劉善本らによって瀋陽北陵飛行場に輸送された。

瀋陽周辺の機材収集に派遣されたのなかに、王涛（オウ・トウ）という若者がいた。彼はまだ瀋陽の国民党軍の部隊が抵抗しているときに、銃弾を恐れず小型無線機を持ってたった一人で部隊に近づき、投降を呼びかけた。「もう錦州は落ちた。瀋陽の大半の部隊は解放軍に投降した。早く投降すれば罪は問われない。もう同じ中国人同士で血を流すのを止めて、一緒に新しい中国を早く作ろうではないか」この身を捨てての呼びかけに、国民党軍は銃撃を止め投降した。王涛の勇敢さは中国人ばかりではなく、日本人にも知れ渡った。

国民党空軍の発足は早く、一九二〇年代であった。日本軍との戦闘でほとんどの航空機を失ったが、その後、米国とソ連の援助で空軍が再建された。一九四六年六月、マーシャルによる国民党援助停止の前、米国は蒋介石空軍の拡大支援を決定し、一〇〇〇機近くの飛行機を供与し、四個戦闘機大隊、二個爆撃大隊、一個偵察中隊を編成させた。兵員数は八万人に達した。これらの資産はそのほとんどが共産党のものとなり、最も多い華東では三万箱の航空器材、三万本以上の航空燃料ドラム缶が接収された。また、華北地区では、飛行可能なP-51戦闘機一二機、B-25爆撃機三機、C-46輸送機二機、モスキート偵察機二機、L-5連絡機二機と、そのほか多くの故障機、破損機をろ獲した。これは機材不足で悩む航空学校にとっては大収穫であった。一九四九年には瀋陽に飛行機、発動機、器材、メーター、金属加工、酸素の六つの工場ができ、整備処は瀋陽に移転して整備本部と改称した。

ろ獲戦闘機P-51

物不足の航空学校は突如ろ獲品の山にあふれた。それまで細々と修理、維持を行なっていたのだが、最新式のアメリカ製装備が大量に入ってきたのだ。これらを利用しない法はない。

P-51による飛行教育は長春の南東約五〇キロの公主嶺（コウシュレイ）で始められた。最初は四機だったが、その後十数機のP-51が修理され、増強された。訓練人員も増員され、一九四八年五月には戦闘機中隊は教官を含め三〇数名となった。

輸送機中隊はチチハル飛行場に展開し、訓練が始められた。飛行場周辺空域での訓練を終わると、軍事委員会副主席周恩来の承認を得て、チチハル、瀋陽、北平を飛行した。

部隊の情況は厳しく、滑走路の補修などは飛行隊が自分でやらなければならなかった。しかし、問題はやはり飛行機で、P-51の修理は日本の飛行機とは規格が全く異なるので困難を極めた。日本の飛行機の機銃は機首にあるが、P-51は翼に六丁ある。マニュアルもなく部品の規格も違うので、とにかく整備には苦労させられた。

三機のP-51が修理されたとき、国民党から投降参加した若い飛行士が飛行機を受け取りに来た。修理廠長の熊焔（ユウ・エン）、整備処副処長の顧光旭（コ・コウギョク）と軍事委員会航空局長になっていた常乾坤（ジョウ・ケンコン）が立ち会った。最初に飛行士が

P–51に搭乗し、エンジンを始動したがかからなかった。飛行士ははき捨てるように言った。

「なんだ、ぽんこつ飛行機じゃないか、これで修理が終わったって？　エンジンもかからないのに、どうやって飛ぶのかね！」

修理を担当したのは、整備一期卒業生の呉永常（ウ・エイジョウ）であった。彼は操縦席に乗り込むと、一発でエンジンを始動させ、操縦系統の計器を全てチェックすると操縦席から降りてきて、「整備状況良好」と報告した。メンツを失った飛行士は、呉永常に技術的なデータの質問を数多く投げかけたが、呉永常はその全てによどみなく答えた。驚いた飛行士は質問した。

「あなたはアメリカで整備を学んだのですか？」

「いや、アメリカには行ったことはありません」

「それでは英語が読めるのですか？」

「いや、読めません」

「それではなぜP–51の修理ができるのですか？」

「自分たちで研究したのです」

「どこで研究したのですか？」

「辺ぴな山の中です」

「あなた知っていますか？　国民党軍の時代にはP–51を修理できる整備工場は一つもありませんでしたよ」

「しかし、解放軍にはあります」

このやりとりを見ていた整備処副所長の顧光旭が呉永常に聞いた。

「呉機械員、それで君は結局のところ、この飛行機は飛べると言うのかね？」

もちろん顧は呉の答えを知っていて聞いたのだ。呉は大きな声で答えた。

「飛べます！」

航空局長になっていた常乾坤がすかさず言った。

「では、飛びたまえ！　すぐに飛びたまえ！」

常局長にとっては、呉永常はかわいい機械一期生の教え子である。校長、学生ともにどれだけの苦労をしてきたか、国民党から投降参加したこの若いエリート飛行士には分からないであろう。ろくに掛け算もできないところから始めて、いまやアメリカ最新鋭のP-51の修理ができるようになったのである。早くその結果を見たかった。楊培光（ヨウ・バイコウ）という投降参加の飛行士が操縦して試験飛行することとなった。

一機目、離陸寸前にエンジンが突然回転数を落した。見ていた者の表情は一瞬凍った。しかし原因は飛行士が管制塔から「離陸しばらく待て」の指示を受けただけで、異常があったわけではなかった。離陸ＯＫの指示が出た後、P-51はエンジンを全開にして一気に四〇〇〇メートルまで上昇した。二機目も何の問題もなく飛行。最後の三機目の試験飛行中、高度一〇〇〇メートルを飛行している時、エンジンの回転数が落ち失速して降下し始めた。このままでは墜落だと誰もが覚悟したとき、飛行機は地上すれすれで出力を回復、無事に着陸した。原因は、楊飛行士のいたずらだった。楊は飛行機の調子が万全だったので、皆を驚かせようとわざと特殊飛行をしたのであった。だまされた皆は「冗談にもほどがある」と、本気で怒った。

中国人操縦士のP-51教育も進められていった。P-51は性能抜群だが、操縦の難しい飛行機と伝えられていた。アメリカではP-51を乗りこなすようになるまでは三〇〇時間の飛行時間を要すると言われたが、航空学校の学生たちの飛行時間は一五〇時間程度でしかない。それでも九九式高練を終え、隼に乗っていた者たちがどんどんP-51に挑んだ。林がまず試験飛行をしたが、着陸の時に大きく機体が沈んだ。失速速度が高く、林はそのことを知らなかったのだから止むをえない。しかし、林がいつも滑るように降りてきてピタッと滑走路に接地するのを見ていた者は、さすが林でも難しい機体かと感じた。林はP－51の飛行特性、操縦特性、難しい点を学生に説明した。高等練習機でいきなり初級飛行教育を行ない、さらにぶっつけ本番で隼での単独飛行を行ってきた中国人学生達にためらいはなかった。彼らはP－51で地上滑走を数回行なうと、そのまま大空に飛び上がっていった。元国民党空軍の投降参加飛行士たちは、目を丸くして無謀な教育方法を見ていた。

P－51はすばらしい飛行機だった。速度は最大で時速七〇〇キロ以上出るし、武装は一二・七ミリを両翼に三門ずつ、合計六門。航続距離は増槽タンクをつけて二六〇〇キロ以上。エンジンは約一七〇〇馬力。これらに加えて高速時の操縦性能がよかった。機内を詳しく見ると、照準器は射程一五〇〇メートル（日本のものは三〇〇～五〇〇メートル）の電気式自動照準で、後方警戒用のレーダーも装備されている。

「こいつが日本の空を制圧したのか」

林は試験飛行を終わったあとで、精悍なP－51の機影を見て思った。

「隼よりは優れた飛行機だ。しかし、高空では勝ち目はないが、中・低空での空中戦に持ち込めば、隼にも勝てるチャンスはある。操縦は隼のほうがしやすい。しかし、こんな飛行機を一万七〇〇〇機も作るアメリカには勝てるチャンスはなかった」

アメリカにはP－51のほかにも優れた戦闘機がいくつもあり、その合計の生産機数は一〇万機にも及ぶ。これに対して日本陸海軍の戦闘機生産数は二万五〇〇〇機ほどだった。爆撃機の生産機数の差はもっと大きい。航空戦とは結局物量戦である。優れた航空機と飛行兵を戦場に多く投入したほうが勝つ。

「勝てるはずがなかった。その上、日本は日中戦争で国力を使い果たしていたのだから」

旧敵中国の空軍を作るために、旧敵アメリカの戦闘機の操縦法を中国人に教える。なんという運命のめぐり合わせなのだろう。そしてそれでもなお、心の中で自分のかつての愛機「隼」の弁護をしている。林は自分でも心の説明がつかなかった。

「でも、俺はやはり隼が好きだ。どっちか選んで戦えと言われたら、今でも隼を選ぶだろうな」

林はP－51と翼を並べて休んでいる隼を見て思った。

P－51練習機製作

P－51の操縦はやはり少し難しかった。九九式高練からすぐに隼の単独飛行を行っていた学生たちも、いきなりP－51で単独飛行をすることにはとまどう者が多かった。九九式高練とP－51の性能の差があまりにも大きいのである。そこで何とかP－51の複座型ができないだろうかという話が起きた。こうなると、ゼロに近い遺棄機材から航空学校を作り上げた技術者魂が黙っていない。挑戦したのは修理廠の日本人技術者荒年男と高橋辰五郎の二人だった。二人は九九式高練修理のノウハウを駆使して、P－51の座席後方にある燃料タンク、防弾版を取り外し、無線機などを他へ移すと、後部教官席を取り付けてしまった。

後部座席に人間の代わりの重しを置いて、林が試験飛行をした。慎重に何回か地上滑走を行なった後に、離陸した。操縦性、飛行性のほとんどに問題はないが、失速速度が実機よりもやや高く、着陸のときに後部がバウンドした。機体後部が軽くなったのだ。そこで航空技術大尉の森が呼ばれて重量計算を行なったところ、機体後部に二〇キログラムの重りを入れればよいということになった。さっそく重りを取り付けて、もう一度林が試験飛行を行ったところ、機体の安定性、操縦性ともに問題がなくなった。これにより、九九式高練の単独飛行を終えた学生は、P－51複座での訓練飛行を行なってから単独飛行に移ることができるようになった。

第二五章　中国空軍建設

飛行前点検

一九四九年を迎え人民解放軍の攻勢作戦は進んだ。二月三日には北平が無血解放され、三月には中共中央委員会、人民解放軍司令部が北平、すなわち北京に移った。北京に入るということは天下をとったということを意味した。国民党政府によって名づけられた北平という名称は、一〇月一日、中華人民共和国の建国とともに北京という旧名に戻された。四月二三日には南京が解放され、五月二五日には上海が解放された。国民党軍の支配地域は大陸のごく一部となり、中共政権が確実となった。

同年三月、中共中央政治局は、空軍建設を決定した。

三月八日、まだ北京に入る前、北京南西役三〇〇キロの西柏坡(セイハクハ)にいた毛沢東主席ら党中央部は常乾坤(ゾユ・ケンコン)と王弼(オウ・ヒツ)を引見した。西柏坡は延安を撤退した中共中央が人民解放軍総司令部を置いて、三大戦役を指揮した場所である。毛沢東は語った。

「八年前の一九四一年に延安で我々が空軍のことを話し合ったとき、あれはまだ机上の議論だった。今回党中央が決定した空軍建設は、君たちが種であり、君たちが育てた種を基にするということだ。君たちの準備状況はどんな具合かね?」

劉少奇、朱徳、周恩来、任弼時(レン・ヒツジ)、陳雲(チン・ウン)、澎徳懐(ホウ・トクカイ)、賀龍(ガ・リユウ)、陳毅(チン・キ)、鄧小平などが粗末な軍服をまとい白木のいすに座っていた。常乾坤が立ち上がって説明した。

「我々は党中央の指示に従い、一九四六年から飛行一期二班四三人、領航班二四人、機械一、二期九七人の教育を行ない、これらの者はすでに昨年卒業しました。現在は飛行二期一六人、飛行三期四六人、機械三期一二五人、機械四期八三人のほか、気象員一二名、無線員二五名、計器員六名、航空管制員三〇名などの教育を行なっています。これらの者は今年中に教育を終了する予定です」

毛沢東は説明を聞くと立ち上がって「すばらしい、たいしたものだ。延安でできなかったことが今実現した」と賛嘆の声を上げ拍手をした。同席していた首脳陣も一緒に立ち上がって拍手した。

「現在航空学校には何人いるのか？」

と陳雲が聞いた。

「三五〇〇人です。それでも人員不足です。今、航空学校運営の重点は空軍建設の準備にあります。そのためには各種学生の訓練のほかに、航空機材の接収、工場の建設、復旧などのために多くの人員が必要です。航空学校は現在東北軍区に対し、八〇〇名の学生と五〇〇名の幹部の増員を要請しているところです」

王弼が答えると、周恩来は笑いながら、

「そのほかにあげるものがある。それは国民党軍からの投降参加者だ。国民党から多くの航空要員と飛行機が解放軍に投降した。これらもみな君たちの協力者だ」

と言った。

もはや勝利の見込みのなくなった国民党軍からは、投降が相ついでいたが、それでもまだ国民党空軍は、空の守りのない解放軍を悩ませていた。空軍機の投降をもっと増やす必要があった。

「国民党空軍からの投降参加者には報奨が必要だね」

と賀龍が指摘すると、王弼は答えた。

「その通りです。我々は国民党から投降参加した飛行士には一人につき五〇万元を支給し、最初の三ヶ月は物資面で師級（約一万人の部隊の長）の待遇を与え、その後その者の能力に応じて待遇を決めています。このことについてはラジオ放送で大々的に宣伝しており、その効果は抜群です」

毛沢東は説明にうなずいた。そしてタバコの煙をくゆらせながら、

「ある者がこの四月には一五機の戦闘機を戦闘に参加させることができると言っていたが、実現できるか

ね？」

と尋ねた。常乾坤と王弼は飛び上がるほど驚いた。この問題はすでに数ヶ月にわたって議論してきた大問題であった。それは四月に予定されている長江渡河作戦の時に航空学校の戦闘機を出動させるかどうかというものであった。長江渡河作戦とは、長江を渡って南の国民党軍を駆逐する作戦のことであった。

常乾坤と王弼は一月にこの話を聞き、時期尚早と思った。それはまだ、国民党軍の飛行士の方が飛行時間も多ければ、空中戦の練度も高いと思われたからである。手塩にかけて育てた飛行士を、初陣で戦死させるわけにはいかない。もう少し訓練をしなければ戦闘参加は無理だ。林の意見でも、国民党軍との実戦に投入するためにはもう少し実戦的な訓練が必要、ということである。

毛沢東が「ある者が四月には一五機の戦闘機を戦闘に参加させることができると言っていた」と言うのは、この問題のやり取りを聞いたのであろう。毛沢東の質問に常乾坤は、

「われわれの飛行士はかなり高い練度に達したものがいます。しかし、彼らの飛行時間数はまだ十分ではなく、特に今まで実戦機が少なかったこともあり、実戦的な訓練はまだ十分とは言えません。初戦で敗北しないためには、もう少し訓練が必要です」

と、正直に答えた。毛沢東は、

「四月には間に合わないな」

とうなずいた。そして、

「現在の君たちの任務は解放された地に良い飛行場をつくり、航空施設を建設し、国民党空軍を接収し、多くの航空要員を教育することにより空軍建設の準備をすることだよ。あわてることはない、遊撃戦と同じ精神で最後に勝利する空軍を創ろうではないか。確実に勝利する見込みもなく決戦を挑み、敗北したのでは、

元も子もないからな」

と温かく言った。地上軍に自信のある毛沢東は、解放軍空軍の投入をあせらなかった。

三月一七日、中央軍事委員会は航空局を設立、三〇日、常乾坤を航空局長に、王弼を政治委員に任命、空軍の設立準備の責任者とした。航空局の任務は空軍設立に必要な飛行場、飛行機、整備工場、航空学校などのすべての物的基盤を整えることである。

その二ヶ月後、劉亜楼は命令により北平西郊外の香山に滞在する毛沢東のところに出頭した。毛沢東は劉亜楼に初代の空軍司令官となるよう命令した。

一九四九年四月、航空学校に四個大隊が設けられた。第一大隊は戦闘飛行大隊で、二個飛行中隊が置かれた。第一飛行中隊はハルビンの飛行場に置かれ、米国製爆撃機と輸送機により編成された。第二飛行中隊は戦闘機で編成され、長春南の公主嶺の飛行場に置かれた。最初P－51が四機だけであったが、その後一〇数機となった。第一大隊長は呉愷(ウ・カイ)、政治委員周兆平、副隊長劉善本及び陳海林、飛行教育主任方子翼であった。

第二大隊は教育飛行大隊で、第二期と第三期の飛行班の教育を九九式高等練習機で行なった。第三大隊は整備教育大隊で、機械班第三期、第四期の教育を、第四大隊は元国民党軍だった者の政治教育を行なった。

五月、東北航空学校は人民解放軍航空学校と改称され、学校本部は牡丹江から長春に移転した。

このころの訓練は、卒業生の中国人飛行士が教官となり中国語での訓練が行なわれた。言葉が通じず、身振り手振りを交えての訓練が石器時代の訓練のように思われた。飛行教官の絶対数が不足していたことから、日本人教官に対する所要はまだまだあったが、飛行教官の半数が中国人になってくると、一時代が過ぎたという思いが日本人教官たちの胸をよぎった。機械班においても同様の事象が起こっていた。

第二六章　建国大式典

建国大式典観閲飛行を見上げる毛沢東

中華人民共和国の建国式典は一〇月一日と決定された。その前の九月二一日には全国協商会議が開かれる。首都防空部隊を早く作らなければならなかった。九月五日、徐兆文（ジョ・チョウブン）が飛行中隊長となり、九機のP－51により飛行中隊が編成された。徐兆文は国民党軍からの投降参加者である。第一戦闘分隊長には趙大海（チョウ・ダイカイ）、第二戦闘分隊長には楊培光（ヨウ・バイコウ）がなった。二人とも徐兆文同様投降参加である。第三爆撃分隊長には劉仲卿（リュウ・チュウキョウ）、輸送機部隊である第四分隊長には謝派芬（シャ・ハフン）が就任した。この二人も国民党からの投降参加であり、飛行中隊長、分隊長のすべては国民党からの投降参加の者によって占められた。まだまだ航空学校出身者の経験が十分でなかったためである。また、飛行士のほとんども最初は投降参加の者で占められたが、後に航空学校出身の林虎（リン・コ）、孟進（モウ・シン）、劉玉堤（リュウ・ギョクテイ）、李漢（リ・カン）、馬傑三（バ・ケッサン）などが加わり、一三名がメンバーとなった。

南苑（ナンエン）飛行場の飛行中隊が訓練を重ねていた八月下旬、建国式典の準備会議で聶栄臻（ジョウ・エイシン）総参謀長代理が常乾坤（ジョウ・ケンコン）航空局長に聞いた。

「開国式典で天安門の上空を解放軍の飛行機が飛行して、毛沢東主席と朱徳総司令官の検閲を受けるということができるかね？」

聶栄臻は開国式典において、観閲部隊指揮官になる予定であった。常乾坤は即答した。

「できます」

聶栄臻は答えを聞いて満足そうにうなずき、

「よろしい、では観閲飛行を行なうこととしよう」

と言った。しかし、嬉しかったのは常乾坤の方である。長年の苦労の成果を、建国式典で毛沢東以下の党首脳の前で披露できるのである。一般人民はまだ、解放軍に飛行部隊があることは知らない。常乾坤が生涯をかけて作り上げてきた飛行部隊が、式典のクライマックスで天安門上空を飛行する。考えただけでも興奮する場面であった。

飛行中隊は建国式典で観閲飛行をすると聞いて、皆歓声を上げて喜んだ。さあ、早速訓練飛行をしなくてはならない。飛行中に編隊がくずれるようなことがあっては恥だ。また、毛沢東主席たちが見ている上空を正確に飛ばなくては意味がない。遠いところを飛んだり、又は少しでも後ろを飛んだりしたのでは天安門からは見えなくなってしまう。やさしいようで簡単なことではなかった。

ある日訓練の状況を朱徳解放軍総司令官と周恩来副主席、それに聂荣臻が視察に来た。九機のP‐51は一糸乱れぬ編隊飛行を党首脳の前で披露した。九機が着陸すると三人は満足げに飛行士を迎えた。

周恩来は観閲台から下りると、徐兆文中隊長ら飛行士に聞いた。

「もっとたくさんの飛行機で観閲飛行をすることはできないかね?」

皆声を合わせて答えた。

「できます」

周恩来は笑うと、さらに尋ねた。

「合計何機でできるかね?」

「一七機でできます」

周恩来ら三人は顔を見合わせ、うなずいた。

「よろしい、それでは観閲飛行は一七機で行なうこととしよう」

こうして開国式典の観閲飛行の機数は一七機となった。その内訳は、P‐51九機、英国製モスキート双発戦闘機二機、C‐46輸送機三機、L‐5連絡機一機、PT‐19初等練習機二機である。五つの機種はそれぞれ速度が異なる。P‐51の巡航速度は四四三キロ、C‐46の巡航速度は二八一キロ、そしてPT‐19とL‐5の最高速度は約二〇〇キロ、巡航速度は一五〇キロである。これらの速度の異なる航空機が天安門の上できれいに編隊飛行をするためには、L－5とPT－19は最高速度に近い速度で飛行し、P－51は低速度で失速しないように飛行しなければならない。そのためには、訓練を重ねる必要があった。

飛行士も選ばれた。編隊長は徐兆文、東北航空学校出身者からは六名が参加することとなった。飛行教員訓練班の方槐（ホウ・カイ）、安志敏（アン・シビン）の二名、二人とも新疆航空隊の出身だ。飛行一期甲班から姚峻（ヨウ・シュン）と孟進（モウ・シン）が、飛行一期乙班からは林虎と王洪智が参加した。そのほかはほとんどの者が航空学校に在籍していた国民党軍からの投降参加組であった。

かれらは限られた日時のなか、訓練を行なった。

ここで事故が起こった。編隊長の徐兆文の機が訓練中、エンジン停止したのである。徐兆文は落下傘で脱出したが、着地時に足を負傷した。そこで急きょ公主嶺の飛行場から邢海帆（ケイ・カイホ）が呼ばれ、編隊長を務めることとなった。

九月二一日、いよいよ全国協商会議が始まった。九月二三日、中南海の会議場で数百名の全国代表が新中国建設の話し合いをしているときに、ゴウゴウと飛行機の音が聞こえてきた。会議場は静まりかえった。党首脳はその音が解放軍空軍の飛行機の音と知っているが、地方から来た代表は解放軍に空軍があるとは知らない。国民党軍の襲撃に違いないと思った。飛行機音は多数機のものだ。しかも近づいてくる。高度も低い。やがて爆音は会議場を揺るがすほどになった。人民服姿の大勢の地方代表はあわてて立ち上がり、避難のため席を離れはじめた。

周恩来が壇上からマイクで説明した。

「みなさん、あわてることはありません。あの飛行機は私たち解放軍の飛行機です。今、開国式典の練習をしていいるところです」

席を離れた者たちは立ち止まり、笑顔で説明する周恩来の顔を見た。

「我々に空軍があるのか、我々に空軍があったのか！」

会場は興奮につつまれ、拍手と歓声がわき起こった。ある者は涙を流して喜んだ。

観閲飛行

開国記念式典は一〇月一日、午後三時から行なわれた。天安門広場に集まった三〇万人を前に、毛沢東が高らかに宣言した。

「中華人民共和国中央人民政府は、本日成立した」

そして五星紅旗が掲揚されると、二八発の礼砲が発射された。

観閲行進は四時から行なわれた。四時という遅い時間が選ばれたのは、国民党空軍の襲撃を避けるという配慮もあった。歩兵、砲兵、トラック部隊、戦車部隊などの様々な部隊の行進が始まったときに、南苑飛行場では三発の信号弾が上がり、待機していた観閲飛行部隊のエンジンが始動された。初めに速度の遅い練習機、連絡機、輸送機の六機が離陸し、空中で待機した。続いて九機のP-51とモスキート二機が離陸した。空中で三機ごとの編隊を組むと、四時三五分、編隊は天安門広場上空を東から西に向けて飛行した。二機のP-51とモスキート二機は、実弾を装てんし、国民党軍機の襲来があった場合に備えていた。

編隊が天安門上空にさしかかると、三〇万民衆の歓声が大きなうねりとなってわきあがり、毛沢東が編隊に高く左手を上げると、地も割れんばかりの轟きとなった。劉少奇、周恩来、朱徳等天安門上の党幹部はゆっくり手を振った。

人民解放軍が空軍部隊をもっているとの報道は世界に流れた。蒋介石はその知らせを聞き、「共産党はいつのまに空軍を創ったのだ?」と言ったといわれる。

その夜、陸、海、空軍の代表が招かれ、朱徳解放軍総司令官主催の盛大な夕食会が北京飯店で開かれた。朱徳は常乾坤を従えて空軍のテーブルに来ると、林虎や孟進ら航空学校出身者に言った。

「我々がみずから養成した飛行士が空を飛んだ。君たちは大したものだ。これで私は名実ともに三軍の総司令官になった」

瀋陽での林の展示飛行

建国式典は北京以外の中国各地でも行なわれた。瀋陽でも市政府前広場において式典が行なわれた。毛沢東の建国宣言は広場に集まった人々に放送で伝えられ、そのあとで観閲飛行と曲芸飛行が行なわれた。曲芸飛行は林弥一郎が隼に乗って行なったが、これを見ている者たちはまさか日本人が操縦しているとは思わず、急上昇、急降下、急旋回、反転、背面飛行などを、目を細めて眺めた。

林は自分の体の一部であるかのように自在に隼を操り、建国を祝う群集の頭上を、思い切り飛んだ。

「日本の敗戦、満州国崩壊から四年、その間東北民主連軍の捕虜となり、航空学校建設に協力してきた。何もないところから始めて、今その教え子が北京で観閲飛行を行なうまでになった。空軍の正式発足も間近い。本当に歴史というものは分からないものだ。俺もまさかあの装備もろくにない解放軍が、蒋介石に勝つとは思わなかった。本当に学生といい、解放軍といい大したものだ」

林は市政府前広場をめがけ、最後の急降下に入った。人々の見上げる顔が見えるところまで急降下してから急上昇に入った。

「俺も三八になった。ソ連から新しい飛行機を買い、航空学校も新しくなると聞く。俺たちの任務もそろそろおしまいか」

林は隼を水平飛行に戻すと、北陵飛行場に機首を向けた。西の空は赤く燃え始め、眼下には瀋陽市を流れる濁河(ダクコウ)の水が光っていた。

この日、牡丹江市でも祝賀飛行が行なわれ、九機の九九式高練が編隊飛行を行なった。ハルビンとチチハルでも祝賀飛行が行なわれたが、ハルビンでは国民党軍の襲来と勘違いした地上部隊が対空砲火を浴びせかけ、あわや大事故となるところであった。

第二七章　七つの航空学校設立

中国初の女性飛行士

建国式典後も国民党軍との内戦は続いたが、大勢は既に決まっていた。一一月二九日、重慶が陥落し、蒋介石は成都へ移った。一二月七日、国民党政府は台湾への移動を決定し、同月一〇日、蒋介石は飛行機で台湾に移った。

米ソを中心とする東西冷戦は、自由主義陣営と社会主義陣営の対立という構図となり、国共内戦から一歩引いていたアメリカは、蒋介石の台湾政府支持を表明し、蒋介石はアメリカの支援による大陸反攻をねらっていた。

ソ連は建国式典の翌日にはいち早く中国新政権を承認し、同じ共産国家としての協力、援助関係が公然と築かれることとなった。中国空軍建設のための飛行機の供与、教官派遣の援助も直ちに開始された。

空軍建設は急がれた。一九四九年一〇月三〇日、空軍司令官に内定していた劉亜楼(リュウ・アロウ)は第一回航空学校設立幹部会を開催した。十二月一日に六校の航空学校を設立することを命じた。一ヶ月で航空学校を設立しろというのである。本来ならばできる話ではない。しかし、台湾を解放するためには、一刻も早く国民党軍に勝てる空軍を建設しなくてはならない。とにかく施設を作って、人員を配置し、そこにソ連から入ってくる機材を入れて教育を開始するという方法がとられた。東北航空学校でやった方法である。六校の設立は、次のように決められた。

第一航空学校　ハルビン　校長　劉善本(リュウ・ゼンホン)　爆撃機教育
第二航空学校　長春　校長　劉風(リュウ・フウ)　爆撃機教育
第三航空学校　錦州　校長　陳熙(チン・キ)　戦闘機教育
第四航空学校　瀋陽　校長　呂黎平(ロ・レイヘイ)　戦闘機教育

第五航空学校　済南　　校長　方子翼（ホウ・ショウ）　戦闘機教育
第六航空学校　北京　　校長　安志敏（アン・シビン）　戦闘機教育

校長はいずれも東北航空学校出身者で、劉善本だけが投降参加組、その他は、もともとは新疆航空隊組であった。これらの学校ではソ連式教育法が採用され、それぞれの学校で基本飛行教育から高等飛行教育、実戦訓練までを一貫して行なうこととされた。

一一月一一日、劉亜楼が正式に初代人民解放軍空軍司令官に就任し、北京に中国空軍司令部が発足した。航空機部隊のほかに、二個高射砲大隊、一六個高射砲連隊、一個サーチライト連隊、二個レーダー大隊、一個航空機監視大隊が設立されることとなった。

一九四九年一一月一四日、劉亜楼は各地に散っていた日本人飛行教官一七人、日本人機械教官二四人、日本人機械員七二人、各種日本製及び米国製飛行機六三機、各種発動機二三〇台等の人員機材を牡丹江に集めるよう命令を発した。そして一一月一八日、第七航空学校を設立することを決定した。校長には魏堅（ギ・ケン）が発令された。魏堅は元々共産党員であるが、国民党が成都に建設した航空士官学校で飛行教育を受けたという経歴の持ち主である。東北航空学校では、飛行教員訓練班に所属していた。第七航空学校は当初の建設計画にはなかったが、空軍建設を急ぐ中国としては実績ある日本人の能力を捨てておくことはできなかったのである。第七航空学校は主として輸送機要員を教育することとなった。

日本人による第七航空学校

牡丹江に久しぶりに大勢の日本人が戻った。ある日「やあ、久しぶりだな」と、多くの日本人が食堂に残り世間話になった。ある飛行教官が林に尋ねた。

「林さん、とんでもないことになりましたね。林さんが航空学校設立に協力することを決心したとき、共産党軍が中国を統一するなんてことを予想していましたか？」

林はしばらくタバコの煙を目で追っていた。皆は林の答えを待った。

「予想できるわけないよ。あの頃は実は頭の中はグチャグチャだったからね。負けるはずのない日本軍が負けて、ソ連軍が満州を蹂躙し、日本人が悲惨なめにあっていた。いったい何十万人の日本人が死んだだろうか」

林の話に皆、路上に横たわる日本人の屍を思い出した。

「共産党軍に包囲されて投降を決意したとき、俺はもう共産党だ、国民党だということは考えていなかった。皇軍兵士としての信念も、あの時生きていくのに役には立たないと思った。あの時俺の頭の中にあったのは、今までと同じような考え方では生き抜くことはできないということだった。

あの時、俺ばかりではなく皆も同じだったと思うけれど、共産党軍と国民党軍のどちらが正しく、どちらが勝つだろうかなどということは分からなかった。それに、俺たちの目の前に現れた共産党軍は、それまで日本軍が共匪と呼んでいたものとは全く違ったものだった。むしろ、人間として立派な集団だった。おそらく彼らは我々の部隊が飛行部隊であることを知っていたのだろう。今思うと彼らのやり方は実に巧妙というか、うまかった。

なあ、みんな、あの時の銃の渡しかたを覚えているか？　たった一人で受け取りに来ただろう。そして日本刀は渡さなくてもいいと言った。俺たちの名誉を最大限に尊重してくれたものだった。

ごちそうに呼ばれ、肉を少し持って帰れと言って、牛五頭に羊五〇頭を連れてきたときには本当に驚いたよ。あの後、日本人に牛五頭、羊五〇頭の話をしても、みんな俺がホラを吹いていると言って信用しなかったよ」

何人かの仲間が、「そうだった、俺も信じてもらえなかった」とうなずいた。

「彼らは俺たちに協力してもらおうと彼らなりに必死だった。俺たちは命さえどうなるかわからない状況の中で、日本に生きて帰りたいという気持ちで必死だった。

俺は、日本は絶対に勝つと思って軍人になった。でも、そうはならなかった。八路軍に投降した時、国共内戦が起こって共産軍が勝つとは思っていたわけではなかった。でも、八路軍に投降する以外の道はなかったと思う。

あの時、空軍建設への協力を拒否していればどうなっただろうか？　捕虜となって戦犯になったか、それとも一般日本人と一緒にもう日本に帰っていたか、それは分からない。

あのときの判断が正しかったかどうか、いろいろ議論できよう。国民党軍に協力した日本兵も大勢いると聞く。彼らにもほかにとる手段がなかったのだろう。

俺は思うんだ。我々の判断も、国民党軍に協力した者の判断もおそらく両方正しかったのだろうと。いや、正しいかどうかなんてことを考える余地のないことなんだと。それしかなかったのだから」

南の方に機材収集に行っていた整備員の志田が発言した。志田は一週間ほど前に牡丹江に戻ってきたばかりだった。

「林さんの言うとおりだ。それに解放軍に協力して、俺たちも変わった。例えば日本軍だったら飛行士の将校と、俺たち下士官の整備員がこうして一緒に語るということはなかった。今思うと、日本軍というのは何だったのだろうか？　将校も下士官も兵を怒鳴り、暴力をふるい、中国人に対してもとんでもないことをした。もし、日本軍が中国人に対して八路軍のような態度をとっていたら、日中戦争の結果は違っていたかもしれない。

いや、今の言葉は取り消します。中国人にとって日本軍は侵略軍であり、あの抗日運動はどんなやりかたをしても起こったでしょうから」

「そうだよ、抗日運動は中国人にとって愛国運動だったんだよ。日本軍はそれに気づかなかった」

志田の隣に座っていた同じ整備員の加賀美が発言した。

「ところで、最近の日本の様子を誰か知らないか？」

飛行士の袴田の質問に、日本人工作科の藤枝が説明を始めた。日本人工作科は、依然として日本人の思想指導を任務としていた。

「みんな知っているように世界は今、アメリカ中心の資本主義陣営と、ソ連を中心とする共産陣営が対立している。そこに中国が共産主義国家として現れたのだから、アメリカは世界に共産主義が広まるのを恐れている。そこでアメリカがとっている戦略は、『封じ込め』といって、共産主義国を包囲し孤立させるというものだ。

アメリカに占領されて以降日本では、鬼畜米英と言っていたのは嘘ではないか、大東亜共栄圏とかもアジア侵略の口実にすぎなかったではないか、という風潮になっている。また、軍国主義国家になったのは民主主義が十分に発達していなかったからだ、ということで、民主主義教育が徹底して行なわれているとのことだ。

共産主義については、占領軍総司令官マッカーサーが日本を共産主義の防壁とすると声明したこともあり、反共産主義的な風潮が出ていると伝えられている」

藤枝の説明は、大体皆が聞いているところと同じものであった。

「そうか、日本が反共的になると、俺たちも帰りにくくなるな。ところで戦争が終わってもう四年、俺たちの家族はどうなったかな。俺たちはもう死んだと思っているだろうな」

自動車運転手の財部が発言した。皆の気持ちを代表する言葉だった。敗戦後、日本との連絡手段は一切なかった。四年も音信がなければ、中国で死んだと思われても不思議ではない。それに、日本が反共的になればなるほど、共産国中国に協力した者は白い目で見られることになるのは間違いない。皆の顔に、不安が浮かんだ。

「なあ、財部が言ったことはみんなの心配事だけれど、今、そのことを心配するのは止めようや。俺たちはこれからもうしばらく、この第七航空学校で中国人を教育するんだ。あと何年続くのか分からないけれど、解放軍は俺たちを日本に帰すと確約してくれている。もちろん俺も日本に早く帰りたい。でも、それがいつになるのか分からないのだから、今は、この牡丹江で飛行機を飛ばし続け、その技術を中国人に教えようと思う。心配、不安はあるけれど、飛行機を飛ばすという喜びもあるではないか。今、世界中で、九九式高練や隼を飛ばしているのは俺たちくらいだろう。日本本土の航空機は、すべてアメリカの命令で破壊されたというではないか。戦争には負けたけれども、日本の飛行機を飛ばすのは、なんだか喜びではないか」

飛行教官の小宮山が発言すると、大勢が、「そうだ、そうだ」と同意した。集会のような会話は、小宮山の発言の後、三々五々の世間話となり、牡丹江に新しくできた飯店などの話題に移った。

人民解放軍最初の女性飛行士を教育

第七航空学校では、海浪飛行場では林が主任になり九九式高練や実戦機で高等操縦訓練を、温春飛行場では黒田が主任となり、蘭崗飛行場では糸川が主任となり九九式高練で基本操縦訓練が行なわれた。この第七航空学校における日本人教官による訓練は一九五二年一〇月まで続けられ、多くの中国人飛行士を養成した。その中でも特筆すべきは、中国初の女性飛行士を養成したことである。

当時、革命建国後の中国では、女性の儒教的思想からの解放と、社会進出が党の方針として進められていた。自動車運転手、機関車運転手など、従来女性の職業と考えられなかった分野に、党が政策として女性を送り込んだ。そして空軍にも女性飛行士を養成すべく一五名の要員が送られてきたのである。空軍ではこれらの飛行士を戦闘機や爆撃機ではなく、輸送機のパイロットとして教育するために、一九五二年、第七航空学校に入校させた。双発の輸送機の教官は日本人だけであったので、長谷川と宮田の二人の教官が担当した。

女性飛行学生は二〇歳前後、解放軍の中からの選抜ではなく一般学生から募集された。みな体格が良く、教養の高い学生たちであった。ちなみに日本の航空自衛隊で女性パイロットが出現したのは一九九七年のことであるから、中国の女性パイロットの出現がいかに早いかが分かる。それだけ、女性の社会進出にかける中国政府の意気込みが感じられる。

一五名の女性学生は、男子学生しか教えたことのない日本人教官をとまどわせることもあったが、翌年には全員単独飛行を終え、部隊での任務についていった。

第二八章　朝鮮戦争

朝鮮戦争に出撃した解放軍空軍

一九五〇年六月二五日、朝鮮戦争が勃発した。朝鮮半島は日本降伏後、北緯三八度線を境に、北側をソ連が、南側をアメリカが占領していたが、一九四八年八月一三日にソウルで李承晩が大韓民国の成立を宣言すると、これに対抗して九月九日に金日成が朝鮮民主主義人民共和国を成立させた。中共成立後、金日成はスターリンと毛沢東の支援を取り付け、一九五〇年六月二五日に南への侵攻を開始した。この侵攻に対しては国連安全保障理事会により「北朝鮮弾劾・武力制裁決議」行なわれ、国連軍が参戦することとなった。

ここで朝鮮戦争の戦況の進展について先に述べておこう。

北朝鮮側の奇襲で始まった戦争は、建設途上であった韓国軍と少数のアメリカ占領軍を南へと追いやり、九月半ばには韓国側はわずかに釜山を中心とする周辺地域だけを残すに至った。しかしながらこの釜山周辺地域をアメリカ軍、韓国軍が死守している間に、九月一五日、ソウル西方二〇キロの地点への国連軍の上陸作戦が行なわれた。「仁川(ジンセン)上陸作戦」である。作戦は成功し、六万五千名と六〇両以上の重戦車が上陸され、九月二九日、ソウルが奪還された。南に戦線が延びきっていた北朝鮮軍は、ソウルを占領され補給路が断たれたことにより、総崩れ状態となり、戦線は一〇月一日、三八度線を越えて北側に入り込んだ。一〇月二〇日には平壌が落ち、韓国軍の一部は中朝国境の鴨緑江(オウリョウコウ)にまで達した。

中共は一〇月下旬から隠密裏に北朝鮮に部隊を浸透させ、一一月に入ると攻勢作戦に出た。補給線が延びきっていた韓国軍・国連軍は後退し、中国・北朝鮮軍は一二月五日に平壌を奪回し、翌一九五一年一月四日にはソウルを再度奪回した。しかしその後韓国軍・国連軍は戦力を回復し、三月一四日には再びソウルを奪還して北に進撃したものの、三八度線付近で戦線こう着状態となった。

一九五一年六月頃から停戦が模索され、一九五二年以降は実質的な休戦状態となる。一九五三年七月二七日、休戦協定が正式に成立し現在に至っている。

この戦争により、四〇〇万~五〇〇万人の民間人が死亡したとも言われる。まさに同じ民族の間で、血で血を洗う戦争が行われた。

一九五〇年七月二五日、山東省済南（セイナン）の第五航空学校長方子翼（ホウ・ショク）は空軍司令官劉亜楼（リュウ・アロウ）から電話を受けた。

「方子翼、今空軍でジェット戦闘機部隊三個飛行団からなる飛行旅団を創ることを検討しているが、君はその旅団長になるつもりはないかね？」

劉亜楼の言葉に方子翼は即答した。

「やります。ぜひやらせてください」

「よろしい、それでは明日上海の虹橋（ホンチャオ）飛行場の混成第四旅団第一〇飛行団に行って、ミグ-15を見てきてくれ。一週間ほどで状況を報告してもらいたい」

方子翼の胸は高まった。プロペラ戦闘機をはるかに上回る性能を持つ最新式のジェット戦闘機に、飛行士の胸が躍らないわけがない。

「この話は六月二五日に始まった朝鮮戦争に関係があるのだろうか？」

一ヶ月前に勃発した朝鮮戦争との関係が方子翼の胸をよぎったが、そんなことは上海にミグ-15を見に行くことと関係はなかった。

翌日、汽車で上海に着いた方子翼は、上海の第一〇飛行団を訪れた。団長は新疆航空隊、東北航空学校の同僚、夏伯勛（カ・ハククン）である。上海にはロシアのミグ-15飛行団が駐留しており、夏伯勛は方子翼を、「解放軍空軍司令官の命により視察に来た」と言って、ロシア人飛行団長に紹介した。

ミグ-15は銀白色で機体は細く、主翼は後退翼、垂直尾翼は高く、機首と主翼に車輪がある前三点式、操縦席からの視界は広く、見るからに美しい飛行機だった。方子翼は飛行場に五日間滞在し、ミグ−15の飛行特性を観察し、劉亜楼に報告した。

「ミグ−15は上昇速度、速度が大きいほかは、訓練方法に特殊な点はありません。ミグ−15の部隊を取り扱うことはできます。

ミグ−15の性能は大変優れていますが、搭載燃料が少なく航続距離が短いという問題があります。補助タンクをつけない場合の滞空時間は四五分、行動半径は二〇〇キロでしかありません」

劉亜楼は、方子翼の報告を聞くと、

「ミグ−15は防空戦闘機なので、すばやく離陸、上昇し、爆撃機を迎撃することを設計の主眼としており、搭載燃料も少なく、重量も軽い。したがって滞空時間も短く、行動半径も小さい。これはしかたのないことだ」

と述べた。そして、第五航空学校長には東北航空学校一期甲班の出身である呉元任(ゴ・ゲントウ)が就くことになったことを述べ、方子翼に新しい任務を告げた。

「朝鮮戦争の中国への飛び火を防ぐために、党軍事委員会は東北部に国境防衛軍を編成することを決めた。国境防衛軍は歩兵、砲兵、装甲兵、航空兵からなるが、航空兵に関して言うと、ゆくゆくは爆撃機一個団、戦闘攻撃機二個団、防空戦闘機六個団により三個空軍旅団を作る計画である。しかし、とりあえずミグ−15、三個飛行団により一個旅団を作ることとなった。その旅団長は君だ。軍事委員会も承認している。

現在東北部には、軍事委員会の要請によりソ連空軍のミグ−15部隊が三個飛行団、それぞれ瀋陽、遼寧(リョウネイ)、鞍山(アンザン)に駐留している。君はそのソ連空軍の装備を引き継ぎ、旅団を編成して防空任務に就くのだ」

方子翼は話を聞いて興奮したが、冷静をとりつくろい「了解しました」と敬礼して踵を返すと、すぐに瀋陽に向かった。劉亜楼は方子翼の胸のうちは、燃え盛っていることを知っていた。
八月二〇日、方子翼が瀋陽のソ連空軍航空師団長に会うと、師団長はできる限り早く装備と任務を引き継ぎたい、そのための訓練の協力などは惜しまないと述べた。こうしてソ連空軍の協力の下、激しい訓練を繰り返し、一九五〇年一〇月五日、方子翼を旅団長とする空軍第三旅団が編制された。旅団所属航空団の第七団長には教員訓練班出身の袁彬（エン・リン）が、第八団長には飛行一期乙班出身の林虎（リン・コ）が、第九団長には飛行一期甲班出身の孟進（モウ・シン）がなった。

解放軍空軍のミグ‐15が最初に敵と遭遇したのは、一九五一年一月五日のことだった。このときは李漢（リ・カン）大隊長以下一〇機のミグ‐15が出撃し、八機の敵機と交戦状態となったが、双方に戦果、被害はなかった。最初の戦果は一月二一日、李漢の大隊六機が二〇機のアメリカ製F‐84と交戦したときであった。李漢が一機のF‐84に食らいつき、撃墜には至らなかったが撃破したのであった。F‐84の速力は時速一〇〇〇キロ、これに対してミグ‐15は時速一〇七六キロ。F‐84は速度に劣る上、旋回能力、特に高空での旋回能力が大きく劣っていた。もちろん空戦は性能だけではなく、パイロットの技量が大きくものを言う。アメリカのパイロットは太平洋戦争のつわものが大勢残っており、その飛行時間は二〇〇〇時間以上の者が多かったが、中国空軍はみな課程飛行教育を終わったばかりの、飛行時間三〇〇時間に満たない者がほとんどである。その誕生したばかりの中国空軍の戦闘機がアメリカ空軍と交戦し、一機を撃破し追い散らしたというニュースは中国全土をわかせた。

最初にアメリカ空軍機を撃墜したのも李漢であった。一月二九日、米軍機が中国安東市と北朝鮮平壌の間の補給路を切断するために、その中間に位置する安州市の駅と清川江大橋を攻撃に来た。これを迎撃した李漢が、F‐84ジェット戦闘機を撃墜したのであった。このとき李漢の大隊は八機で一六機のF‐84を迎え撃ち、一機撃墜、一機撃破の戦果をあげたが、その両方とも李漢によるものだった。後退翼ミグ‐15の性能は速度、上昇力、火力の全てにおいて直線翼F‐84に勝り、空戦に入るのも離脱するのも思いのままであった。中国人パイロットは、攻撃の後急上昇して空戦から離脱し、機を見て再度急降下して攻撃するという戦術を繰り返し、F‐84はなす術がなかった。

米軍はあわてた。護衛戦闘機F‐84がミグ‐15に歯が立たず、いとも簡単に撃墜され、東京や大阪を白昼堂々と爆撃したB‐29が、ミグ‐15の前には壊滅的な被害を受けるのである。中国国内飛行場のミグ‐15は最盛期には約五〇〇機となり、中国人パイロット、北朝鮮人パイロットのほか、ソ連人パイロットによっても操縦されていた。ソ連人パイロットが搭乗していたことは、戦後になってから判明したことであった。このミグ‐15の行動半径内の北朝鮮北西部は、ミグ‐15が航空優勢を保つ「ミグ回廊」と呼ばれ、アメリカ空軍に恐れられた。

アメリカ軍にとって一番悲劇的な航空戦として伝えられるのが、一九五一年一〇月二三日、二一機のB‐29と戦闘機F‐84が、ソ連、北朝鮮、中国の三カ国連合のミグ‐15に襲撃されたものである。ソ連軍のミグ‐15の火力は二三ミリ機関砲二門、あるいは対爆撃機用に三五ミリ機関砲が装備されており、いかに第二次世界大戦の超高空の要塞B‐29といえども、高速で接近し、至近距離から高射砲のような弾丸を打ち込まれるのでは、いかんともしがたかった。その上護衛のF‐84はミグ‐15により翻弄されて、護衛とはいえない状況であった。これに加えて、B‐29に備えられていた火気管制システムは高速のミグ‐15を追尾できず、搭載火力はほとんど役に立たなかった。結果はB‐29、二一機のうち一二機が撃墜され、この空戦以降B‐29は夜間爆撃だけを行なうこととされた。

「ミグ‐15に対抗できる戦闘機を」という悲痛な声がアメリカに投げられた。この時期ミグ‐15に対抗できると考えられた戦闘機はF－86であった。F－86はミグ－15と同じ後退翼で、速力、旋回性能はF－86が勝り、高空での性能はミグ－15が勝った。武装はF－86が一二・七ミリ機銃六門、ミグ－15が二三ミリ機銃二門である。F－86は一九四九年から実戦配備されていたが、そのほとんどが東西冷戦の最重要前線である欧州に配備されており、極東には配備されていなかった。このF－86を早く投入しなければ朝鮮半島の航空優勢があぶない。アメリカ軍は欧州戦線の均衡の維持に配意しつつ、徐々にF－86を半島に投入した。

F－86とミグ－15の対戦結果については、当初七対一という驚異的なスコアでF－86の勝利と誇張された。しかし、撃墜数の確認は第三者が判定するわけではない上に、パイロットが自己申告で行なうものであることから、過大になることが多い。経験の少ないパイロットが、銃弾が命中した煙をあげた敵機が急降下するのを見ただけで「撃墜」と報告しても無理もないことであろう。その機が本当に落ちたかどうかなどということに気をとられていては、自分の後方に敵機が食らいついて、今度は撃墜されかねないのである。一番確実なのは自軍被害数である。しかしこの数字が明らかになるのは戦後である。

このF－86対ミグ－15の七対一についても、その後の研究でやっと二対一程度ではなかったかと言われている。

朝鮮戦争においては、空軍一級戦闘英雄の称号を受けた五名のうち三名が東北航空学校出身の王海、張積慧、劉玉堤であった。同じく卒業生の李漢、王天保、高月明、華龍毅の四名の卒業生が二級戦闘英雄の称号を受けた。そのほか朝鮮戦争に参加した東北航空学校出身者は全員戦功を挙げた。

飛行一期乙班

華龍毅（カ・リュウキ）　四機撃墜・撃破

劉玉堤（リュウ・ギョクテイ）　八機撃墜・撃破
張積慧（チョウ・セキケイ）　米空軍撃墜王ジョージ・デービス撃墜
高月明（コウ・ゲツミン）　大隊長、大隊が八機撃墜・撃破
飛行二期
王海（オウ・カイ）　九機撃墜・撃破
飛行三期
王天保（オウ・テンホ）　四機撃墜・撃破

この中で、張積慧によるアメリカ空軍エース・パイロット、ジョージ・デービスの撃墜は、アメリカ空軍ばかりではなくアメリカ国民にもショックを与えた。デービスは太平洋戦争中、主としてニューギニア方面の戦闘に従事し、飛燕やゼロ戦など七機を撃墜していた。デービスの飛行技量が飛びぬけていたことは米空軍の中でも知れ渡っており、特に敵機の将来位置を見越して射撃する偏角射撃の正確さはまれな才能と評価されていた。すなわち、敵機の将来位置と弾丸の到達位置を予測して横からでも攻撃、撃墜できるのである。デービスは一九二〇年生まれ、朝鮮戦争の時には少佐になっていた。朝鮮戦争でも活躍を重ね、あるときには一日に四機を撃墜するという離れ業を成し遂げ、撃墜数は一九機に達していた。その活躍は米本土の新聞紙上をも大きく飾り、デービスは国民的英雄となっていた。

一九五二年二月一〇日、デービスはF-86に搭乗してミグ-15の編隊と遭遇、二機を撃墜した。これで彼の撃墜数は二一機となったが、そのときに彼は運命の時を迎えた。二機の撃墜でデービスの機は急降下による運動エネルギーを失っていた。その好機を張積慧がとらえた。どんな撃墜王でも、運動エネルギーがない状

態で急降下してきた敵に後方につかれたら逃れることはできない。張積慧の二三ミリ機関砲はデービスの機の胴体の左側、キャノピー（操縦席の風防）のすぐ下に命中した。デービスはおそらく操縦席の中で死亡もしくは重症を負ったのであろう、脱出の落下傘は開かなかった。デービスのF－86はキリもみ状態で落下し、鴨緑江の南五〇キロの山中に墜落した。

中国側の記録によると朝鮮戦争中、中国空軍は米軍機三三〇機を撃墜し、九五機を撃破したとされる。米軍は「共産党中国は、ほとんど一夜にして世界の空軍強国の一国となった」と驚いた。

朝鮮戦争と帰国時期

林たちが教え子の活躍ぶりに関心を持たないわけがない。李漢が第一号の米軍機撃墜飛行士となった情報が入ってくると、皆、「あの李漢が第一号の撃墜者か」と、その活躍を喜んだ。劉玉堤、王海、張積慧などが戦闘英雄の称号を授かったというニュースは、学校中を湧き立たせた。日本人教官たちにとっても、あのオンボロ飛行機で教えた教え子がジェット戦闘機を乗りこなし、国の英雄となったことは鼻が高いことであった。

しかしその反面、朝鮮戦争は第七航空学校の日本人にある種の影を落とした。それは中国人の前では言えない複雑なものであった。あるとき、食堂に林の外に五、六人の日本人が残った。

「林さん、今度の戦争が我々の帰国に影響しませんかね？」

飛行士の内藤が小さな声で言った。日本人にとっては、いつ帰国できるかが一番の関心事であった。

「影響せざるを得ないだろうな。戦争に負けてアメリカに占領され、日本はアメリカの影響を大きく受けた。今ではアメリカと安全保障条約を結び、同盟国となっている。国民世論もアメリカ支持になっているということだ。今、我々の帰国を中国が切り出すわけがないだろう。この戦争が終わるまでは我々の帰国の話は出ないだろうな」

「でも、我々のこの学校での任務もほぼ終わりました。これからどうなるんでしょう?」

「正直言って分からないよ。でも、この学校での仕事が終わるのはまちがいないだろうな」

その場にいた者たちは、二人の会話に聞き入った。帰国の時期も分からなければこれからどうなるかも分からないのは不安の種だったが、共産党のこれまでの対応から生活の心配はないだろうと予想された。

第二九章　帰国

帰国後航空学校を訪問した教官達

朝鮮戦争が実質的な休戦状態となっていた一九五二年一〇月、第七航空学校勤務の日本人約三〇〇人は牡丹江に集められた。そしてすべての職務が中国人職員に引き継がれた。いよいよ帰国の準備が始められたのである。このとき日本人たちは学校指導部に、日本人物故者のために記念碑を立ててもらいたいと陳情した。指導部は快く受け入れ、牡丹江市の北山に、「故日本人友人墓」を建設し、三三名の名を刻んだ。銘文は次のように述べている。先に述べた記念碑である。

「三三名の日本人は、一九四五年から中国東北民主連軍航空学校に長年努め、亡くなった。第二の故郷と呼ぶ牡丹江に永眠したが、これらの日本人が中国空軍建設に多大な貢献をしたことは歴史に刻まれている。牡丹江の人々は彼らの功績を忘れない。彼らの名前は永遠に中日両国人民の心に残っている。謹んで銘文にて記念する」

航空学校で働いた日本人たちの帰国は、一九五三年七月二七日の朝鮮戦争休戦協定締結後に開始された。大多数の者は一九五三年九月に、天津から高砂丸で帰国したが、林弥一郎や筒井重雄など重い責任を担っていた者は、日本に帰ってからの生活を心配する中国政府によって延ばされ、彼らが帰国したのは一九五八年八月のことであった。林は四七歳、筒井は三八歳になっていた。

日本は一九五一年九月にサンフランシスコ平和条約を連合国諸国と締結し、アメリカの占領は終了した。これと同時に日米は日米安全保障条約を締結し、日本はアメリカの同盟国となった。日本の政権は日米同盟、台湾支持の自由民主党政権で、国内の世論も中共に厳しかった。日本と中共の間には国交はなく、このような事情から中共政府は、林たちの帰国を遅らせたのであった。

しかしその事情は、林が帰国した一九五八年になっても変わっていなかった。東西冷戦はあい変らず続き、日本は中共を敵視していた。

帰国した林は大阪の実家に帰り職を求めるが、会社に面接に行くとそのあとで警察や公安調査庁の人間が会社を訪れ、林という人間は中共で共産党軍に一〇年以上協力していた者で、つい先日帰ったばかりだ。中国共産党の手先かもしれないので何をするか分からない、何かあったら連絡してくれ、と言って警察や公安調査庁の名刺を置いていくのである。就職が決まるわけがない。結局林は妻のアルバイトで食いつなぎ、数ヶ月かけてやっと守衛の仕事に就くことができた。その後林はさらに職探しを行い、兵庫県の船舶解体業の会社に就職した。帝国陸軍少佐、東北航空学校で日本人としてトップの立場にあった者が、油まみれの肉体労働しか見つけられないという日本社会の仕組みであった。林は、戦前の軍国主義も戦後の自由民主主義も、色がちょっと変わっただけで、異端者を排除しようとする島国根性は変わっていないと思った。

どんな仕事でも見つかったのは良い方だといえるであろう。中国帰国者を白い目で見る当時の日本社会では、中には一〇年以上も仕事に就けず、仲間からの仕送りで糊口をしのいだ者が何人もいた。

飛行教官だった筒井重雄が群馬の故郷に帰ると、実家では筒井が戦死したことになっており、葬式をあげ仏壇には位牌もあった。元陸軍飛行兵で航空自衛隊に入隊していた兄は、「自衛隊に入ればアカでないという証明になるし、仕事も得られる」と言って筒井に自衛隊入隊を勧めたが、筒井は自衛隊と自分ではあまりに価値観が違いすぎると考え、故郷を捨て妻の実家がある長野に行くこととした。筒井は一九五〇年に中国で看護婦の美治と結婚していた。

ところが妻の実家は娘が中国人と結婚して帰ってくるということで大騒ぎになっており、誤解を解くのにひと汗かくこととなった。親類の誤解は解けても仕事は見つからず、土方などをしてやっと生活するが、やがて果樹栽培に取り組む。経験もなくはじめた果樹栽培で苦労するが、そんな田舎にまで警察が月に何度も調査に来るので近所の目は厳しい。あるとき警察に、おかげで商売の損失にまでなっているから損害を補償しろと強く抗議すると、それ以降調査はなくなり、やがて果樹栽培も成功していった。

日中国交回復と再会

一九七二年九月、北京において田中角栄首相と周恩来首相の間で日中共同声明が署名され、日中国交が正常化された。一九七八年八月には日中友好平和条約が締結された。

一九七四年、中国交通部水運局副局長の王涛（オウ・トウ）が日本に来た。王涛とは、瀋陽で国民党の航空機材を接収しているときに、銃弾の中で国民党の残兵に投降を呼びかけ、機材を収集し名前を上げた王涛である。その王涛が大阪に寄り、大阪駅向かいの高級ホテル内の北京飯店で昔の仲間を集めて会合を開いた。そのとき林弥一郎も呼ばれた。兵庫県で船の解体工をしていた林弥一郎は、油で汚れた作業衣のまま職場から会場に直行した。

盛り上がった宴会が終わるとき、林が王涛に聞いた。

「王涛先生、ここにある肉マンを二つ貰っていっていいでしょうか?」

会場はシンとなった。王涛は「どうして?」と尋ねた。林は答えた。

「あなたは私が日本に戻ってから初めて会う中国人です。私たちは中国空軍を創るために共に苦労をしました。そのことは今の私の生活からは信じられないことです。でも、今日こうしてその時の仲間が集まっており、そのことは実際にあった本当の話です。

私は帰国してからこんなに高級なレストランで中国料理を食べるのは初めてです。肉マンがこんなに余っています。これをもって帰り、妻子に食べさせたい。これを食べながら、中国で空軍をつくるために苦労をしたことが本当のことであったことを、そして当時の友人のことを一緒に思い出したい」

林が話し終わると、王涛の目に涙がにじみ出た。航空学校時代、遠いところからしか見たことはなかったが、元陸軍少佐の林は威厳があり、尊敬を集めていた。その林が、背広姿の参加者の中ただ一人油まみれの作業委で、残り物の肉まんを持って帰っていいかと聞いている。

「言わないで下さい。もう言わないで下さい。たくさん持っていってください。肉饅頭のほかにも、たくさん料理があります。あなたのお子さんの好きなものは全部持っていってください」

会場からすすり泣きの声があがった。日本人も中国人も皆、航空学校建設に協力した日本人が帰国後生活の苦労をしたことを知っている。

実際のところ王涛と林はお互いに名前を知っている程度で、直接話をしたことは無かった。王涛は航空学校の日本人で一番えらいのが林であり遠くから姿を見たことがあるだけで、林も王涛の有名な武勇談からその名前を知っていただけであった。林は招待状を受け取ったときに、嬉しいものだ、未だに忘れないでくれているると、熱いものがこみ上げてくるのを感じた。

帰りの電車の中で、たくさんの肉まんの入った紙袋を抱えながら林は考えた。

「なぜ、王涛は涙ぐんだのだろう？　俺はただ余っている肉マンを少しくれと言っただけなのに」

そしてしばらく考えて笑い出したくなるのを、かろうじてこらえた。

「そうか、彼らは、陸軍少佐で東北航空学校の日本人のトップだった俺が、こんな油まみれの作業衣で肉マンをくれと言ったのが、あまりに落ちぶれてみじめだったから、かわいそうに思ったのか。俺は、ただあまっている肉マンを家族と食いたいからくれと言っただけのつもりだったが、彼らから見るとあわれに見えたのだな。

違うんだよ。おれはみじめでも、あわれでもないよ。隼に乗って戦っていたときも、九九式高練で中国人を教えていたときも、そして船の解体作業の今も、俺にとっては同じその時々の現実だよ。

帝国陸軍少佐も、航空学校飛行主任も、俺の今の生活とは結びついていない。でも、いいじゃないか。それが俺の人生だ。

だけど俺たち皇軍兵士が解放軍兵士と一緒になって、心を合わせて中国空軍を創った。奇跡のようなことをやった。それは本当の事実だ」

林はほほ笑みながら静かに目を閉じた。まぶたに九九式高練の翼が浮かび上がった。

エピローグ

一九八六年、中国空軍司令官王海将軍から日中平和友好会に、航空学校で働いていた者を老航校創立四〇周年記念行事に招待したいという知らせが届いた。日中平和友好会の会員は、かつての航空学校の教官や職員であった日本人である。王海は東北航空学校飛行二期生である。

林が団長となり大澄国一が秘書長となって、五〇人が「日本老朋友友好訪中団」を結成し、北京に向かった。空軍あげての招待で、空軍副司令官は飛行一期乙班の林虎であった。

一行は空軍特別機で、昔仕事をしていた牡丹江・ハルビン・長春・瀋陽を訪ねた。

牡丹江では昔の仲間の墓参りをし、花輪と日本から持参した供物を供えて冥福を祈った。

第七航空学校は既に長春に移っていたが、航空学校創設期の模様を残した写真・記録・教材等が資料室に陳列されていた。その中には多数の日本人教官と中国人学生が一緒に写った写真が飾られており、中国は日本人が空軍建設に協力したことを忘れていないと、一同を感動させた。

最後に北京の司令部で、二〇〇名に上る老友との再会の宴が催された。四〇年たっていたが、話の尽きない時が流れた。

完

参考資料

『私と中国』林弥一郎　日中平和友好会関西支部編集部
「中国空軍の建設と日本」崔淑芬　『筑紫女学園大学短期大学部紀要7号』
「八路空軍従軍記」大澄国一「ブログ：アジアの街角から」
「関東軍林飛行隊と中国空軍」新治毅『軍事史学　第36巻第3・4合併号』錦正社
『戦史叢書〈19〉本土防空作戦』防衛庁防衛研修所戦史室　朝雲新聞社
『戦史叢書〈53〉満州方面陸軍航空作戦』防衛庁防衛研修所戦史室　朝雲新聞社
『戦史叢書〈74〉中国方面陸軍航空作戦』防衛庁防衛研修所戦史室　朝雲新聞社
『満州帝国』太平洋戦争研究会　河出文庫
『太平洋戦争　日本の敗因〈1〉――日米開戦勝算なし』NHK取材班　角川文庫
『ノモンハン航空戦全史』D・ネディアルコフ　源田孝監訳　芙蓉書房出版
『ソ連が満州に侵攻した夏』半藤一利　文春文庫
『将軍の四季――最後の関東軍司令官山田乙三大将』楳本捨三　光人社
『関東軍総司令部』楳本捨三　経済往来社
『関東軍壊滅す――ソ連極東軍の戦略秘録』エル・ヤ・マリノフスキー　石黒寛訳　徳間書店

『関東軍参謀副長の手記』松村知勝　芙蓉書房
『藤田大佐の最後』松原一枝　文藝春秋
『満州、少国民の戦記』藤原作弥　新潮文庫
『参謀本部の暴れ者――陸軍参謀朝枝繁春』三根生久大　文藝春秋
『超空の要塞B29』益井康一　毎日新聞社
『あゝ隼戦闘隊』黒江保彦　光人社
『人類の知的遺産〈76〉毛沢東』野村浩一　講談社
『毛沢東と中国共産党』竹内実　中公新書
『中国現代史』小島晋治　丸山松幸　岩波新書
『星火燎原　第5巻　日中戦争下』光岡玄編訳　新人物往来社
『星火燎原　第6巻　国共内戦』高田富佐雄編訳　新人物往来社
『林彪の作戦』寺尾五郎　徳間書店
『八路軍』周而復著　春日明訳　三一書房
『僕は八路軍の少年兵だった』山口盈文　光人社NF文庫
『「留用」された日本人』NHK「留用された日本人」取材班　日本放送出版協会
『八路軍の日本兵たち』香川孝志　前田光繁　サイマル出版会
『中国残留日本兵の記録』古川万太郎　岩波書店
『蟻の兵隊　日本兵2600人山西省残留の真相』池谷薫　新潮文庫
『ある憲兵の記録』朝日新聞山形支局　朝日新聞社

『日本人は中国で何をしたか』平岡正明　潮出版社
『中国抗日戦争史』石島紀之　青木書店
『抗日朝鮮義勇軍の真相』高木桂蔵　新人物往来社
『朝鮮戦争と中国』服部隆行　渓水社
『「幻」の日本爆撃計画』アラン・アームストロング　塩谷紘訳　日本経済新聞出版社
『クリムゾンスカイ　朝鮮戦争航空戦』ジョン・R・ブルーニング　手島尚訳　光人社NF文庫
『第二次大戦に勝者なし　下』アルバート・C・ウェデマイヤー　妹尾作太男訳　講談社学術文庫
『蒋介石秘録14　日本降伏』サンケイ新聞社編　サンケイ出版
『蒋介石秘録15　大陸奪還の誓い』サンケイ新聞社編　サンケイ出版
『英雄万岁』郭晓晔　解放军文艺出版社
『樱花阿、樱花』朱新春　人民出版社

あとがき

中国空軍を創ったのは日本兵だった。このことを知ったとき、私は飛び上がるほど驚いた。それは、私は防衛庁に三十数年在職し、航空自衛隊関係の仕事もし、また、中国との防衛交流の調整のため北京の国防部を訪問したこともあったが、一度も聞いたことがなかったからだ。いやそればかりか、防衛関係の文献でも戦史の文献でもこのような話は読んだことがなかった。

私がこの話を知ったのは、たまたま八路軍に参加した日本兵のことを調べているときに、ネットの検索で出てきたのである。詳しく調べると、中国語の文献が多い。また、中国ではテレビで紹介もされているようである。その後防衛省のOB仲間や現職の者にこの話を知っているかと聞くと、「聞いたことがない、それは本当か」と、私と同じように驚くのである。

私は退職後、北京の軍事博物館を訪れたことがある。夏の暑い日だった。そこで九九式高等練習機を見たが、その時はどうして旧陸軍の練習機が展示してあるのか不思議に思った。旧陸軍の戦車も置いてあったから、戦利品を展示してあるのかと思った。でも、今は分かった。それはこの小説の主人公たちが修理し、中国空軍の卵を育てるのに使ったものだった。中国空軍にとっても思い出深い、記念の飛行機だったのである。

皇軍兵士と共産軍兵士がどうやって協力して中国空軍を作り上げていったか？　そしてその日本兵たちは帰国後どうなったか？　それは興味のつきないテーマだった。

この物語を書き終わった今、私はあらためて皇軍兵士と共産軍兵という立場の違うものが、心を開いて協力し合ったということに感動を覚える。そして、日本に帰ってきた彼らの多くの者が恵まれない生活を営むことになった。でも、そのことは彼らの輝く日々に、何の影をも落とすものではないと確信した。

この本が出版に至ったのは、この物語は日中関係のために是非とも出版するべきであると背中を押してくれた、多くの方の熱い思いによるものである。すべての方のお名前をここに記すことはできないが、それらの方の中でも特に、少年のときに実際に第七航空学校（東北航空学校の後身）に勤務された砂原恵氏、その砂原氏に紹介していただいた横浜国立大学の村田忠禧名誉教授、更に村田教授に紹介していただいた花伝社の平田勝社長、そして担当の水野宏信氏の情熱がなければ、この本は出版されなかった。ここにあらためてお礼を申し上げます。

土屋龍司

土屋龍司（つちや・りゅうじ）
1951 年　静岡県裾野市生まれ
1975 年　防衛庁入庁
在英大使館参事官、防衛庁国際企画課長
防衛庁人事第一課長
大阪防衛施設局長、札幌防衛施設局長等
2006 年防衛庁退職、会社勤務
著書『雪の曙――幕末に散った松前藩士たち』（2009 年、柏艪舎）
訳書『国防の変容と軍隊の管理』デイビッド・チューター著（2003 年、朝雲新聞社）

翼よ、よみがえれ！　中国空軍創設に協力した日本人兵士の物語

2015年12月25日　初版第1刷発行

著者 ―― 土屋龍司
発行者 ―― 平田　勝
発行 ―― 花伝社
発売 ―― 共栄書房
〒101-0065　東京都千代田区西神田2-5-11出版輸送ビル2F
電話　03-3263-3813
FAX　03-3239-8272
E-mail　kadensha@muf.biglobe.ne.jp
URL　http://kadensha.net
振替 ―― 00140-6-59661
装幀 ―― 黒瀬章夫（ナカグログラフ）
印刷・製本 ― 中央精版印刷株式会社

ISBN978-4-7634-0765-8　C0095